ハヤカワ・ミステリ

BEN H. WINTERS

世界の終わりの七日間

WORLD OF TROUBLE

ベン・H・ウィンタース
上野元美訳

TOKYO
HAYAKAWA
BOOKS

A HAYAKAWA
POCKET MYSTERY BOOK

WORLD OF TROUBLE
by
BEN H. WINTERS

Translated by
MOTOMI UENO
First published in English by
QUIRK BOOKS
Philadelphia, Pennsylvania
First published 2015 in Japan by
HAYAKAWA PUBLISHING, INC.
This book is published in Japan by
arrangement with
QUIRK BOOKS
through JAPAN UNI AGENCY, INC., TOKYO.

装幀／水戸部 功

ダイアナへ

〝……ぼくの愛は止まらない、輪がまわっているうちは……〟

目次

世界の終わりの七日間

主な登場人物

ヘンリー（ハンク）・パレス……………元刑事
ニコ………………………………………ヘンリーの妹
コルテス…………………………………ヘンリーの同行者
リリー……………………………………ヘンリーが助けた女性
アトリー・ミラー………………………アーミッシュの男
ジョーダン・ウィリス…………………ニコの仲間
アビゲイル………………………………ジョーダンの友人

8月22日水曜日

赤経　18 26 55.9
赤緯　-70 52 35
離隔　112.7
距離　0.618 AU（天文単位）

「ダストのことで来たのね？　ダストをどうにかしにきたって言って。お願い」

私は答えない。なんと答えていいかわからない。

若い女性の声は弱々しくしゃがれている。鼻と口をおおうマスクの上からのぞく目は、期待と狂気の色を浮かべて、戸口前の階段に立ってまごつく私を見つめている。みごとな金髪はうしろに梳《と》かしつけてある。顔は、みんなと同じく汚れて疲れ、みんなと同じく恐怖に怯《おび》えている。ほかにも何かある。健全でない何か。生化学的な何かが目に表われている。


「じゃ、はいって」アレルギー用マスクの奥から女が言う。「さあ、はいって。ドアを蹴って閉めて。ドアよ」

私がはいると、彼女はドアを蹴って閉めてから、くるりと振り向き、私と向きあう。色あせ、へりがすりきれた黄色いサンドレス。飢えたような顔つきに生気はなく、青白い。マスクだけでなく、濃い黄色のラテックスの手袋もはめている。そして完全武装している。両手にセミオートマチックを一挺ずつ持ち、小さめの銃をブーツに差しこみ、サンドレスの裾から、頑丈な狩猟用ナイフらしき革製の鞘《さや》が見えている。おまけに、実弾かどうかはわからないが、ウエストのメッシュベルトからぶらさがっているのは、まぎれもなく手榴弾《しゅりゅうだん》だ。

「ダ、ス、ト、が見える？」二挺の銃で部屋の隅を示して、彼女は言う。「ね、ダストにはほんとに悩まされてるの」

そう言われれば、筋状に差しこむ日光のなかを粒子が漂っている。床には生ゴミが散乱し、汚れた衣類が山と積まれている。あちこちで口をあけたトランクから、今は使い物にならなくなった色々な物がはみだしている。雑誌、電気コード、丸めたドル札の束。けれども彼女は、ここにある以上のものを見ている。私にはわかる。あっちの世界にいる。彼女は猛烈な勢いで瞬《まばた》きし、マスクの奥で咳きこむ。

　この娘《こ》の名前を思い出せないのが残念だ。名前で呼べばかなり効くだろうに。思い出せればだが。

「これをどうしよう?」彼女はまくしたてる。「掃除機かける? それとも――やっぱり――とにかく集めて外に捨てる? 宇宙塵《コズミツクダスト》にその手が通用するかな?」

「コズミックダスト」私は繰り返す。「ですか。いや、えーと、わかりません」

　一月《ひとつき》前に避難してから、私の自宅をひっくるめて市街地の大半が焼け落ちてから、ニューハンプシャー州コンコードへ遠出してきたのは、これが初めてだ。あの最後のすさまじい暴走状態はおさまり、今は気味悪いほど陰気に静まり返っている。私たちは、街の中心部から二、三ブロック離れた、ウィルソン通りに面した元商店にいる。なのに外には、人を押しのけて進む不安そうな人々はおらず、勢いよく追い越してゆく怯えた人々もいない。自動車のけたたましいクラクションもなければ、遠くで響く銃声もない。いま、人々は隠れている。残ったものたちは大きな恐怖に包まれて、毛布にくるまるか地下室で身をひそめている。

　そして、身も心も弱って崩壊の一途をたどり、宇宙から飛んできた実在しないダストのことばかり話している若い女。この女とは前に一度会ったことがある。まさにここ、かつては〈ネクストタイム・アラウンド〉と呼ばれていた小さな古着屋で。あのときはこんなじゃなかった。まだ餌食《えじき》になっていなかった。もちろん、ほかの人たちも、程度や症状はさまざまだけれど、同じように病んでいる。〈精《D》神障害の診断と統計《S》マニュアル《M》〉第四版が改訂されるなら、この新しい病気が赤字で書き加えられるにちがいない。我らのか弱い地球に向かって衝突コースを飛んでくる巨大小惑星のことしか考えられなくなって衰弱する病《やまい》。病名は、〝天体妄想癖《アストロマニア》〟とか。〝妄想性星間精神病〟かも。

名前で呼びかけたら、私たちは知りあいなのだ、同じ人間同士なのだと気づいてアビゲイルの不安も和らぐだろうし、少しは警戒心を解くだろう。そうすれば、落ち着いて話せるかもしれない。

「毒よ」彼女は話している。「すごく、ものすごく体に悪い。コズミックダストは、すごく、ものすごく肺に悪い。フォトンが肺を焼くの」

「あのね」私が口をひらくと、彼女はぎょっとして息を飲み、多彩な武器をがちゃがちゃ鳴らして、勢いよく私に近づく。

「舌を口のなかにしまっておいて」彼女は声をひそめて言う。「飲みこんじゃだめ」

「わかった。そうする。飲みこまない」

彼女に見えるように、両手を脇におろしたままにする。ケーキのように柔らかく、なにげない表情のまま。

「じつは、ちょっと訊きたいことがあって」

「訊きたいこと？」彼女は戸惑い、眉根を寄せる。見えないダストの雲を透かして、私に目を凝らす。

それはそうと、私が話をしたい相手は彼女ではない。彼女の友人。たぶん恋人。なんでもいい。私が次に訪ねるべき場所を知る男。とにかく、彼に期待している。あてにしている。

「どうしてもジョーダンと話をしたい。ジョーダンはいるかな？」

不意に彼女の目の焦点が定まり、背筋がすっと伸びたと思うと、二挺のピストルがあがる。「彼に――彼に言われてここに来たの？」

「ちがう」私は両手をあげる。「そうじゃない」

「ああなんてこと、彼があなたをよこしたのね。彼と一緒なの？　彼は宇宙にいるの？」彼女は大声を出しながら、部屋の向こうから進んでくる。私の顔に狙いをつけたセミオートマチックの銃口は、まるで双子のブラックホールだ。「彼のしわざなの？」

私は顔を壁に向ける。死ぬのが怖い。ここに至っても。差し迫っても。

「あたしにこんな仕打ちをするのは彼なの？」

そのとき——なぜか——奇跡的に——名前が浮かぶ。

「アビゲイル」

彼女の目のとげが消え、わずかに見ひらかれる。

「アビゲイル」私は呼びかける。「私にできることはないか？　お互いに助けあえるんじゃないか？」

彼女は茫然として私を見ている。耐えがたい沈黙。消えていく一瞬一瞬。燃え尽きる時間。

「アビゲイル、お願いだから」

第1部

アメリカンスピリット

9月27日木曜日

赤経	16 57 00.6
赤緯	−74 34 33
離隔	83.7
距離	0.384 AU

1

犬が心配だ。

息をするたびに小さな体を激しく揺らして乾いた咳をするうえ、もじゃもじゃの毛にくっついた質《たち》の悪いイガに、とうてい解《ほど》けないほど毛がからみついているし、極めつけのおまけに、いまは肢《あし》を引きずっている。どこで何をして、こんなに大きく右の前肢を引きずるようになったのかわからないけれど、とにかく今は、私について証拠保管室からゆっくりと出て、私の脚のあいだをすり抜け、見るからにのろのろと前かがみで廊下を進んでいく。すそ板のにおいを嗅ぎながら、肢を引きずって歩いている。かわいそうに。毛は汚れているものの、まだ白い。

心から不安をおぼえて犬を見つめる。フーディーニを連れてきたのは間違いだった。よく考えもせずに、先行きの見えない長く厳しい旅に連れてきた私が悪い。不衛生な飲み水と乏しい食料、人っ子一人いない道路の路肩や休閑地《きゆうかんち》を行く徒歩旅行、ほかの動物とのけんか。マコネルたちのところへ置いてくればよかった。マサチューセッツ州の隠れ家にいるマコネルの子どもたちやほかの子どもたち、ほかの犬たちのいる、安全で快適な場所に置いてくるべきだった。なのに私は連れてきた。来たいかどうか尋ねなかった。犬にリスクとメリットの検討はできないとしても。

私は犬を連れてきた。五週間もかけて、ひどく込みいった一三六〇キロの道のりをやってきた。犬にその疲れが出ている。それははっきりしている。

「本当にすまなかったな」小声で言うと、犬が咳きこむ。私は廊下で立ちどまって暗がりで息を吸い、天井を見つめる。

証拠保管室はほかの部屋と同じだった。棚に分厚く埃《ほこり》が積もり、ファイルキャビネットはひっくり返され、なかは空っぽだ。かび臭い。通信指令室では、黒いノートパソコンと旧型の足踏スイッチ式防災無線コンソールとのあいだのデスクの上に、半分かじった大昔のサンドイッチが置いてあった。アリがたかっている。頼みになるものはない。役立つものも、期待できそうなものもない。

昨夜遅くに到着してすぐに捜索を開始し、三時間たった今、太陽が昇りかけている——廊下の東端の玄関ドアにはまったガラスから、ぼんやりした薄暗い光が差しこんでいる——建物内をくまなく調べたけれど、何もなかった。ゼロだ。私が前に働いていたニューハンプシャー州コンコード署みたいな小さな警察署。それより小さめ。一晩かけて、虫眼鏡とエバレディ製懐中電灯を手に四つ這《ば》いになって、一部屋ずつ調べた。受付、通信指令室、総務部、留置室、証拠保管室。

冷やりとする確信がゆっくりと私を満たしていく。井戸の底から水位を増していく汚水のように。何もないという確信。

マコネルにはわかっていた。そんなの無駄足よと言いきったのだ。「じゃあ、町の名前はわかってるのね？」

「建物」私は答えた。「警察署なんだ。ある町の。オハイオ州のね」

「オハイオ州？」マコネルは納得していない。腕を組んで。眉をひそめて。「彼女は見つからないわよ。それに、見つかったとして？　どうするの？」

そのときの気配を、私は憶えている。彼女の怒り。怒るのも当然だと思ったこと。私はうなずいただけだった。荷造りを続けた。

今、人けのない警察署のがらんとした廊下に差しこむ鈍い夜明けの光に包まれた私は、右手を握りしめ、四十五度上に拳《こぶし》をあげてから、撃鉄みたいに振りおろし、もたれている壁を叩いた。フーディーニが首をまわして私をじっと見つめる。動物の黒い目が、暗がりで大理石みたいにきらきらと光る。

「よし」私は彼に告げる。彼が喉の奥でうなる。「わかったよ。調べを続けよう」

廊下を一メートルほどはいったところに、ダニエル・アーノルド・カーバーを称えるプレートがつけてある。西暦一九九八年、オハイオ州ロータリー警察署を警部補で引退する彼を記念したものだ。その記念プレートの横に、地元の子どもたちから贈られた色画用紙のカードをU字形に連ねてぶらさげてある。元気よく手を振るおまわりさんの棒線画が鮮やかな色のクレヨンで描かれ、その下に小学校の教師が書いたのか、きちんとした字で〝案内してくれてありがとう！〟とある。カードは、ねじれてしなびたスコッチテープで留めてある。わずかに斜めに取りつけられたプレートに、埃が二センチほど積もっている。

プレートと子どもたちのカードを一メートルほど過ぎた左側に、次の部屋がある。〈刑事室〉と表示してあるが、そこにはいってまず気づいたのは、刑事は一人だけだったことだ。デスク一台、回転椅子一脚。コードの切れた電話が一台。舞台の小道具みたいに受け台からはずされた受話器。天井から吊られた、枯れはてた鉢植え。しおれた茎と茶色い葉のかたまり。半分つぶれて横倒しになった水のペットボトル。

かつてここに座っていた刑事を思い浮かべる。椅子をうしろに傾けて、まもなく行なわれる麻薬密造所の手入れの詳細を詰めている。または、何もわかっていない総務課からのとんちんかんな指示について荒っぽくこきおろしている。空気を吸いこんだ私は、そこに染みついた彼の葉巻のにおいを嗅いだような気がした。

ちがう、彼女の葉巻だ。女性。デスクに置かれた分厚い革表紙の日誌の右上隅に、氏名がきれいにステンシルされている。アーマ・ラスル刑事。「失礼しました、ラスル刑事」私は謝り、どこにいるかわからない彼女に向けて敬礼する。「考えが足りなかった」

ここでまたマコネル巡査のことを考える。最後に、ドアのところで爪先立ちになって、私にキスをした。そのあと両手で私をぐいと押し、未知の旅へ送りだした。「行きなさいよ」彼女は言った。やさしく、悲しそうに。「頑固ものめ」

弱々しい日光は、刑事室の埃のこびりついた窓ガラスの奥にはあまり届かない、懐中電灯の向きを変えてラスル刑事の日誌を照らし、ぱらぱらめくる。最初の記入は、七カ月前の二月十四日。郡全域の公営施設に段階的な停電が命じられたことと、今後はペンと紙で日誌を書くことを、ラスル刑事はこぎれいな字でそのバレンタインデーに書きいれた。

そのあとの記載内容は、衰退の記録でもある。三月十日、隣接するブラウン郡の食料貯蔵庫で発生した小さな暴動は急速に広がり、〝一般市民の不安は不測のレベル〟となった。三月三十日には、警察署の対応力はいちじるしく落ち、職員数は前年比三五パーセントとなった。(〝ジェイソンが辞めた!!!〟と、ラスル刑事は驚きと失望の感嘆符つきで書き足している。)四月十二日、〝死ぬ前にやっておきたいレイプ犯〟が逮捕され、〝ブレイク飼料配給社のチャーリー!!!〟だと判明した。

頬がゆるむ。ラスル刑事が気に入った。感嘆符には感心しないが、彼女に好感を持った。

そのあと数カ月分のきれいな肉筆を読んでいく。最後の日付は六月九日——十六週間前——になっていて、一言〝クリークベッド〟、そのあと〝天にましますよ、わたしたちをしっかり見守ってて〟

日誌の上で背中を丸めたまま、私はしばらく動かない。フーディーニが部屋にはいってきた。ズボンをこする尻尾《しっぽ》を感じる。

内ポケットから青色の薄っぺらいノートを取りだして、〝六月九日、クリークベッド、天にましますわたしたちをしっかり見守ってて〟と、ひとまとまりにして小さな字で書く。これは最後の一冊だ。大学教授だった父が死んだとき、こうした試験用ノート数箱分があとに残されたが、警察にはいってからたくさん使い、自宅を焼き尽くした火事でそれ以上に多くを失った。そこに何かを書いてサラサラという音を聞くたびに不安になる。このノートを使いきったら、そのあとどうしよう?

ラスル刑事のデスクの引き出しを閉めて、日誌を元の位置に戻し、見つけたときと同じページをひらいておく。

私のポケットにはほかに、コンコード市立図書館の赤いプラスチックのカード入れに、妹のニコが高校二年のときのアルバム写真を手帳サイズに引き伸ばしたものがはいっている。ニコは、威勢のいい反抗的な高校生で、ぼろぼろの黒いTシャツを着て、安物の眼鏡をかけ、おしゃれとはほど遠く、髪の毛もぼさぼさだ。下唇を突きだし、口をひんまげている。〝あたしは自分が笑いたいときに笑う。どこかのまぬけから『笑え』と強制されてもカンケーない〟と言っているみたいに。もっと最近の写真があればよかったのだが、火事で焼けてしまった。とはいえ、高校を出てまだ八年なので、ニコの見かけと精神状態に関しては、この写真で通用する。私の身体は、やり慣れたことをしたくてうずうずしている。他人にその写真を見せて――「この娘《こ》を見たことありませんか?」――手がかりを得たら、その手がかりを追い、そこで手がかりを得て、またそれを追うという臨機応変な手順を踏みたがっている。

着古したベージュのスポーツジャケットの内側に、写真とノートのほかに、基本的な調査道具がいくつかしまってある。携帯用虫眼鏡。スイスアーミーナイフ。二・七メートルの巻き尺。エバレディより小さくて細い予備の懐中電灯。四〇口径弾一箱。銃——携行しはじめてかれこれ三年たつ署支給のシグ・ザウエルP229は、腰のホルスターに差してある。

　証拠保管室のドアがかちりとあいて、また閉まった。懐中電灯がコルテスを照らしだす。

「スプレーペンキだ」彼は缶を持ちあげて見せ、勢いよくしゃかしゃか振る。「半分はいってる」

「そうか」私は答える。「よかった」

「よかったどころか、すごいことなんだぞ、刑事さんよ」コルテスは子どもみたいにうれしそうな顔をして、荒れた両手でそれをまわす。「マーキングに使えるし、簡単に武器が作れる。蠟燭《ろうそく》一本、クリップ一個、マッチ一本あれば、火炎放射器のできあがり。そいつを見たことがある」彼がウインクする。「作ったことがある」

「そうか」私はまた言う。

　彼、泥棒コルテス、私に不似合いの相棒は、こういうふうに話す。世界は永遠に続くかのように。彼の道楽と習慣が永遠に続くかのように。無関心な私を見て、彼は溜息をつき、悲しそうに首を振ってから、幽霊みたいに暗がりに消え、宝物をさがして廊下を進む。

〝彼女はここにはいない〟とマコネル巡査が私の耳元でささやく。非難ではなく、怒ってもいない。明らかな事実を指摘しただけ。〝はるばるやってきたのは無駄だったわね、パレス刑事。彼女はいない〟

　一日が進んでゆく。暗い通路のずっと奥にいる私にじりじりと近づいてくる鈍い金色の太陽光。姿は見えないけれど、咳の音が聞こえるくらい近くにいる犬。私の足の下でふらつく地球。

2

刑事室のとなりの、ドアに〈会議室〉と記された部屋は、見慣れた物品でいっぱいだ。ウインドブレーカーのかかったコート掛け、使いこんだ青い野球帽、紐《ひも》を固めに編みあげた頑丈なカーハートのブーツ。警察官の制服。片隅に、ワシの頭をかたどった安っぽいプラスチックの台に差したアメリカ国旗。労働安全衛生局の職場安全の心得が、掲示板の下側の端にピンで留めてある。コンコード署にあったのと同じ紙だ。マガリー刑事は、軽蔑《けいべつ》をこめてそれを読みあげるのが好きだった。「ふん、何が安全の心得だ。こっちは銃で撃たれるのが仕事だってのに！」

うしろの壁沿いに置かれた不安定なキャスターつきホワイトボードに、日付のない激励の言葉が大文字で書かれ、下線が三重に引いてある。〝無事でいろよ、くそったれども〟。辛辣《しんらつ》でタフな警官魂の奥に恐怖心を隠してこのメッセージを書いている、疲れきった若い主任刑事の姿が浮かんで、私は少し口元をゆるめる。〝無事でいろよ、くそったれども〟〝わたしたちをしっかり見守ってて〟。この数カ月間、警察機関にとって楽な時期ではなかった。じつに大変だった。

会議室の奥のドアを押しあけると、そこは、ごく狭い簡易キッチン兼休憩室だった。流し台、冷蔵庫、電子レンジ、丸いテーブルと黒いプラスチックの椅子。冷蔵庫をあけたが、生温かい空気と悪臭の波におそわれてすぐに閉める。腐って酸っぱくなった食べ物のにおい。腐乱。

空っぽの自動販売機の前に突っ立ち、プレキシガラスに映る、とうてい自分とは思えない自分の姿に見入る。自販機にスナック菓子は残っておらず、あるのは葉の落ちた冬の枝みたいにとぐろを巻く針金だけ。近ごろはどこのガラスも全部割れているような気がするけれども、ここのガラスは割れていない。だれかは、バットやカーハートのブーツで自販機を壊すことなく、なかのお宝を持ち去ったのだ。

この自販機はずっと前から、たぶんラスル刑事か彼女の期待はずれの友人ジェイソンがここを去るころには空っぽだったのだ——ところが、しゃがんで膝をつき、注意深く調べて、いちばん下にある取りだし口の黒い蓋《ふた》の奥でプラスチックのフォークを見つけた。懐中電灯で照らすと、フォークは強度いっぱいまで弓のように曲げられ、取りだし口の蓋の重みをあぶなっかしく支えている。

なんとまあ、と私は思う。というのは、これこそ、私がさがしているものかもしれないからだ。ほぼ確実に。

長いあいだ、もしかすると数カ月間、フォークは弓なりの状態にあったとも考えられるが、かたや、コンコード高校での苦難の学生生活でうちの妹がくらった停学処分のひとつは、これと同じ手を使ったときだった。教員休憩室の自動販売機を細工してチョコバーとポテトチップを全部抜きとり、低脂肪ヨーグルトバーと〝感謝しろよ、デブども！〟というメモを残したとき。

息を詰めて、慎重にフォークをはずす。ポケットに一ダース入れてあるジッパーつきビニール袋の一枚にフォークをするりといれ、上着のポケットにしまってから移動する。

簡易キッチンに置かれた細長い戸棚二つのなかは、かきまわされていた。割れて散乱した皿。床に投げ落とされたボウル。マグカップ二個だけが割れずに残っている。一つには〝ロータリー警察署〟、もう一つには〝愛情とは縁が切れた。さいわいセックスはまだある〟と書いてある。私はにやりとして、かすむ目をこする。いかにも警官らしい。懐かしさがこみあげる。

ここにいたのか？　ニコはチョコバーを取ったのか？

〝出る〟の位置にあるレバー式蛇口が左上に向けてあるのは、だれかが、水道が止まったのを忘れて水を飲みにきたからか。それとも、流しを使っている最中に水が出なくなったのか。長く危険な勤務を終えた男か女の警官が休憩室にやってきて、マグカップに水を汲むか顔を洗っていると突然――おっと、もう水は出ない。

流しは血みどろだ。水道の栓と同じステンレス製の洗面台はかなり深い。のぞきこむと、底に、赤っぽい錆《さ》び色の血が溜まっている。排水口は血で詰まり、分厚く盛りあがっている。蛇口にもっと顔を近づけ、明かりをあてて見直してみて、かすかな汚れの染みを見つける。栓をつかんで、ぐいとまわした血まみれの手の跡。


〝無事でいろよ、くそったれども〟

流し台の上の壁に取りつけられた平らなラックから、三本のナイフがぶらさがっている。三本とも上から下まで、柄《つか》にも刃にも血がついている。腹の底でひとかたまりになった大きな不安と気持ちの高ぶりが、泡のように喉元にせりあがってくる。くるりと向きを変え、心臓を高鳴らせて足早に会議室を通り、廊下へ出る。

すっかり高くなった太陽の弱々しい黄土色の光線が、ガラスのドアから差しこんでいる。だから床がはっきり見える。廊下に落ちた血の跡が見える。点々と続く跡は、簡易キッチンの流し台から会議室を抜け、ホワイトボードと国旗の前を通り、警察署の正面玄関ロビーまで、パンくずみたいに一目瞭然《いちもくりようぜん》だ。

私の師にして友人であるカルバーソン刑事は、それを〝血に案内してもらう〟と呼んでいた。血に案内してもらうというのは、逃走する容疑者や逃げだした被害者のあとを追うこと、つまり〝足跡を見つけだして、それが何を物語るのか見きわめる〟ことだ。私は首を振って、そう語る彼の口調を、わざと嘘っぽく冗談めかした口調を思い出す。カルバーソン刑事の名言は多かった。警句の名人だった。

私は血に案内されながら歩く。床のタイルに十五から二十センチ間隔で続く血痕をたどって廊下を進み、ガラスのドアを出ると、建物のすぐ外の深い泥の手前で血の跡は消えている。私は、薄暗い日ざしのなかで立ちすくむ。雨が降っている。はっきりしない霧雨だ。ここ何日か降りつづいている。昨夜遅く、コルテスと私がここに着いたときは土砂降りだったから、カタツムリみたいに上着を首から後頭部にかけて引っぱりあげ、牽引《けんいん》している全財産を積んだレッドライダーの荷車にブルーシートをかけて縛り、自転車をこいだ。血を流している人がここからどこへ行こうが、それを物語る跡はない。

休憩室の血だらけの流し台へ戻って、小さな青いノートの残り少ない空白のページをひらき、流しの奥のナイフの絵を注釈つきで描く。肉切りナイフ、刃渡り三十センチ。大型ナイフ、刃渡り十五センチで先が細くなっている。果物ナイフ、刃渡り九センチで、柄の鋲《びょう》のあいだにW・Gという商標のイニシャルがはめこんである。それぞれのナイフと洗面台についた血の模様をスケッチする。四つ這いになって、もう一度血に案内してもらう。すると今度は、一つ一つの血痕が長円形であることに気づく。真ん丸ではなく、片方の先が尖った卵形だ。もう一度見直す。三度めはゆっくり時間をかけ、シャーロック・ホームズが持っているような虫眼鏡で血の跡を調べてみて、それらが交互に並んでいることを見てとる。ある長円形の血痕の先端があっちを向いているとすると、次の血痕の先端はこっちを向いている。一つは東向きの飛沫《ひまつ》、一つは西向きの飛沫、それらが廊下の端まで続いている。

私が刑事をしていたのは、たった三カ月だけ。なぜか刑事に昇格して、コンコード警察署《CPD》が司法省に併合されたときにいきなり免職になったから、ふつうの出世街道にいたら受けていたはずの高度な訓練を受けていない。犯罪現場の科学捜査の微細な事項について、意外と知らないことが多いから、自分の意見が正しいと思いたいけれども確信が持てない。そうはいってもだ。にもかかわらず。ここの痕跡は、二種類ある。交互に並ぶ血痕が示しているのは、だれかが血を流しながら、あるいは、血の滴る物体を持ってこの廊下を二度通ったことである。行きと帰りに一度ずつ。

　簡易キッチンに戻って、流し台の赤い底をもう一度にらみつける。腹のなかで新たな緊張が、血流のなかで新たな動揺が芽生える。コーヒーの飲み過ぎ。睡眠不足。新事実。ニコがここにいるのかどうか、ここにいたのかどうかはわからない。けれども、何かが起きた。何かが。

妹と私の仲を裂いたのは、迫りくる世界の終末ではなかった。世界の終末の受けとめかたの違い、現状の基本認識――それが起きているか、いないのか――が根本的に食い違っていたせいだ。

　それは起きる。私が正しく、ニコは間違っている。数万人の大学教授と研究者と政府関係者によって、事実関係が厳密に検討され、データの細目が慎重に分析され、再確認された。すがる思いで検証してきた全員が、データの正しさを認めた。むろん、予測不能な事項はいくつかある。たとえば、小惑星の組成と構造。おもな組成は金属か、それとも岩石か。継ぎ目のない一個の岩か、それとも破片が凝集したものか。衝突後に関する予測もさまざまだ。火山活動の場所と規模。海面の上昇の速度と規模。太陽光が塵灰《じんかい》でさえぎられるまでの時間と、それが継続する時間。とはいえ、中心的な意見はまとまっている。直径六・五キロの小惑星２０１１ＧＶ$_1$通称マイアは、時速五万六千キロから六万四千キロの速度で飛んできて、地表に対して十九度の角度でインドネシアに衝突する。それが起きるのが十月三日。一週間後の水曜日、昼食どき。

話題になりはじめたころ、あるコンピューターアニメが大評判となり、〝いいね〟とシェアでにぎわった――一年以上前の去年の夏の盛りころで、衝突の確率は高かったけれども、確定はしていなかった。まだ人々は仕事に行き、コンピューターを使っていた。思えばあれが、ソーシャルネットワーキングの最後の徒《あだ》花《ばな》だった。古い友人をさがし、陰謀論をやりとりし、〝死ぬまでにやりたいことリスト〟を投稿し、賞賛しあう。そのアニメで描かれたのは、張り子の人形《ピニャータ》になぞらえられた世界と、神――旧約聖書に出てくる白い鬚《ひげ》をたっぷり蓄えた神、ミケランジェロの描く神――が杖《つえ》をふるって地球を打ちすえ、破裂させようとしているところだ。どれほどかわいらしく描かれようと、アニメが言わんとしていたのは、この百万分の一の確率で起きる出来事は、神の意志、神の怒りであるということだった。宇宙を飛んでくる物体こそ大洪水二・〇だと。

私は、このアニメがそこまで気の利いたものだとは思わなかった。一つには、ピニャータのイメージは完全に間違っているから。世界は爆発しないだろうし、割れた陶器のように粉々になって飛び散りもしないだろう。もちろん衝突によって震動するだろうが、軌道を離れはしない。海は沸騰《ふっとう》し、森は燃え、山は地響きをたてて溶岩を吐きだし、人間は死ぬ。地球はまわりつづける。

仲違《なかたが》いの根本的原因は、ニコが、自分ならマイアの衝突を阻止できると考えていることだ。ニコとその仲間なら。ニコと最後にじっくり話したのは、ニューハンプシャー州ダーラムだった。そのときニコは、属する地下活動グループと秘密計画について、細かい点まですべて教えてくれた。ニコは煙草を吸いながら、視野が狭く鈍感で、なかなか信用しない兄に対していつものように苛立ちをこらえつつ、前のめりになって、熱をこめて早口で語った。小惑星の経路は、精密核爆発で変えられるというのだ。小惑星からその半径分離れた地点で爆発させて高エネルギーX線を放出し、小惑星の表面の一部を気化させれば、〝ミニロケット効果〟が生まれて、飛翔経路が変わる。この作戦は〝遠隔爆発《スタンドオフ・バースト》〟と呼ばれている。その科学的説明を、私は理解できなかった。明らかにニコもわかっていなかった。けれどもニコは、アメリカ国防省が極秘演習を行ない、理論的には八十五パーセント以上の確率で成功したとあくまで主張した。

　ニコが話すあいだ、私はまじめな顔をくずさないよう努力した。笑ったり、両手を投げだしたり、妹の肩をつかんで揺さぶったりしないように心がけた。はたして、スタンドオフ・バーストに関する情報を、邪悪な政府が意図不明ながら隠匿《いんとく》している——案にたがわず、その方法を知る不良科学者が一人いて、どこかの軍刑務所に幽閉されている。そして——やっぱり予想どおりに——ニコと友人のジョーダンと秘密結社一味は、彼を救いだし、世界を救う計画を立てている。

　そんなのは妄想だと私は言った。これはサンタクロースや抜けた乳歯をお金に換えてくれる妖精と同じお伽話《とぎばなし》だ、おまえはかつがれているんだと言ったら、そのあとニコは姿をくらました。私はほうっておいた。

　それが間違いだった、いま思えば。

　やっぱり私は正しいし、やっぱりニコは間違っているけれど、妹をほうっておくことはできない。ニコがどう考え、何をしようとも、私のかわいい妹に変わりはないし、あの子の無事を心から祈る人間は私だけだ。それに、あの最後の険悪な口論が、妹と私、もはやこの世に二人しかいない家族の最後の会話となると思うと耐えられない。なんとしても妹をさがしだし、世界が終わる前に、地震や洪水や、ほかの何かが起きる前に会っておかなければならない。

会いたくてたまらない気持ちが、火のように腹のなかでごうごう燃えている。溶鉱炉の内部のように。もしも妹をさがせなかったら——不幸にも妹に会えず、抱きしめられず、ほうっておいたことを謝れないなら——その火がぱっと燃え広がって、私を焼き尽くすだろう。

3

「ナイフが三本？　ほんとに？」コルテスが顔をあげる。目を光らせて。「大きくて切れ味は鋭いか？」

「二本は大きい。もう一本は果物ナイフだ。切れ味はわからない」

「果物ナイフはものすごく重宝するぞ。果物ナイフ一本で致命的なダメージを与えられる」

「見たことあるんだな」私は言う。「やったことあるんだな」

彼は笑ってウインクする。私は両目をこすって、あたりを見まわす。車三台分の車庫でコルテスを見つけた。この署で調べがすんでいないのはここだけだ。車は一台もない。あるのは備品だけ——エンジン部品、壊れた工具類、忘れられたか見捨てられた雑多ながらくた。広々として音が反響する。ずっと前にこぼれたガソリンのにおいがする。北側の壁に二ヵ所ある薄汚れたガラスブロックの窓から、屈折した日光がはいってくる。

「ナイフはいつでも役に立つ」コルテスが上機嫌で言う。「切れ味鋭くても鈍《なまく》らでも。ナイフを取ってこいよ」

よかったなというように敬礼をよこしてから、彼は作業に戻る。大きな扉の向かい、車庫の奥にある金属製の棚をつぶさに見て、使えそうなものをさがす作業だ。コルテスの顔の造作は妙に大きい。広い額、大きな顎《あご》、光る大きな目。陽気さと、海賊王並みの猛々《たけだけ》しさを兼ね備えている。彼にはじめて会ったとき、ステープルガンで頭を撃たれたが、その後、私たちの関係は発展した。この長く厄介な旅に出てから、彼は自分がとんでもなく貴重な人材であることを見せつけてきた。錠をこじあけ、燃料を吸いあげ、動かなくなった車両を生き返らせ、必需品が使い尽くされた場所で必需品の備蓄を発見するなどの特殊技能を示した。予想もしなかった類《たぐい》の相棒だが、世界は整理しなおされたのだ。自分が犬を飼うことになるなんて想像したこともなかった。

「ナイフは血だらけだ」コルテスに説明する。「見つけた場所でそのままにしてある、いまは」

彼が肩ごしに私をちらりと見る。「牛の血？」

「たぶん」

「豚？」

「かもな」

彼は意味ありげに眉毛を動かす。私たちの食料は、隠れ家から持ってきたものや、旅の途中で見つけたもの、取引して手に入れたものだ。スナック菓子、細切れの干し肉。小さなアルミ袋入りの炒《い》って蜂蜜をまぶしたハニーローストピーナッツはごちそうだ。フィンガーレイクスの湖で即席の網で魚を獲り、塩漬けにして、五日間それを食べた。飲み物はコーヒーだけ。大袋で持参したアラビカ豆を使っている。コルテスが手動鉛筆削り器を転用して豆挽《まめひ》きをこしらえた。マサチューセッツから運んできた湧水の樽《たる》から数カップ分を計りわける。古いガラスポットをキャンプ用コンロにのせてコーヒーを沸《わ》かし、網杓子《じゃくし》で濾《こ》しながら魔法瓶《サーモス》に移す。とても時間のかかる作業だ。味はひどい。

「コーヒーをいれてくれるか？」とコルテスに頼む。

「ああ、そうだな」彼は答える。「いい考えだ」

コルテスが立ちあがって伸びをし、彼のゴルフバッグから必要なものを取りだして用意するあいだ、私は血のことを考える。二種類の痕跡。簡易キッチンから出ていく血と戻ってくる血。

コーヒーを火にかけてから、コルテスは宝さがしに戻る。棚をがさごそ探り、一つ一つ持ちあげて明かりで照らし、すばやく調べて評価をくだし、次へ移る。

「訓練教本」彼は声に出して言う。「ポルノ雑誌。空《から》の靴箱。サングラス。割れてる」後ろにひょいと投げ捨てられた州警タイプのミラーグラスは、模様のあるコンクリートの床にあたって粉々になった。「ホルスター。これなら使えるかもな。おやまあ。なんてこったい、刑事さん。双眼鏡だぞ」

彼は、ごつくて黒いそれを持ちあげて、野鳥を観察するみたいに私に向ける。

「よくないニュース」彼が言う。「あんた、ひどくしょぼくれてるぜ」

彼は双眼鏡を手に入れる。携帯電話の電池を袋いっぱい手に入れる。そんなものがなんの役に立つのか、集めて自分のものにして選《よ》りわけることになんの意味があるのか、コルテスに訊くのはとっくにやめた。それが彼にとっての娯楽、やりがいのある仕事なのだ。世界が崩れ落ち、だれも何も必要としなくなるまで、役に立つものを集めつづけることが。

言われるまでもなく、私は気づいている。ナイフについた血、流しの血、床の血がニコのものである可能性に。そのことを考えるのはまだ早すぎる。この種の結論を出すのはまだ早すぎる。

結局、いちばん見込みのありそうなシナリオは、この血は他人の血であって、三本のナイフは、今の私の調査とはなんの関係もないという線だろう。加速度的に増えている無数の恐ろしい暴力行為のうちの、恐ろしい暴力行為の一つにすぎない。旅をしながら、私たちはそれを何度も目にしたし、自責の念で涙を流しながら、あるいはひどく反抗的な態度で、良心のひとかけらもないことをしたと告白する人々に出会った。元食料品店で孫息子を守っていた老婦人は、二・五キロの冷凍挽き肉のために見知らぬ人を射殺したと小声で語った。トラック専用サービスエリアにいたカップルは、二人が暮らしていたダッジ製ピックアップトラックを盗もうとした男を捕まえ、その後争いになって彼をひき殺したという。

無秩序に崩壊して無法地帯と化し、最悪の状況にある地域を、私たちはレッドタウンと呼んだ。さまざまに変わってしまった世界にさまざまな名前をつけたのだ。レッドタウン——暴力と悲しみ。グリーンタウン——楽しく愉快に空想世界で生きる町。ブルータウン——不穏な静けさ、人々が隠れる町。州軍か正規軍部隊がときどきパトロールするのかもしれない。パープルタウン、ブラックタウン、グレイ……

私は丸めた手に向けて咳をする。車庫は狭くて閉所恐怖症になりそうなうえ、においに耐えられなくなってきた。大昔の煙草と排気ガスの鼻をつくにおい。白黒のチェッカー盤柄のすすけたコンクリートの床。ある考えがぴくりと生まれる。不明瞭であいまい。私はもう一度鼻を鳴らしてから、しゃがんで四つ這いになり、膝と手のひらで硬いコンクリートの床を丹念に調べる。

「どうした、刑事さん?」

私は答えない。前のほうへ、車庫の中央へ這っていって、頭をさげて床を見つめる。

「ついにいかれたか?」へこんだ鋼鉄の貯金箱を、フットボールみたいに脇の下で抱えてコルテスが言う。「頭がおかしくなって使い物にならなくなったら、あんたを食べるしかないな」

「手伝ってくれるか?」

「何を?」

「吸殻」私は答えて、上着を脱ぐ。「煙草の燃えさしをさがしてもらえると助かる」

私はシャツの袖をめくりあげ、手のひらを真っ黒にしながら、車庫の奥からドアに向かって床を這う。虫眼鏡で見ながら、チェッカー盤柄をたどる。白い四角、黒い四角。ややのち、コルテスは肩をすくめると、貯金箱を置く。そして、草を食《は》む牛のように二人並んで、床に目を凝らしながら、ゆっくりと移動する。


もちろん、吸殻はたくさんある。こういう場所はどこでもそうだが、車庫の床には、煙草の吸いさしが散らばっている。床に積もった埃や汚れをかきわけ、見つけられるかぎりすべて拾い集めると、私は身体を起こしてあぐらをかき、二つの山に分ける。電灯で照らして一つ一つためつすがめつし、慎重に確かめてから、ふさわしい山に送りこむ。〝可能性あり〟と〝可能性なし〟。コルテスは口笛を吹きながら作業をつづけ、ときどき「血迷ってる、錯乱してる」とつぶやく。煙草のほとんどはフィルターに印のないノーブランドか、端から刻み煙草がはみでた白い薄紙をねじっただけの手作りだ。

そして、十分か——十五分ほどたったころ——

「これだ」

あった。私は手を伸ばして、埃まみれの小さくねじった紙をつかむ。これをさがしていたのだ。鈍い灰色の光にかざす。あったぞ。

「ははあ」コルテスは言う。「煙草の吸いさしか。おれたちならやれると思ってた」

私は答えない。見つけた。警察官の秘密の本心ではこうなることがわかっていたけれど。一本の煙草の吸いさし。よじれてちぎれ、かかとで踏みつぶされてずたずたで茶色くなり、中身の煙草がはみでて巻き紙の皺《しわ》に汚く張りついている。私は、短い煙草の燃え残りを、ちぎれた昆虫みたいに二本の指でそっとつまむ。「あの子はここにいる」私は立ちあがる。室内を見まわす。「ここにいたんだ」

こんどは、コルテスが答えずにいる番だった。まだ床に目を凝らしている――べつの何かに注意を引かれたらしい。私の胸の奥で心臓がうねり、潮のように大きく寄せては引いていく。

依存性の高い物品の市場はすべてそうだが、煙草の市場は、文明の終焉《しゅうえん》が決まってからめちゃくちゃになった。需要は急騰し、供給は消えうせた。老いも若きも喫煙者は、ひどくまずいノーブランド品で間に合わせるか、半端な刻み煙草を集めて自分で巻いた。けれども私の妹、妹のニコは、なぜかいつもお気に入りのブランドを吸っていた。

私はその吸殻を高々と持ちあげる。においを嗅ぐ。これは、自動販売機の取りだし口をあけたままにしておくために差しこまれたプラスチックのフォークと一組にして考えるべきだろう。そして、この小さな二つの物体から導かれる結論は、これは現実だということだ。錯乱した気の毒なアビゲイルは、全世界の全建造物から、オハイオ州ロータリーにある警察署をでたらめに選びだしたのではなかった。ニコは本当にここに来た。妹と陽気な陰謀団の仲間たちと自称ヒーローたち。妹はわざと吸いさしを残したのだ、これまでずっと吸いつづけてきたのは、この手がかりを残すためだったのだと言いそうになる。妹が煙草をやめなかったのは、本当のところ、ニコチン中毒だったのと、私を怒らせるのが楽しかったからなのだけど。

「彼女はここにいた」もう一度言ったのに、コルテスは一人でつぶやきながら、人差し指を伸ばして床をなぞっている。私は、吸いさしをビニール袋に滑りこませ、上着のポケットにそっとしまう。「彼女はここにいる」

「おれはあんたの上手《うわて》を行こう」彼は言って、しゃがみこんでいるコンクリートの床から顔をあげた。「これはドアだ」


生まれてこのかたずっと、私はニコとかくれんぼをしてきた。

葬儀――私が十二歳になった年の六月上旬、二度めの、つまり父親の葬儀――が終わったあとの週末、引っ越し業者が動きまわって、私のわずかな全人生を箱に詰め、秘蔵の漫画本と野球のグローブとシングルベッドを運びだし、私がこの世で必要とするすべてのものをいっぺんにトラックに積んで送りだした。私は、何時間も妹の姿を見ていなかったことに気づいて、ぎくりとした。動転し、頭のなかが真っ白になった状態で家のなかを走り、引っ越し屋たちのあいだをすり抜け、埃っぽい空っぽのクロゼットのドアを勢いよくあけて、地下室へ駆けおりた。

外へ出て、夏至《げし》に近い夏の雨あがりにできたぬかるみを縫って重い足取りでコンコードの街中を歩き、妹の名前を呼びながら脇道を行ったり来たりした。ホワイトパークまで来てようやく、滑り台の下に隠れてくすくす笑い、薄手のワンピースを着て、太陽にじりじりと焼かれながら、棒切れで土をひっかいて自分の名前を書いているニコを見つけた。私は、骨と皮ばかりの腕を組んでにらみつけた。ものすごく腹がたっていた。引っ越しと悲しみのせいで、すでに頭のなかはパニックだった。六歳だったニコが手を伸ばして、私の頬をさすった。「あたしもいなくなっちゃったって思ったんでしょ、ヘン？」ぴょんと跳ねて、私の大きな手を、あの子の小さな両手ではさみこむ。「そうなんでしょ？」

そして、あと一週間もない今、私はオハイオ州ロータリーにいて、泥棒コルテスの大きな背中をにらみつけながら、背中を丸めてドアを調べている彼のまわりを、腰を折って前かがみになり、指を震わせながら変人みたいにぐるぐるまわっている。

車庫の床に隠し扉があるのは驚きだが、意外ではない。世界じゅうの人々が、これと同じことをしている。穴を掘るか穴を見つけて、そのなかに潜っている。噂によれば、アメリカ陸軍は、トップの高級将官と各部門の幹部の避難所として、鉛《なまり》を貼った巨大地下壕網を作りあげたらしい。国防総省《ペンタゴン》から遠くアーリントンまで広がる補強された地下世界。テキサス州ウエストマールバラ市は、三カ月間〝全市あげて穴を掘り〟、高校のスタジアムの地下に市民全員がはいれる広大な避難壕を作った。

一般に、関係する専門家らは、行政機関や地域の共同体や無数の個人によるそうした事業——冷戦時代風地下要塞を作ること——を尊重しつつも懐疑的だった。爆発に耐えられる深さまで掘れるのか。太陽がさえぎられ、動物が死に絶えても生き残れる量の食料を持ちこめるのか。

「ちくしょうめ」コルテスがぶつぶつ言っている。私の虫眼鏡を使って目を凝らし、丸めた指の関節で平坦な硬い床をこつこつ叩いている。

「どうした？」と口にしたとき、興奮、不安、極度の疲労、埃がこたえたのか咳が出はじめ、止まらなくなる。どれのせいかはわからない。喉がひりひりする。私は彼のすぐうしろに立って、足をもじもじさせながら、彼の肩の上から下をのぞきこんでいる。こうして立っているあいだも時間は過ぎてゆく。シリーズ物のSF映画で光速で飛びさる恒星みたいに、勢いよく時間は流れている。カシオで時間を確かめる。もう九時四十五分だ。時間は合っているのか？

「コルテス」私は呼びかける。「ドアをあけられるのかあけられないのか？」

「これはドアじゃない」彼は答える。汗をかきかき、目にかかった豊かな黒い髪の毛を押しのける。「だから問題なんだ」

「どういう意味だ、ドアじゃないとは？」私の話し方は早すぎて、声が大きすぎた。自分の発した言葉が戻ってきて私にがなる。頭がおかしくなりかけているような気がする。ほんの少し。「ドアだときみが言ったんだぞ」

「我が過失なり。ドアには取っ手がある」彼は、一本の指を床に突きたてる。「これは蓋だ。覆い。ここの地面に穴があいてる。たぶん階段があるんだろう、で、だれかがそこをふさいだ」

見ろよとコルテスが指さした床の四カ所に、階段の手すりとなる支柱を差しこんだ穴の跡がかすかに残っている。けれども、コンクリートのパネル四枚を見れば、もっと明らかだと彼は言う。黒っぽい二枚と薄い色の二枚は、ほかのパネルよりもずっと最近敷かれたものだ。

「それが蓋だよ」彼は言う。「その四枚があわせて一枚になってる。彼らはハンドミキサーを持っていて、コンクリートを流しこんで板を作り、床の模様にあわせて型を押し、端を切ってから、板をはめこんだ」コルテスが虫眼鏡を返してくる。「どこが穴かわかるか？」

私にはわからない。私の目にはそれが見えない。ただの床があるだけだ。コルテスは立って、背骨をぼきぼき鳴らし、こっちに大きく腰をまわしてから、向こう側にぐるりとまわす。「模様の端のほうは手で調整された。ほかは機械削りだ。ほら、ここは手作業。な？」

私は目を細めて床を見る。できるかぎり大きく目をあける。ひどい疲れを感じる。コルテスはしかたないなという溜息を漏らしてから、大きな車庫扉へさっさと歩いていく。

「ほら」彼は言うと、錠をぽんと弾《はじ》いて、さっとあける。「あれが見えるか？」

突然、内部で小さな粒子がうごめきだす。がらんとした室内のいたるところに無数のちっぽけな破片が浮遊している。

「埃か」

「そう、そいつ。コンクリートというのは、小さな石がぎっしり詰まったものなんだ。たとえば、蓋の端を調整するときに丸のこか手押し式カッターを使うと、細かい削りかすがたくさん出る。こんなふうに」

「いつ？」私は訊く。「いつやったんだろう？」

「過呼吸になるぞ、刑事さん。頭がぼうっとしてくるぞ」

「いつだ？」

「きのうかも。一週間前ってこともある。さっきも言ったけど――コンクリートからは大量の削りかすが出るんだ」

私はしゃがみこむ。立ちあがる。ポケットに手をいれて、ニコの写真と、ビニール袋にしまってあるフォークと煙草の吸いさしに触れる。またしゃがむ。身体が静止するのを拒んでいる。体内であふれたコーヒーが、黒い不安定な泡となって血管沿いに移動しているのを感じる。削りかすで目がちくちくする。やっと、床に引かれた穴のごく細い線が見えてきたように思う。ニコはこの下にいる。仲間と一緒に。妹と幹部はここにやってきて、古い車庫の平たい石の下に、臨時本部みたいなものをこしらえたのだ。計画の次の段階が展開するのをそこで待っている――もしくは、計画をあきらめて、ダチョウみたいに、警察署の下の砂に頭を突っこんで隠れたつもりになっているのか。

「取っ手をつけよう」私はコルテスに言う。「蓋を持ちあげる」

「むりだね」

「なんで？」

「力が必要だが、おれたちにはそれがない」

私は自分の身体を見おろす。これまでずっと痩《や》せていたけれど、グラノラバーとコーヒーで一月過ごしたから、やっぱり痩せたままだ。コルテスも体重が減って、ボクサー体型から、筋張った身体に変わってしまった。とはいえ、ミスター・ユニバースにはほど遠い——私より体力はあるが、腕っぷしは強くない。

「取っ手をつけても役に立たないよ」彼は答える。ゴルフバッグにいつもいれている小袋の刻み煙草を積み重ねて、自分の煙草をゆっくりと巻いている。

「じゃどうする？」私が訊くと、歩きまわる私を見て彼が笑う。

「いま考えてる。じっくり考えてるのさ。そうやってぐるぐる歩いてるとな、そのうち倒れるぞ。そうなったら見ものだな」

私は続ける。彼に冗談を言われ、からかわれても、私は続ける。歩きつづける。やめられないのだ。軌道をまわる星みたいに、床の蓋のまわりをまわる。私の思いは、妹の近しい友人、私がコンコードで行方をさぐろうとした人物に戻っていく——ジョーダン、名字は不明。事件の捜査のため、ニコと一緒に出向いたニューハンプシャー大学で、ニコからジョーダンを紹介された。ニコがにおわせたところでは、陰謀グループ内でややあいまいながら重要な地位についている男らしい。ジョーダンのことで印象に残っているのは、彼が口にすること全部にまとわりつく皮肉だった。ニコは秘密革命にいつもすごく真剣に取り組んでいた——地球を救うのは自分たちだ——というのに、あのジョーダンという男には、どこか芝居じみているというか、気取っているというか、面白がっているような感じがつきまとっていた。ニコには、あの男のそうした態度が見えていなかった。というより、見ようとしなかった。だから、二人の関係も心配の種だった。最後にジョーダンに会ったのは、ニコがヘリコプターに乗って行ってしまったあとのことだ。彼は嬉々《きき》として、もっと深いレベルの秘密について、ニコが関与していない部分の謀略計画についてほのめかした。

そして、妹をいったいどこへやったと詰め寄るつもりで彼に会いにいったのに、そこにいたのは、見捨てられて途方に暮れたアビゲイルだった。彼女と話をして、私はここに――オハイオ州に、ロータリーに、床に切られたドアにたどりついた。

「下へおりるぞ」

「あのさあ」コルテスが言う。「むりかもよ」

「なんとしてもおりる」

コルテスが煙の輪を吐きだし、私たち二人は床をじっと見つめる。ジョーダンが下にいる。私にはわかっている。そしてニコもそこに、冷たい石一枚で隔てられたところにいる。私たちがやるべきは、それを引きはがしてどけることだけ。私は息をする――なにかの歌を一節歌う――熱に浮かされて、むりして働いている頭を落ち着かせようとしているところへ、せめて計画を立てて作戦を練るあいだだけでも突っ走るのをやめようとしているところへ、犬が小さな後ろ肢を滑らせながら車庫に駆けこんできて、コンクリートを爪で引っかく。よくないことが起きた。犬は狂ったように吠えている。死者を起こそうと吠えている。

4

「フクロネズミかもよ」コルテスが言う。私たちはぜいぜい息をしながら、しゃにむに森を突進する。「ばか犬はあんたにリスを見せたいのさ」

フクロネズミではない。リスではない。フーディーニが気力の満ちあふれる体を斜めにして下草を抜け、肢を引きずりながらも飛ぶような勢いで走っていくことからして、それだけは言える。犬を追って、コルテスと私は走っている。警察署の裏に広がる鬱蒼《うっそう》とした森のなかを、全世界が炎上しているかのように藪《やぶ》をかきわけ押しつぶしながら。フクロネズミでもリスでもない。

西側斜面を転がるようにおりて、小川の泥深い岸を進み、さらに森の奥へはいったところで、ちょっとした空き地に出た。葉が茂り、ところどころにぬかるみのある周囲十メートルくらいの卵形の土地だ。コルテスと私が、高く生えそろった茂みをまたぐあいだ、フーディーニは引っかき傷を作ることなど気にせずに、地面のにおいを嗅いでいる。コルテスは片手に手斧《ておの》をしっかりと握りしめている。黒のロングコートの深い内ポケットには、銃身を切って短くした散弾銃をいれているはずだ。私は自分の銃、シグ・ザウエルを抜いて、身体の前で両手でかまえている。私たち三者は、空き地の端で半円形を描いて立っている。人間、犬、人間。全員が息を切らし、全員が死体を見つめている。地面でうつ伏せになった若い女。

「なんてこった」コルテスが言う。「ひでえな」

私は答えない。息ができない。空き地へ一歩踏みこんで、気持ちを落ち着かせる。目の前の場景が消えて、また現われる。視野がぼやけて、晴れる。若い女は衣類を身につけている。デニムのスカート。淡いブルーのトップ。薄茶色のサンダル。泳いでいて死んだみたいに、それとも、何かを取ろうとしているみたいに両腕を前に投げだしている。

「彼女か？」コルテスが静かに言う。空き地から大股で三歩進み、近づいたとき、そうでないと悟る――髪の毛がちがう、身長も。妹はジーンズのスカートなんかはいたことはない。どうにか口にする。「ちがう」

身体に安堵《あんど》がどっとあふれる――その直後、罪悪感が第二の波となって、最初の波がまだ引かないうちに押し寄せる。この女の子は私の妹ではないけれど、だれかの妹であり娘であり友人なのだ。だれかの何かなのだ。何かだったのだ。森の地面に突っ伏して両腕を伸ばして。逃げたけれどつかまった。残り六日で。

コルテスが原始人のこん棒のように手斧を握りしめて、私に近寄る。私たちは、四百メートルほどはいった森の奥で静けさに包まれている。背後の平屋の警察署も、森の反対側の丘の下にあるロータリーの小さな町も見えない。森林の奥深くにいて、緑色と茶色ばかりの妖精世界で道に迷い、まわりにあるのは野の花と泥と、地面を覆う縁の反りかえった黄色い落ち葉だけ。

若い女の死体の脇に膝をついて、それを転がして上向け、頰とまぶたについた土や木くずをそっと落とす。アジア系。きれいな娘《こ》だ。線の細い目鼻だち。黒い髪、青ざめた顔。ピンクの薄い唇。両耳に一つずつ、ゴールドの小さなスタッドピアス。争った形跡がある。顔にいろいろな裂傷と打ち身があり、右目は腫《は》れてほとんどつぶれ、まわりは黒いあざになっている。それに、喉は端から端まで切り裂かれている。右耳のすぐ下から弧を描いて左耳のすぐ下まで、恐ろしい深い切り傷が走っている。見るだけで身の毛がよだつ。内側の赤い部分はぬめぬめして生々しく、白く光る肉が裂け目から見えている。傷口に沿って、血が盛りあがって固まっている。

コルテスが私のそばに片膝をついてつぶやく。「天にましますわれらの父よ」違和感を感じてそちらに目をやると、彼が顔をあげてにやりとした。が、落ち着かなげに。

「わかってる」コルテスが言う。「おれは意外性に富んでるからな」

遺体を、その喉元を見ながら、簡易キッチンの流し台の棚にあった肉切りナイフ、果物ナイフ、大型ナイフなど、はね飛んだ血がべっとりついたすべてのものについて考える。そして立ちあがろうとしたとき、女が息をする——わずかながらはっきりと胸が動いた。そしてもう一度。あがっておりる。

「おいおい——」私は口走る。「これは——」するとコルテスが「なんだ？」と訊いてくるが、私は慌《あわ》てて脈をさがす。恐ろしい傷口の下、のどぼとけの数センチ下。あった。かすかに脈が声をあげている。私の指の下で弱々しく駆け足している。

喉を掻《か》き切られて森に横たわるこの若い女が生きられるはずはないのに、でもこうして生きている。身をかがめて頭を近づけると、浅い呼吸が聞こえる。脱水症状がひどい。舌はふくれて乾き、唇はひび割れている。

細心の注意を払ってそうっと女を抱きあげ、バランスを調整し、新生児を抱くように、肘の内側で頭部をささえる。

「私のせいだ」私がささやき、コルテスが訊く。「なんだって？」

「全部私のせいだ」

もっと早く来ていれば。その自覚から生まれた火が、被害者をそっと抱いて立つ私の首と顔に燃えひろがる。何が起きたにせよ、それはすでに起きてしまい、私たちは間にあわなかった。私のせいで。コンコードからここに来るまで時間をかけすぎた。道草をしすぎた。いつも私の判断だった。いつも私のせいだった。セネカフォールズの町まで十五キロのところで、道路のそばの森から、若い女が大声をあげて走りでてきた。彼女と弟は、動物園の動物を逃がそうとしたという。かわいそうな動物たちは閉じこめられ、飢えて衰弱していた。そのとき、一頭の虎が彼女の弟を追いかけ、弟は木の上に逃げた。一気にまくしたてられた長い話を聞いて、コルテスはこれは罠だ、このままカートを――そのとき、シラキュースのカントリークラブで見つけたゴルフカートに乗っていた――走らせようと言ったのに、放っておくことはできないと私は言い、その若い女を助けるべきだと私は言い、コルテスから理由を訊かれて、〝その子を見ていると妹を思い出すから〟と私は言った。コルテスは笑い、ドアをあけて、短く切った散弾銃を女に向けた。「あんたは何を見ても妹を思い出す」

　虎の件で半日足止めをくった。ほかにも、レッドタウンとグレイタウンでそういうことがわんさとあった。焼け野原となったダンカークの中心部で、まだ燃えているアパートメントから一家族を引っぱりだしたのはいいが、その家族を連れていくところもなく、なんの援助もできなかった。結局、消防署の階段に彼らを置きざりにした。

　不快で冷たい雨がぱらぱらと降っている。昼が近い。犬は、木々や泥や黄色く茂る葉のあいだを、不安そうに円を描いて動きまわっている。私は、新婚夫婦みたいに眠れる女性をしっかりと抱いて、警察署へと戻りかける。コルテスは先頭に立って手斧をふるい、茂みや木の枝をはらっている。肢を引きずってついてくるフーディーニ。

5

そこを〈警察のいえ〉と呼んでいたのは、子どもたちがそう名づけたからだ。マサチューセッツ州西部、地図上でファーマンと記された点の近くにぽつんと建つ、大きな一軒家である。考え方の似た警察官と警察官OBが、子どもたちや友人たちを連れて、比較的安全な場所で残りの日々を過ごすためにそこに集まった。私はそこで、トリッシュ・マコネルと彼女の子どもたちとともに、数人の旧友や新しく得た知己とともに暮らしていた。妹をさがしに出るまでは。

〈警察のいえ〉の最上階に、タフで変哲で白髪を短く刈りあげたエルダ・バーデルという高齢の女性の居室があった。ナイトバード、または、ただバードと呼ばれていた。主任刑事だったバーデルが引退したのは、私が警察にはいる二年前のことだった。〈警察のいえ〉での彼女は、非公認の長老にして賢者といったところか。リーダーではないにしろ、屋根裏部屋の肘掛け椅子に座って、自分でケースで持ちこんだパブスト・ブルーリボンの缶ビールを飲み、助言をしたり、さまざまなことについて賢明な意見を吐く人物。子どもたちは、食べても安全なのはどの実か尋ねる。家から五百メートルほど離れた急流でマスを釣るのに最適のルアーはどれかという、キャプショー巡査とカッツ巡査の賭《か》けのけりをつけたのもバードだった。

アビゲイルに会ったコンコード遠征から戻った次の日の八月二十三日の日暮れ近く、私は、計画している旅に関する二、三の問題について話したくて、屋根裏部屋へと長い階段をのぼっていった。

ナイトバードが勧めてくれたパブストをことわってから、必要な手配についてきぱきと話しあう。そのあと、戸口から片足を出してぐずぐずしている私を、中途半端な笑みを浮かべた彼女がじっと見つめてくる。

「ほかにも心配ごとがあるんじゃないの、あんた」

「じつは――」私は口髭《くちひげ》を撫《な》でながらためらい、ばかみたいだと感じる。「ご意見をうかがいたい件がありまして」

「さっさと言いなさい」そして、前かがみになって、両手を股《また》のあいだに垂らす。私は話しはじめる。できるかぎり簡潔に。元宇宙軍団所属の不良科学者、イギリスのどこかに置かれているとされる核兵器の備蓄、スタンドオフ・バースト。

ナイトバードは二本の指をあげて、缶ビールを短く一口飲んでから言う。「わかった。スタンドオフ・バーストが妥当な話かどうか訊きたいんだね」

「知ってるんですか？」

「おやおや、巡査。あたしゃ全部知ってるよ」ナイトバードはパブストを置いて、肉厚の手のひらを差しだす。「あれを取ってくれる？　あそこの赤いバインダー」

なんとバーデルは、ありとあらゆるシナリオを研究していた。まともな理論や、目をぎらつかせた一《いち》か八《ばち》かの賭け、〝もし～でなければ〟付きの薄っぺらい仮説、世界の救済者が提示できるかぎりの奇想天外なアイデアを、彼女はすべて集めていた。

「スタンドオフ・バーストだけどね、あんた、現実離れした物語のトップテンにはいるよ。トップファイブかも。ていうのは、ほら、押す／引く説、重力牽引説、強化ヤルコフスキー効果説」バインダーの特定のページをひらいて、ずらりと書かれた数字を面白そうに見つめる。「みんな、強化ヤルコフスキー効果が大好きだね。たぶん、おかしな名前のせいだ。でも通用しない。例の磁場のたわごとに関する数字が間違っていた」

私はうなずく、なるほど。科学にはうんざりだ、イエスかノーかを聞きたい。答えがほしい。「では、あの——スタンドオフ・バーストは？」

ナイトバードは咳きばらいして、気難しげに首をかしげて私に顔を向ける。急《せ》かされたくないのだ。

「そう」彼女は答える。「同じこと。射程距離が必要になるし、機材が必要になる。射程距離は、もしかすると、ひょっとしてその宇宙軍団の男の手元に正確な数字があるかもしれない。目標の速度とかを計算で割りだしたかもしれないけど、だれも機材を持っていない。これに特化して作られた非常に特殊な運搬システムがなくちゃいけない。材質の強度、多孔度、速度にあわせて。ひょっとしたら、だれかがまともな発射装置を作って、きちんと計算できるかもしれないね、あんちくしょうの来るのが二年遅ければ。十年遅ければ、あれがそばに来るまでに追いはらえたかもしれない。衝突回避」彼女は、肘掛け椅子に座ったまま腰を折って前かがみになる。「でも、あんたの話だと、だれかがスタンドオフ・バーストで今それをやろうとしてる」彼女は自分の腕時計を見て、首を振る。「あと——一月《ひとつき》？　一月半？」

「四十二日です」私は答える。「では、可能性はないとおっしゃるんですね？」

「ないね。よくお聞き、巡査。それ以下だよ。可能性はゼロ以下」

私は、いろいろありがとうと言い、階段をおりてきて、荷造りを終えた。

「なあ、言いにくいけど」ていねいに煙草を巻きながら、コルテスが話しかけてくる。「すごく魅力的な娘だな」

私はきつい目で彼を見る。じつのところ、言いにくそうな気配は、彼の口調にも言葉にも現われていない。つまり、私のいちばん嫌がることを、あえて口にしているのだ。これまでも、同じやり方でからかわれてきた。旧友のマガリー刑事とカルバーソン刑事から。当然ニコからも。わかっている。私は自分を知っている。

「言ってみただけさ」コルテスは煙草に火をつけて、深々と満足そうに吸いこみながら、ほっそりした女の身体にあからさまに見とれている。私は何も言わない。冗談を言い返したり、軽くハッハと笑ったり、目玉をまわして真面目人間ぶったりして、コルテスを喜ばせたくないから。私が顔をしかめて、意識不明の若い女性にかかった煙を手ではらうと、彼は煙草を床に押しつぶして火を消す。

「ああ、親愛なるパレス」彼はそう言うと、あくびをして立ちあがる。「おれが天国に行って、あんたがそこにいなかったら寂しいだろうな」

私は便器に腰かけている。傍らのむきだしの薄いマットレスに、両手を脇にたくしこませた体勢で、女を横たえてあった。マットが置かれているのは、鉄格子のすぐ内側だ。ここは留置室の、便器と流しと鏡がそなわった牢屋のなかだ。コルテスは鉄格子の向こう側、つまり善人側の、鉄格子と外の通路へ出るドアとのあいだの狭いスペースに陣取っている。あちこち見たが、天井にフックがあるのはここだけだった。いま、そのフックから生理食塩水の袋がぶらさがっている。部屋の善人側にある袋から無菌の液体がぽたぽた落ち、弧を描いてチューブをくだり、鉄格子のあいだを抜けて女の腕へ吸いこまれていく。〈警察のいえ〉を出るとき、ナイトバードが救急箱を用意してくれた。大量のガーゼとアスピリン数箱と過酸化水素数壜、加えて、生理食塩水一リットル入りの袋が二つと点滴キット。私が使い方を知らないと言うと、彼女は嘲笑《あざわら》って、キットの説明書のとおりにやれと言った。そうすればほとんど自動的にできると言った。

コルテスが、液体の袋を見あげている私の視線を追う。「落ちてないように見えないか?」

「いちばん上でぽたぽた落ちてるだろ?」

「ちゃんとやったのか？」

「わからない。でも、落ちてる」

「やり方が間違っていたらどうなる？」

　私は返事をしない。でも、水分が投与されなければ、彼女は死ぬ。カシオを見ると、午後四時四十五分だ。この腕時計は、トリッシュ・マコネルの娘ケリーが勢いよく抱きついてきたときにくれたものだ。「ママはかんかんに怒ってる」とケリーが言い、私が「わかってる」と答えると、彼女は「あたしも怒ってるよ」と言ったにもかかわらず、この時計をポケットに滑りこませた。以来、私はそれを身につけている。横のボタンを押すと、文字盤がきれいな青緑色に光る。この時計が大のお気に入りだ。

　この女性は、性的暴行は受けなかったようだ。私が確認した——非常に慎重かつ素早く、接触を最小限にとどめ、言い訳を口にしながら確認した。縛られていたことを示す、手首や肘の擦《す》り傷もない。喉の傷に加えて、顔の打撲と裂傷と、激しく争ったその他の形跡——手の甲と脛《すね》の打ち身、割れた二枚の爪。爪の下から組織のサンプルをピンセットでつまみだし、ビニール袋の一枚に注意深く入れる。パレス刑事の小型移動証拠保管所。喉の傷口は消毒して、胸が悪くなるような大きくひらいた切り口に、ネオスポリン軟膏《なんこう》を塗った薄いガーゼをあてた。傷口をたっぷりと覆うどころか、うなじを一周するくらいガーゼを使ってしまった。頭部を一度切断して、また付けなおしたように見える。彼女の髪の毛は真っ黒で、もつれた二枚のカーテンとなって顔から垂れている。

　私は便器から立ちあがり、向きを変えて一分ほど待ってから、両足を揺する。腹が減った。くたくただ。私の手には、眠れる女性のブレスレットがある。手首ではなく、シャツの前ポケットにはいっていた。こわれやすい模造《フェイク》のゴールド製で、ショッピングセンターのチェーン店でもらう安っぽい記念品みたいなやつ。

男子高校生が女の子に買ってあげるようなやつ。チャームがいくつかぶらさがっている。音符一個、両足分のバレエシューズ。銀製の花の小さな房。精巧でかわいい。

「菖蒲《あやめ》か？」私はつぶやく。

「百合《ゆり》」コルテスが言う。

「そう思うか？」チェーンのかすかな重みを手のひらに感じる。「薔薇《ばら》かも」

「百合《リリー》だって」彼はまた言ってあくびをする。

私は女の青白い顔をしげしげとながめてから、リリーと呼ぶことにする。だからブレスレットに百合のチャームがついているのだ。とにかく、名前をつけておきたい。

「私はヘンリー・パレスだ」とリリーにささやくが、相手には聞こえない。コルテスが興味津々《しんしん》でじっと見ている。私は無視する。「いくつか訊きたいことがある」

彼女は答えない。意識不明だ。ほかにどうしていいかわからない。妙なことに、自分もマットレスに横たわりたい気持ちに突然かられる。この女性でなくて私だったらよかったのにと、とんでもない願いが浮かんでくる。呼吸する彼女を見つめる。浅く息を吸い、浅く吐く。私はブレスレットを握りしめる。小さな灰色の留置室の薄汚れた金色の光にぼんやり照らされて。

コルテスが、もたれていた壁から身を離して鉄格子に寄りかかり、心ここにあらずの体《てい》でさりげなく語りだす。

「むかし、お袋が昏睡《こんすい》になった。州立病院。二日間だけ。昼めしと夕めしが運ばれてきた。食べ物はチューブで流しこまれていたのにな。間違えたんだろう。それとも、くだらん規則とか。おれと弟でそれを食べた。うまかったよ、いつもお袋がこさえてくれた食べ物よりは」

彼が笑い声をたてる。私は口の端を持ちあげてみせる。コルテスが込みいった長い話をするとき、どこまで本当なのか、どんな尾ひれをつけているのか、どこまでが作り話なのか、まるで見当がつかない。はじめて会ったとき、コルテスは、ガービンズ・フォールズ通りの代用倉庫に引きこもり、盗品の山の上に座っていたが、その品々はのちに、かつての恋人でありビジネスパートナーのエレンに奪われた。そのいきさつについて三通りの話を聞いたが、三つとも、細かい点が本質的に異なっていた――彼女に不意打ちされ、手斧で追いだされた。取引したつもりが騙された。彼女に愛人がいて、その男が仲間を連れて現われ、盗品を洗いざらい持っていった。

　彼がふらりと牢屋にはいってきて、小さな便器のそばに立ち、アンバランスな大きな顔を鏡に映して念入りに調べている。母親はどうして昏睡になったんだと私は尋ねる。

「ああ」彼が指をぽきぽき鳴らす。「じつはさ、ある日の午後、煙草を吸おうと思って、学校をさぼって家に帰ったら、お袋と恋人がいて、恋人がお袋の首を絞めてやがんの。ケビンて名前の元海兵隊。両手で、こんなふうに首を絞めてた」コルテスは鏡からこちらに顔を向けて、身ぶりをまねる。目を見ひらき、架空の首にまわした両手の指をからめて。

「ひどいな」

「悪いやつだったぞ、ケビンは」

「で、お母さんは首を絞められて、意識を失ったのか？」

　彼があいまいに手を動かす。「ヤクもやってたんだ。二人とも」

「ははあ」私は、眠る女にちらりと目をやる。「彼女はどうだ？　過剰摂取《OD》じゃないかと思うんだが」

「失礼だぞ」コルテスは胸に片手をあてて、ショックを受けたふりをする。「彼女はそんな子じゃない。だれかが深手を負わせた。どばっと血が出た。まさかこの子が――さあね。内臓が動きを止めた」

「ちがうな」さっきから、医学的説明を思い出しながらそのことを考えていた。私の得意分野ではない。「人が意識を失うほど出血すれば、その後は死ぬまで血を流しつづけるんだ。だれかがその場で止血しないかぎり」

コルテスが眉をひそめる。「ほんとに？」

「ああ。いや」私は思い出そうとしている。「わからない」

自己嫌悪を感じて、私は首を振る。知らないことが多すぎる。五年後には、得意分野になっていたかもしれない。すぐれた警察官になっていたかもしれない。十年後には、たぶん。

コルテスはまた鏡に戻る。私は、両方の拳を目に強く押しあてて、基礎の第一対応訓練で教わったことをよみがえらせようとする。警察学校の学科研修、専門対応セミナー。喉は、狭い場所に重要な器官が密集している――つまり、この女性はたいへんな目に遭ったものの、ある意味できわめて幸運なのだ。彼女の喉を切り裂いた人物は、頸動脈《けいどうみゃく》を切断しなかったし、頸静脈を切断しなかったし、もろい気管を切断しなかった。簡単な血液検査をすれば、違法物質の介在もはっきりするが、現時点で簡単な血液検査など、別宇宙の発想、まるでサイエンス・フィクションだ。質量分析や免疫測定法や気液クロマトグラフィーなどはすべて、いまとなっては過去の世界のものとなった。

そして、コルテスが言ったことは、じつは当たっている。〝そんな子じゃない〟。とはいえ、ピーター・ゼルもそういう男じゃなかった。だれも、これまでと同じ人間ではいられなくなっている。

リリーの穏やかな顔をじっとながめてから、食塩水の袋をまた見あげる。いくらか減ったように思う。体内の水分が戻りはじめたのだと思う。そう思いたい。

「心配すんな、気にすんな」コルテスが言う。「彼女が目を覚ますのを待って、何があったのか訊こう。ま、一週間しかないけど。一週間以上かかるとしても、もう終わってる」

彼がまた笑い、こんどは私も負けて笑い、あきれたように目玉をまわして首を振る。来週、全員が死ぬ。この警察署は灰の山となり、その下で私たちも。はっはっは。そのとおりだな。

眠るリリーと煙草を吸うコルテスを置いて、私は森のなかを騒々しく歩いて犯行現場に戻る。

カルバーソン刑事がここにいたなら、神経を集中して無言で再現する――最初から最後まで通して、全員の役を演じる――はずだ。女性は手足を広げ、顔を下向け、西に頭を向けていた。つまり、彼女はこっちの方角から走ってきて、おそらくこのあたりでつまずいた――そして前に倒れた。私は、必死で走ってきた彼女の最後の足どりをまねて、スーパーマンみたいに両手を前へ投げだす。つまずいて地面に倒れた自分を思い描く。もう一度、背後から影のように近づいてくる、ナイフを手にした追っ手を感じながら、つまずいて地面に倒れたところを想像する。

空き地に分厚く積もった泥にはっきりした足跡がたくさん残っているが、それは二時間前に私たちがつけたものだ。私の旅行用のドクターマーチン社の編みあげ靴の四角い踵《かかと》、コルテスのカウボーイブーツのウェッジヒール。現場の周囲を跳ねるようにくねくね曲がって続くフーディーニの足跡すらわかる。ところが、女性のまわりの地面は、こすったような跡、はっきりしないぎざぎざ、落ち葉や泥のかたまりが重なりあって判然としない。茶色い大地に残された黒い跡。ここ二日の雨のせいで、犯人の足跡はすべて埋もれたか、洗い流された。

警察署のほうへ戻りながらとぼとぼと森を歩いて、砂利道の車まわしに出る。馬蹄形《ばていけい》を描く道の両側の、以前はきちんと手入れされていた町営芝生広場が、今は見苦しい野原となっている。進軍する軍隊のように生い茂る草に取り巻かれた、ふぞろいの百日草の花壇。芝地の中央に旗ざおが二本立っていて、小雨のなか、二枚の旗が大儀そうに音をたてて揺れている。アメリカ合衆国旗とオハイオ州旗。私は、頭のなかで芝地に碁盤《ごばん》の目を描き、一区画ずつ動きながら、できるかぎり丹念に芝地を捜索する。手がかりになりそうなもの、なりそうにないものをさがす。落花生の殻の山、長さ十五センチほどのからみあった蔓《つる》。オハイオ州旗のすぐ北側の区画の泥に等間隔にあいた穴を三つ見つける。テントの支柱の跡のようだ。

全体の捜索を終えてから、旗ざおの下で腰に両手を置いてしばらく立ちすくむ。雨が涙のように目から流れ、鼻と顎につたい落ちる。全身を打撲したみたいに、身体に触れれば痛みを感じるほどの疲労感がある。喉が痛い。目がちくちくする。空腹がそれに輪をかける――

――自分がちょっと縮んで、曲がって、焼け焦げて、硬くなったような気がする。かさぶたのような外皮。

今日の割りあて食料は、ハニーローストのピーナッツ小袋三つと、ペンフィールドのレジデンス・インから持ってきたバスケットのなかの青リンゴ一個。リンゴをがつがつ食べる、馬みたいに。ピーナッツの袋に手を出しそうになるが、あとに取っておくことにする。

重なりあう二つの血痕。廊下に残る二種類のすじ。出ていくものとはいってくるもの。

リリーが簡易キッチンで襲われる。彼女は首から血を流しながら逃げ、犯人に追いかけられるが、森でどうにか彼をまく。私たちが見つけた空き地で倒れる。犯人は、三本のナイフから血を滴らせながら戻ってくる。それをフックにかけて、姿を消す。

姿を消すとはしかし、何を意味するのか？　地下へおりること。車庫の床の穴から。

そうなのか？　パレス刑事、それで正しいのか？

正しい。ただ、殺気だつ残忍な犯人が、首から血を流して森をよろよろと走る、体重四十五キロの無防備な女を見失うだろうか?

正しい——ただ、彼はなぜ、どのようにして三本のナイフを手に持っているのか?

私は空を見あげて歯を食いしばり、新たにこみあげてくる強烈な不安と罪悪感と絶望の波とたたかう。私は知らないまま死ぬのだ。この謎も、妹のことも、永遠にわからないまま残るのだろう。場所は、オハイオ州ロータリーの警察署で正しい。場所は正しいが、時間が間違っている。遅すぎた。あの女性が襲われるのを止められなかったし、妹が穴へおりるのを止められなかった。私のせいで。すべて私のせい。

手首に近い手のひらで額をこすりながら、警察署の芝地の端、森との境を凝視する。彼女が見える。眠る名なしの女が、手で喉をつかんで暗闇を走っている。叫ぼうとするが、傷口から血がどっと噴きだして叫べない。

結局は罠ではなかった。小さな町の動物園は実在し、善意だが思慮の足りない二人のティーンエイジャーがそこの動物を本当に逃がし、少女の弟が虎に追いこまれて身動きが取れなくなっていた。九月上旬だった。二週間くらい前、十六日前かもしれない。道草だらけの旅の中ほどだった。セネカフォールズはグレイタウンだった。不穏な静けさに包まれた町を、人々がうろついていた。武器を持つものがいれば持たないものがおり、集団がいれば一匹狼もいたが、だれもが不安をかかえ、爆発寸前だった。その町から十五キロほど離れたところで、女の子が手を振っていた。その子をゴルフカートに乗せて、車体を震わせて最高速度で走る。田舎道をがたごと走って小さな動物園へ着くと、確かに、タンクトップとデニムの短パンの十六歳になるかならないかくらいの少年が、最上部の枝につかまってわなわな震えている。もぞもぞする彼の重みで枝がしなり、歯をむきだしてうなる虎のほうへさがっていく。虎の折れそうなあばら骨に、毛のはげた薄い皮が張りついていた。

「どうしよう?」と女の子が訊くので、私は答える。

「そうだな――」するとコルテスが、散弾銃で脇腹の真ん中を撃って、動物を殺した。少年が悲鳴をあげて、死んだ虎のそばの地面に落ちた。破裂したオレンジ色の横腹から血のりと湯気が立ちのぼる。コルテスは銃をしまい、私を見て言った。「これで行けるな?」

「待って、待って」ゴルフカートに乗りこむ私たちを追いかけてきた姉が言った。「あたしたちはどうすればいいの?」

「おれがあんたなら」コルテスが言った。「あの虎を食べるね」

「マ、ス、キ、ン、ガ、ム、川、流、域、の、水、を、飲、ん、で、は、い、け、な、い……マ、ス、キ、ン、ガ、ム、川、流、域、の、水、を、飲、ん、で、は、い、け、な、い」

通信指令室にいるコルテスは、旧式の足踏スイッチ式防災無線コンソールの前で催眠術をかけられたように立っている。それは、緊急情報を緊急帯域で繰り返し放送するための、どっしりした黒い特報専用装置だ。平静な声、お客様サポートサービスに電話したときに耳にするような単調で感情のない口調。〝装置の設定に関するお問いあわせは一番を押してください……〟

「こいつを見ろ」コルテスが言う。「まだ生きてるぜ」

「ああ」私は、胸が熱くなるような郷愁を感じている。「この機械は不滅だよ。それに、複数の予備電池が組みこまれているはずだ」コンコード警察署にもこれと同じコンソールがあったのを憶えている。私が警察にはいる二年前にデジタルの小型システムが導入されたので使われなくなったが、なぜかだれも、通信室から運びだそうとしなかった。部屋の隅に置かれたまま、伝統的な警察業務の記念碑として、黒く光って不動を保っていた。

　ロータリー防災無線の警報が変化する。「救急センターが次の地区に設置されました……救急センターが次の地区に設置されました……」そのあと女性は、ノーマン・ロックウェル時代の古風な町の名を読みあげる。「コーンズビル……ゼーンズビル……デボラ……」

　私は、埃をかぶった機械の上部を指で撫でる。天下一品の警察装置だ。この防災無線コンソールは。

「救急センターが次の地区に設置されました……」

　私たちは並んでそこに立っている。コルテスと私は、町の名前が読みあげられるだけの面白くもなんともない放送に聞き入っている。女性の声やブーンという機械音を聞いているうちに、物欲しい気持ちが小さく湧いてくる。情報に飢えているだけかもしれない。物心ついてから、世界は、ニュースやレポートや風説であふれていた。ところが去年、レーダーが一つずつ消えていった。《コンコードモニター》紙、《ニューヨークタイムズ》紙、テレビ放送、テレビという概念そのもの、そして絶えず沸きかえり泡立っていたインターネットまで、すべて消えた。すこし前、私の家が焼け落ちてコンコードを離れる前は、持っていたハム無線をダンダン・ザ・ラジオマンという男にチャンネルをあわせ、メイフェア委員会の開催中は彼の放送をずっと聞いていた。ダンダンは、衝突準備安全確保安定法《IPSS》制定の最後の公聴会について知らせてくれた。議会の残りかすによってあわただしく可決された法律によって、穀物サイロが国有化され、すべての国立公園は国内難民の野営地として開放された。

　旅に出てから聞くことができたのは、ゴシップと確証のない風聞、声をひそめた噂話、憶測、妄想だけだった。下流域に住むネバダ州住民が真水ほしさに、ダイナマイトでフーバーダムを爆破したらしい。大統領が署名した書類のコピーと思われる紙をひらひらさせる人がいたらしい。アメリカ合衆国は〝永続する独立国家であり、現在包含する全領土において権利を永久に保持する〟と明言した書類だ。サバンナ市は、ラオスからの天変地異《C》移民《I》に〝乗っ取られ〟、町は要塞と化し、白人を見るとすぐに発砲してくるとだれかは言う。べつのだれかは、それはちがう、サバンナではなくロアノークだ、絶対にロアノークだし、ラオスではなくエチオピアからの移民だと言う。

そして、今ここにあるのは、外の世界の残り物だ。パック入りサンドイッチとバンドエイドが、オハイオ州アップルグローブのどこかにあるテントの下で配られている。

「『オハイオ州民どうしの助けあい』計画は衝突後も続きます」防災無線は言う。「『オハイオ州民どうしの助けあい』計画は衝突後も続きます」

外へ出ようと思って向きを変えた私は、まぶたの内側で火花と星がはじけてよろめき、戸口の側柱に手をかけて身体をささえる。

「大丈夫か？」コルテスが言うので、私は振り返らずに手だけを振る。〝心配ない〟、さあ行こう。ところが、側柱から手を放して歩きだしたとたん、また火花が見えて頭がくらっとし、こんどは、網膜に焼きつけられた、一面に飛び散った血が見えた。草地でうつ伏せになった女の子。床に切られたドア。真っ赤な流し台の奥の真っ赤なナイフの掛かった棚。しょぼくれた動物のような、中身の切れたスナック菓子自動販売機。

「パレス？」

私は一歩踏みだす――身体がだるくてしかたない。

そして倒れる。

6

「ヘンリー。ねえ。起きて」

あの声。目を覚ますと、やっぱりそうだ――謎は解けた。ニコが本当にそこにいて、暗がりで猫みたいに目を光らせている。横たわる私のそばの地面に膝をつき、顔をほとんどくっつけるようにして、朝めしを作れとよく私を起こしたように、二本の指で私の胸をつついている。「ヘンリー。ヘンリー。ヘン。ヘン。ヘンリー。ヘイ。ヘン」

ニコは肩の上で親指をうしろ向きにしてぐいと動かし、牢屋の薄いマットレスの上で意識を失ったままの女性リリーを示す。コルテスが通信室からここまで私を引きずってきて、彼女のとなりに寝かせてくれたにちがいない。

「このお友だちはだれ？」ニコが訊く。

私は口をひらこうとする。〝おや、ニコ、おまえは死んだと思っていたよ〟と言おうとするが、妹が黙れというように自分の唇に指をあてるので、それに従って話すのをやめ、黙って妹を見つめる。コルテスの煙草のにおいが漂っている。

「ねえ、聞いて」ニコが言う。声を聞いているだけで、熱い涙がこみあげてくる。「現在進行中。成功よ」妹は、学校の記念写真と、つまり私の上着のポケットにはいっている写真とまったく同じに見える。髪を伸ばしていて、高校時代にかけていた古い眼鏡をまたかけている。まだ持っていたとは信じられない。ぱっと飛びあがって妹を抱きしめたい。自転車のハンドルに乗せてやろう、うしろに取りつけてある荷車にフーディーニを移そう。妹を家に連れ帰ってやる。

「すべては計画どおりに進んだわ」妹は言う。「彼をここに連れてきたの。あの科学者よ、兄貴に話したよね？　彼を確保したわ。朝になったらイギリスへ飛んで、その彼と現地にいるチームがスタンドオフ・バーストを実行する。主導権がだれにあるか、あの小惑星に思い知らせてやる」私は驚いて、それを繰り返す。「主導権がだれにあるか、あの小惑星に思い知らせてやる」妹がにっこり笑った。歯が白く光る。「これでもう心配ないわ」

私には反論がある。たくさん質問があるのに、ニコは手のひらで私の口をふさいで首を振り、いらだちを見せつける。

「言ってるでしょ、ヘンリー。だから言ってるの。ビーフブリトーみたいに包んであるから、なかは全然見えないのよ」父がよくしてみせた例の眠そうな表情。「準備万端。何も心配ないわ」

すごい。信じられない！　彼らは成功した。ニコが成功した。妹が世界を救った。

「でも、ちょっと聞いて。兄貴の用心棒から目を離しちゃだめ。信用ならないわ」

私の用心棒。コルテスのことか。

二人は顔をあわせる機会がなかった。きっと、うまが合っただろう。でも、ニコは彼に一度も会っていない。彼の噂を聞いたこともない。胸のなかの溜め池で憂鬱が大量発生し、濃い青い血となって体内にどっと流れ出す。これは現実ではない。夢を見ているのだ。

夢だと気づいた瞬間、ディケンズの幽霊みたいにニコは消え、代わって、血色が悪く、痩せこけ、窪《くぼ》んだ頬をして目を見ひらいている祖父が、いつもの擦りきれた革の肘掛け椅子に座って、アメリカンスピリットを吸いながら、一人つぶやいている。

「穴を掘れ」祖父は言う。「穴を掘るんだ」

けむりは現実だった。煙草のけむりは、現実の警察署の廊下をただよってきて、細い鉄格子のあいだを抜け、私の夢に忍びこんだ。祖父が吸っていた煙草は確かに、ニコと同じアメリカンスピリットだった。むしろ、ニコが、祖父と同じ煙草を吸っているというべきか。祖父は一本吸い終わるたびに「まったく、ろくでもない代物《しろもの》だ」とののしるくせに、パックから次の一本を抜きだして、皺だらけの二本の指にはさみ、いらだたしそうにいじくる。楽しむことができない男。

いま吸っているのは祖父ではない。祖父はずっと前に死んだ。建物のどこかで、コルテスがまた別の煙草に火をつけたのだ。

それに私も、薄いマットレスの上でこんこんと眠る、傷を負った被害者の横にきちんと寝かされてはいなかった。倒れたままの場所、通信室の床の上、防災無線コンソールの陰だ。まだそれが感じられる。私の唇をぴたりと押さえた妹の手のひらの温かい感触が残っている。ニコの手。

私はすばやく立ちあがって、両脚のブーツの留め金をとめ、片手の手のひらを壁にあてて自分をささえる。五時二十一分。朝だ。何時間眠っていたのか？　けむりのにおいをたどっていって、車庫の真ん中にしゃがんで地面を調べているコルテスを見つける。棚に置いた携帯用コーヒーメーカーの、ポットの口のまわりにコーヒーのかすがこびりついている。コルテスの横に置かれたサーモスの縁から湯気が立ちのぼり、煙草のけむりと混じりあう。

「おや、おはよう」彼が顔をあげずに言う。

「下へおりるぞ」

「急かすなよ」彼はうなって、ずるずると腹ばいになる。「いま調べてるとこ」

「おりられるか？」

「いま調べてるとこ」また言う。「コーヒーでも飲めよ」

うしろの棚に、側面にマジックペンで私の名が書かれたステンレス製サーモスを見つけて、カップにそそぐ。さっきの夢は、どう考えても願望充足だ。典型的。ニコは生きていて、小惑星が衝突する恐れはなくなり、地球は無事で、私は生き延びる。しかし、死の床で「穴を掘れ」とつぶやいた祖父が出てきたのはどういうわけか？　確かにあれが最期の言葉だった。祖父はそう言って死んだのだ。コルテスは顔を床に近づけ、片目をあけて片目を閉じ、口の隅から煙草をぶらさげたまま、金づちの細い先をゆっくりと動かしながら、蓋と床のあいだの見えない隙間に目を凝らしている。

私は自分のコーヒーを飲む。熱くて苦いブラック。十秒待つ。「で、どんな感じだ？　おりられるか？」

「あんたは、こうと決めたらてこでも動かないな」

「まあな。で、どう思う？」

彼は笑っただけだ。だから、私はそこでやめて待つ。自分に我慢しろと命じる。私がほしがっているもの、喉から手が出るほどほしいものを、コルテスもほしがっている。私がその穴にはいりたいのは、そこに妹がいるから、もしくは、妹の所在に関する情報を持つ人間がいるからだ。コルテスがその穴にはいりたいのは、そこに穴があるから。閉めだされているからこそ、はいりたいのだ。彼の髪の毛はぼさぼさを通りこしてひどい状態だ。うしろで束ねた髪がばらけて、背中でもつれて団子になっている。暴走する妹をさがすという実りのない旅になぜついてきたのか、はっきりと彼に訊いたことはないけれど、これが答えなのだと思った。こういうことをするため。残された時間で大好きなことをするため。私は、秘密につけられた疑問符であり、コルテスは、世界の扱いにくい場所に照準を定めた工具である。

「で？」私は言う。「おりら――」

「れる」彼は身体を起こして立ち、煙草をはじいて、二人で集めた吸殻の山にもう一つ加える。

「おりられるだと？　どうやって？　どうやって？」

「焦るなよ、教えてやっから」彼はにっこり笑うと、刻み煙草を取りだし、ズボンの埃を払ってから、ゆっくりと煙草を巻いて、私を拷問《ごうもん》にかける。そのあとようやく。「平たいのではなく、楔《くさび》形の蓋だと思う。つまり、おれたちが骨と皮でなかったとしても、蓋を持ちあげるのはむりだ」

「だから？」

「だから、それを割る。第一候補は、ガスエンジンの削岩機だが、おれたちは持ってないし、たぶん手にはいらない」

私はうなずく。激しくうなずいている。頭は猛スピードで突っ走り、今にも転がりそうだ。私はこれを求めていた。具体的事項。解決策。課題。コーヒーをすでに置いていた私は、ここから走りでて、必要なものを手にいれる気満々だ。

「第二候補は？」私は訊く。

「第二候補はどでかいスレッジハンマー」彼が煙草を長々と吸って、けだるそうににたりと笑っているあいだ、私はいらいらして待っている。「それがある場所もわかってる」

「どこ？」

「店に決まってんだろ」

ようやく——ついに——説明がはじまる。二日前、ここに来る直前に、ロータリーの三つ手前の高速道路出口から出て、スーパーターゲットでめぼしいものをさがしまわったときに見つけたという。だだっ広い駐車場に沿って、スーパーターゲットのほかに、要塞並みに巨大な店舗が五つあった。ホビーロビー、ホームデポ、スーパーマーケットのクローガー、チーズケーキファクトリー。

「ウィルトン製だった」コルテスは言う。「五・五キロのでかいやつ。握り部分が上等なやつ」そして壁にもたれて、首を振る。「なのに、置いてきちまった。はっきり憶えてる。手に取って、持っていこうとしたのにそうしなかった。使うはずないと思ったんだ。重みで荷車がたわむだろうし、使いやしないだろうって」彼は溜息をついて、残念そうに息を吐く。去っていった恋人のことを夢見る男みたいに。「けど憶えてる。グラスファイバーの取っ手で、大きくて頼りがいのあるウィルトン。思い出したか？」

「あ――ああ」自信はない。スーパーターゲットのことはよく憶えている。どこまでも並ぶ空っぽの棚、汚れた床のタイルに散らばったアロマキャンドルとバスタオル、壊れたおもちゃみたいに粉々に割れた配管設備。まるで野獣の群れに押し入られたような食料雑貨コーナー。数カ月前に書かれたにちがいない〝申し訳ございませんが、弾薬は売り切れました〟の大きな看板。

「でも、もうなかったらどうする？」私は言う。「だれかが持っていったあとだったら」

「だけど、おれたちが失うものはない」コルテスは答える。「今と同じ」

私は口髭の端を噛《か》む。仮にスレッジハンマーをさがしにいって、それが見つからないとしても、私たちが失うものは何もないというが、それはちがう。私たちの時間が奪われるのだ。時間を失う。自転車でそこまでどれくらいかかるか、ハンマーを見つけて、荷車にきちんと積んで、ここに戻るまで何時間かかるか。

コルテスは、ハンマーがある場所を正確に知っている。通路と棚の番号まで。九番通路の十四番棚。彼の意識はそういうふうに働いている。店の奥、園芸用品と配管工事備品の棚を過ぎたあたり。ありかを説明する彼の声に、またそれを聞きとる。ハンマーを置いてきたことを、仕事に必要な道具が手元にない場面に人生で初めて遭遇したことを、深く後悔しているのだ。

「きみはここで」私は彼に告げる。「穴を見張っていろ」

「わかった」彼は答えて私に敬礼し、車庫の中央で足を組んで腰を据える。「おれは穴を見張る」

出かけるついでに留置室へ立ち寄り、生理食塩水の一リットル袋が空になって丸まり、しぼんだ風船みたいに上から垂れさがっているのを見て喜んだ。リリーの伸ばした右腕の針のまわりは紫色に変色していないから、針の周囲の組織は傷ついていないようだ。リリー、勝手にそう呼ばせてもらっている。不運な子。だれかの何か。私は牢屋にはいっていって、唇の輪郭を指で静かになぞる。乾いているけれど、そこまでひどくない。極度には乾いていない。水分を吸収している。

「よくやった」私は彼女に言う。「よかった」

とはいえ、水分を吸収したリリーは、それを排泄《はいせつ》していてもおかしくないのに、まだ排泄していないという、小さいとはいえない問題がある。尿が出ていない事実は何かの警告だが、私にはわからない。私の医療知識は乏しく、ごく狭い範囲に限られているからだ。初期対応用、犯罪現場用の知識――人工呼吸をし、傷を手当てし、出血を最小限に抑える。負傷者の状態から容体を察するのは未踏の領域だ。私の知らない言語のクロスワードパズル。

私は椅子にのぼって、慎重に点滴袋をフックからおろしてはずす。生理食塩水の点滴について書かれたメモの指示はそれで全部だ。このあとどうなろうと、私にできる処置はもうない。現時点で、彼女の状態は二つに一つとなった。死ぬか、死なないかだ。

「よくなるさ」私は話しかける。「きっと大丈夫だ」

これでよし。いつでも出発できるが、あと一つ、鮮明な記憶、昨晩見た夢のワンシーンが気になる。怖い顔で他人を疑り、「用心棒から目を離しちゃだめ」と差し迫った声でささやいたニコ。

不安を感じ、あれこれ悩み、廊下の奥の車庫のほうを振り返る。彼はそこで腰をおろし、煙草を吸い、待っている。一方的すぎる。あれは夢だった。ニコはあの男のことを知りもしない。それを言うなら私もよく知らない。彼は面白い男だし、その多才な能力の恩恵にあずかってきたものの、彼のことを本当に知っているとはいえない――信用するほど知っているとはいえないと、ふと思う。

そして、この女性。こんこんと眠り、無防備で、独りぼっち。口元をゆがめて笑うコルテス、横たわるリリーの身体に目を走らせ、フルーツを盛ったボウルを見るみたいに彼女に見とれているコルテス。

古風な牢番の鍵が、古風なフックにかかっている。私は牢屋へはいるドアを押して閉め、よく揺さぶって錠がかかっているか確かめる。そしてフックから鍵を取って、鉄格子のあいだから投げ入れると、鍵は床に落ちて、牢屋の奥の壁ぎわまで滑っていく。

8月22日水曜日

赤経	18 26 55.9
赤緯	−70 52 35
離隔	112.7
距離	0.618 AU

どうにかアビゲイルを落ち着かせ、言葉をやりとりして話を進め、彼女の目に澄んだ光がちらちらと見えるまでになった。

私は彼女にバッジと銃を示し、自分は捜査中の元コンコード警察署の署員であって、コズミックダストを追いかける宇宙人でもないし、彼女に反物質を注入しにきたNASAの人間でもないと説明した。私とアビゲイルは、店の奥のがたつく小さなテーブルにつく。事件解決に向けてジョーダンの協力を得たいがために、彼のあざけりと侮辱に耐えながら、彼がインターネットに、そしてNCICデータベースにアクセスするのを、背後に座って見つめていたときと同じ奥の部屋。

テーブルについたまま、アビゲイルはさも疲れたように、ジョーダンはここにいないし、どこにいるかも知らないと、もたもた話す。

「彼はここにいなくちゃいけないのに。あたしたち、一緒にここにいることになってた。そういう命令だった」

「だれの命令？」

彼女は肩をすくめる。どこか痛いのか、身体の動きはぎくしゃくしている。「ジョーダンが彼らと話した」

「だれと？」

彼女はまた肩をすくめる。テーブルを見つめたまま、一枚の紙の破れた角を指であちらこちらと押しやっている。見えないゲーム盤上でそれを動かしているみたいに。

「どんな命令だったの？」

「ここに――ここにいろ」

「コンコードに？」

「そう。ここ。レゾルーションが見つかったって。基地で。ゲーリー、インディアナ州」

「レゾルーション。科学者だね？　ハンス＝マイケル・パリー」

「そう。で、ほかのみんなは彼と一緒に最終段階へ進むことになってた。でも、あたしたちは居残り」彼女は顔をあげて、下唇を突きだす。「あたしと彼。なのにジョーダンは消えた。いなくなっちゃった。あたしは独りぼっち。そしたらダストが」彼女は口ごもる。「ダ――ダ――ダストがはいってきた」

それがきっかけで、彼女はあらためて目に見えない厄介の種に気づいたようだ――こっちを見たりあっちを見たり、部屋の四隅をにらみつけたり、コズミックダストで覆われた肌をこすったりしている。

「それはいつのこと？　アビゲイル？　彼が出ていったのはいつ？」

「そんなにたってないわ。一週間前？　二週間？　ダストがはいってきたからよくわからない。はいってきたから」

「大変だったね」私は言う。そして思っている。こちら側にいてくれ、お嬢さん、もう少しだけ。手が届きそうなんだ。「じゃあ、グループは、インディアナ州ゲーリーへ移動したんだね？」

彼女は顔をしかめて、下唇を嚙む。「ううん、ちがう。そこでレゾルーションを見つけたの。でも、偵察基地はオハイオにあった。オハイオの警察署」

オハイオ。オハイオ州か。そう聞いた瞬間、自分が向かう場所はそこだと悟る。彼女がそれを口にした瞬間――それが目的地だとわかる。行方知れずの人物が最後にいた場所。ニコはオハイオ州にいる。

座ったまま身をのりだした私は、その勢いでテーブルをひっくり返しそうになる。

「オハイオのどこ？　なんていう町？」

私は彼女の答えを待つ。息を詰め、どっちにころぶか待っている。グラスの横についた水滴みたいに。

「アビゲイル」

「地球がまわっているのを感じるの。ダストのほかに回転も。そのせいで目がまわって吐き気がする。でも、それを感じるのを止められない。ねえ——わかる？」

「アビゲイル、オハイオ州のなんていう町なんだ？」

「まずあたしを手伝って」彼女は言って、ラテックスの手袋をはめた両手を伸ばして、私の手を包む。「あたしにはできない。怖くてできない」

「何ができないの？」私は訊くが、じつはもうわかっている。彼女の目からそれがあふれている。彼女はテーブルの向こうから、セミオートマチック一挺を私のほうに押しやる。

「町の名前を知ってる。地図がある。だから、あなたがやって。さっさとやって」

第2部
ブルータウンの男

9月28日金曜日

赤経　16 55 19.6
赤緯　−74 42 34
離隔　83.1
距離　0.376 AU

1

妹は死んでいないと私が思う理由は――あの子はぜったいに死なないから。父の葬儀のあと、ホワイトパークの滑り台の下で、妖精みたいにひっそりと身を隠していた妹を見つけたときみたいに。〝あたしもいなくなっちゃったって思ったんでしょ、ヘン？〟そう、そのとおり、私はそう思った。それ以来、私にそう思わせる機会を、妹は定期的に作った。両親が死んだ年以降、私の腹の奥に、妹は非業《ひごう》の死をとげるという予感がずっとわだかまっていた。まぬけで程度の低い男友だちに引っぱりこまれた麻薬取引でまずいことが起きるとか、二年生のときに乗りまわしていた中古バイクでアイスバーンを走って転倒するとか、パーティで飲みすぎて、救急車の赤いライトに照らされたほかの連中が牛みたいに突っ立って見守るなか、担架で運ばれていくとか。

その後何度も、あの子は、人生という潮の流れを首尾よく泳いできた。この過酷な数カ月間でさえも、黒く泡立つ水中をきらりと背を光らせて泳ぐ魚だった。常軌を逸した組織の怪しげな目的の犠牲になって姿を消したのは、妹ではなく、木偶《でく》の坊《ぼう》の夫のデレクだった。それに、失踪した男をさがしてメイン州南東部にある砦《とりで》へ行き、腕を撃たれて死にそうになったのは、妹ではなく私だった。そしてそのとき、私を助けだしてくれたのはニコだった。地平線の向こうから、想像だにしなかったヘリコプターで現われた。

そうはいってもだ。妹はまたいなくなった。だから、腹の奥で不安が腫瘍《しゅよう》みたいに膨《ふく》らんでいる。妹はどこかで死んだか死にかけているという胸騒ぎが大きくなっていくものだから、これまではいつも無事だったじゃないかと自分に言いきかせる。傷一つない身体で、どこかにいる。元気でいる。

警察署から、これぞアメリカ中西部そのものといっていい町までの一本道は、警察署通りと名づけられている。なだらかな下り坂の舗装道路は、牧場の囲いと田舎風の赤い納屋一軒のそばをくねくねまわって、田園風景のなかを四百メートルほど続いている。右側遠く、道路からかなり奥まったところに風車が見える。だれかが押し倒そうとしたけれど、途中であきらめたかのように右側に傾いている。ハンドルに取りつけた籠《かご》に横たわるフーディーニが咳をする。後ろの空の荷車がかたかた音を立て、荷物が積まれるのを待っている。

日が昇る。今も降る霧雨が、金色と赤色の木の葉を静かに叩き、コオロギが互いを呼びあい、カラスが物悲しい声でかあかあ啼《な》いていて、私はちょっとだけ、人間がいなくなって、どこまでも延びる舗装道路が野草で埋まり、鳥たちが空を取り戻したら、こういう平和な世界になるのかなと想像する。

もちろんわかっている。これはまた別の夢にすぎないと。広く行き渡っている希望的観測——惨状がおさまったあと、人類が作りだした汚れた都市と騒々しい機械が一掃されたあとの清らかでのどかな世界——の別バージョンにすぎないと。なぜなら、こうした中西部の赤褐色の木々は、最初の爆発の瞬間に炎に飲みこまれるからだ。世界じゅうの木々が、乾いた火口《ほくち》のように燃えあがるだろう。短時間のうちに、上昇した灰が雲となって日光をさえぎり、光合成を停止させ、青々とした植物は死滅する。リスもチョウも花も、丈の高い草を這うテントウムシも燃えてしまう。フクロネズミは穴のなかで溺《おぼ》れ死ぬ。これから起きることは、大自然という勝利者による地球の再生ではなく、人類の傲慢《ごうまん》で堕落した管理の因果応報的否定である。

これまで人間がしてきたことは何一つ役にたたなかった。この大事件は、人間がしたこととしなかったことに関係なく、人間の住む惑星で、いつ起きてもおかしくなかった。人類の起源から現在までのあいだに、いつ起きてもおかしくなかった。

「なんてこった」そう言いながら、らせん状の出口ランプをおりていくと、広大な駐車場が眼下に見えてくる。「まさか、まさか、まさか」

スーパーターゲットは占拠されていた。機関銃を持った複数の人間が、屋上をうろついているのが見える。反射的に人数を数える――いち、に、さん、し……――大きな箱型の店の屋上に機関銃を持った人間が一人いれば充分なのに。金属製の階段五台――上の棚の商品を取るためのキャスターつき階段――が店の外に持ちだされ、監視塔みたいに駐車場入口に配備されていた。それぞれの階段の上に人がいる。いちばん近くにいるのは、ソフトボールの赤いユニホームを着て、赤いバンダナで黒い髪をうしろでまとめ、機関銃を持ったほっそりした中年女性だ。

自転車をおりて、銃を持つ女性に向かって手をあげる。すると、女性が片手をあげ返してから「ヘイ・ユー」と叫ぶと、駐車場のずっと端に置かれた階段にいるだれかが――やはり赤いジャージを着ているが、男か女か、若いか年取っているかは私にはわからない――同じく「ヘイ・ユー」と叫び返し、次々とつながって、ぐるりと一周し、最後に白いダッジのピックアップトラックが、廃油の排気ガスを吐き、路面の砂利を跳ねとばしながら、大きな音とともに店の裏側から走ってくる。トラックはタイヤをきしらせて、私のすぐそばで停まる。私は一歩さがって両手をあげる。

「おはよう」私は呼びかける。

運転席の屋根に取りつけられた拡声器がハウリングして、甲高い音を出す。私はびくっとする。監視塔の女がびくっとする。そのとき、トラックの車内にいるだれかが拡声器で話しはじめる。

「ここはあんたの――」その声がまたハウリングに飲みこまれ、「ああ、うるさい」とぼそぼそ言う声がして、音量が調整される。「ここはあんたの場所か？」

「ちがう」私は首を振る。彼が言うのは、ここの駐車場――店――を、私が、もしくは、ソフトボールのユニホームでそろえたこの連中みたいに、センスのいい青いズボンと黄褐色のブレザーをおそろいで身につけているかもしれない私と仲間が、先にこのスーパーターゲットを占拠したのかと訊いているのだ。ここを自分たちの基地だと、一時的な野営地だと宣言したのか。または、衝突まで残り一週間のための食料か娯楽のためめに、棚に残ったものを洗いざらい持っていくつもりだったのか。

「ちがう」私はもう一度言う。「立ち寄っただけだ」動く階段の上にいる女性が、なんとなく興味を持って見つめている。私は両手を宙にあげたままでいる。念のためだ。

「ふーん、そうか」拡声器から声がした。「ああ、おれたちもだ」

屋上にいる人たちが端に集まってきて、私をじっと見ている。機関銃、赤いジャージ。視野の端に映るスーパーターゲットの裏の角の、積みこみホームで忙しく立ち働く人影がぼんやりと見える。ありったけ運びだしているのだ。箱詰めされた荷物、透明なビニールシートに包まれた大型パレット。私たちがあそこに行ったときにはもう、商品はあまり残っていなかったけれど、それらがすべて運びだされている。私の期待は一瞬にしてしおれる。必要なのはスレッジハンマーだけなのに。

「あそこに、あるものがある」私は言う。「私はそれをどうしてもほしいんだ」

「えっと――」またけたたましいハウリング。「いいかげんにしてくれよ」男が言うと、音は不意にやむ。彼が拡声器を切って、運転席のドアをあけ、身をのりだした。眼鏡、温和な顔。これまた赤いジャージ。胸ポケットの上に〝イーサン〟の刺繍《ししゅう》つき。がっちりした体格にぽっこり出たおなか。中学校のバスケットボールコーチみたい。

「悪いね。これ、ほんと使えないな。何がほしいって？」

「スレッジハンマー。あそこに一つあるんだ。柄がファイバーグラスのウィルトン社のやつ」私は相手の目を見て微笑み、片手を持ちあげたまま、彼のほうに歩く。バーベキュー大会で顔をあわせているみたいに。

「ぜひとも必要なんだ」

「ふーん、よし、待ってろ」彼は頬を引っかき、自信なさそうに指を一本立てて、トラックに引っこむ。彼がCB無線かトランシーバーで話している声が聞こえる。やがて彼はまた顔を突きだして、笑顔で私をじっと見ながら、だれかが決断して届く答えを待っている。彼ならイエスと言うだろう、きっと。相手がイーサンだけだったなら、行けたと思う。雨はまだ降っている。絶え間なく降りつづく小雨。私はフーディーニの毛を撫でる。移動式階段の上にいる女に目をやると、彼女はぼんやり宙を見ている。退屈して、あれこれ考えをめぐらしているのだろう。一年半前なら、携帯電話でメールをチェックしていたはずだ。

トラックの車内でトランシーバーががなり、イーサンはまた中に戻って、うなずきながら話を聞いている。フロントガラスの向こうの彼の顔を見つめていると、彼がまた頭を突きだした。

「なあ、あんた。交換するものを持っているか？」

私は心のなかで所持品目録をすばやくこしらえる。上着とズボン。靴とシャツ。ノートとペン。装塡済みのシグ・ザウエルＰ２２９と四〇口径弾一箱。行方のわからない若い女のぼろぼろの高校時代の記念写真。

「いやじつは」私は答える。「あいにくなにも。でも、あのスレッジハンマー。ほんとのところ、私のものなんだ」

「どういう意味だ、あんたのものって？」

なんと言っていいかわからない。最初に見つけたのは私だと？　どうしても必要だからと？

「あれだけなんだ」私は言う。訴えるような必死の高音域へずりあがっていく自分の声が聞こえる。「一つだけなんだよ」

イーサンは顎を撫でる。困っている。だれでも困るはずだ。「荷車は？」彼が見あげた監視塔の仲間は、疑わしそうな顔で見返してくる。「その荷車と引き換えでどうかな」

私は、使い古したレッドライダーを見おろす。コンコードから引いてきたやつだ。車輪が曲がっている。

「困ったことに、荷車を渡すと、ハンマーを持ち帰れなくなるんだ」

「そうか、ちくしょうめ、となると」男は溜息をつく。「今のあんたは、えーと――なんて言うんだっけ？」

「にっちもさっちもいかない《キャッチ=22》？」階段の女が口をはさむ。

私がなにか言う前に、積みこみホームのだれかが「ヘイ・ユー」と叫ぶと、屋上にいるだれかが叫び、一つとなりの階段の男も叫んで、イーサンが急ぐ。トラックに飛び乗るとドアを閉め、すばやくスリーポイントターンをして、来た道を戻っていく。バンダナの女が口を固く結んだまま私を見て、肩をすくめる。

〝どうしようもないね〟

「くそ」私は小さくつぶやく。

フーディーニが、ごほごほと痰《たん》がからんだような声で吠えるので、私は腰を折って耳を掻いてやる。

手ぶらで戻ったら、どうなるだろうか。

コルテスは密かにほかの手だてを用意しているだろう。そうしないはずがない。けれども、万一そうでない場合、私たちは、変にまずいコーヒーを飲んで、取りとめのない話をしながら、水曜日の昼どきまで手をこまねいて座っていることになる。そして、話は終わる。すべてが止まる。

ロータリーの町は小さいとはいえ、スーパーターゲットがあるパイクよりは大きい。このあたりではいちばん大きな町だ。金物屋があってもおかしくない。

教会の尖塔が一本見える。もう一本。丸いタマネギ形の給水塔があって、伝統的な小都市風の字体で〝ロータリー〟と描いてある。道路沿いに並ぶハナミズキの紅葉した葉と枝が、雨に打たれて垂れている。人影はない。人の気配はない。

ここにあるはずだ。こういう町には今も金物屋がある。というか、去年まではあった。家族経営で地元住民に愛され、毎年赤字を出してきた店。そうした金物屋にならスレッジハンマーがあるだろう。ずらりと陳列されたなかから、私は一本を手に取り、荷車にくくりつけて、警察署通りを戻るんだ。

目抜き通りを一軒一軒見ていく。アイスクリーム店、ピザ屋、薬局。〈カモンイン〉という古めかしい酒場の雰囲気のあるバー。どこも無人だ。生き物がいるふしはない。「ブルータウンだな」元アイスクリーム店のあちこちをさがしまわりながら、私はフーディーニに言う。彼はシュガーコーンの空き箱を嗅ぎまわって、食べられる何かに歯を立てようとしている。平屋の赤レンガ造りの町役場の地下に、道具用物置がある。鼻をつくアンモニアと雑巾《ぞうきん》の悪臭、積み重ねた明るいオレンジ色の標識コーン、壁に刻みつけられた#マーク。ひまな管理人がカウントダウンしていたのか。スレッジハンマーはない。道具類は一つもない。

私たちが町を色別に分けて呼んだのは、コルテスがオフィスデポ倉庫から持ってきた物品のなかにポストイットの多色セットがあったからだ。訪れた町をあとにするとき、私たちはそこに色を割り振った。行った記念として。ただ面白がって。この逃れられない状況の耐えがたい重みに押しつぶされた町や都市の崩壊の様子は、段階も規模もさまざまだ。レッドタウンは、激しい暴力行為が進行中の騒然とした町。炎上する町、略奪者集団に襲撃された町、日中の銃撃戦、食料を強奪するものと食料を守るもの、包囲された住宅。ごくたまに、活動中の警備隊と遭遇した。少人数の州兵がレッドタウンをパトロールしているのだ。公式機関かどうかはわからない——大声で指示し、銃を空に向けて発砲する勇敢な若者たち。

マサチューセッツ州西部の保養地バークシャーヒルズにあるベケットはレッドタウンだった。十代の若者十人が、ぱたぱた音を立てる原動機付き自転車に乗って、私たちのあとをついてきて、野蛮人みたいに血を求めて吠えたてた。ニューヨーク州ストットビルもレッドだった。デランシーもオネオンタも。ダンカークでは、火のなかから一家族を救いだしたものの、消防署の階段に無防備なまま置いてきた——燃えるレッドだ。

その反対がグリーンタウンだ。話し合いで、または暗黙のうちに、ふつうに暮らしていこうと取り決めたと思われる町。人々は落ち葉を掃《は》いて集め、ベビーカーを押し、おはようと挨拶《あいさつ》する。犬は綱でつながれるか、フリスビーを追って跳ねる。オハイオ州ミーディアでは、夕暮れどきの公園で三百人以上が元気いっぱいに〈スポンジ・ボブ〉のテーマソングを歌っているのを見て、私たちは仰天した。合唱会のあとも、全員が広場に残った。編み物サークルあり、読書会あり、キャンドル作り体験会あり、銃弾作りの実地指導あり。町の競技射撃者協会によって、狩猟収穫システムが作られていた。近くの森林や農地で狩った鹿肉や牛肉を持ち帰り、優先順――女と子ども、老人と衰弱した人たち――に分配する。

ゴミ処理を見れば、グリーンタウンかどうかはっきりわかる。市の境界線の外で燃えているゴミの山、あるいは、まだ使用されているゴミ廃棄場、そこまでゴミの袋を引きずっていく人々、互いのためにわざわざ足を運ぶ人々。コルテスと私がどこかの町へ行ったとして、道端にゴミの山がなければ、その町で一晩を過ごしても問題はなかった。

ブラックタウンは無人の町。ブルータウンはがらんとしてはいるが、無人ではない。無人に思えるほど静かなだけだ。ときどき素早い動きが目にはいる。ある場所から別の場所へ飛ぶように移動する臆病な人々。昼間のほうが安全だと思えば昼に、夜がよければ夜に。窓から外をのぞき、銃を握りしめ、蓄えを少しずつ取りくずす。

正午までに目抜き通りの調べを終えると、フーディーニと私はしかたなく、個人の住宅を調べにかかる。礼儀としてノックして待ち、もう一度ノックして待ってからなかにはいることにした。どこの家も、ちょっとしたものが散らかっている。季節はずれの衣類、ワッフルの焼き型、トロフィーなど、緊急時に家から逃げだすときに持っていかないようなもの。けれども、工具部屋はからっぽだ。同じく冷蔵庫も、食品庫もガソリン缶も。壁にアルミを貼ったこぎれいな平屋の住宅で、ノックして待ち、もう一度ノックして待ってからドアを押しあけた私は、肘掛け椅子に座って、色あせた《タイム》誌を胸の上で広げたまますぐっすり眠っている、ひどく老いた小柄な老人を見つける。数年前に眠りにつき、まもなく目を覚ましてびっくり仰天するんじゃないか。私はそろそろとうしろ向きに爪先立ちして歩き、外に出てそっとドアを閉める。

ブルータウン。典型的なブルータウン。

カシオによれば、いま二時だ。いつのまにか、照りつける太陽が雲を消し去った。時間は刻々と過ぎてゆく。

その考えがどこからともなく、ひとりでに湧いてきた。空中停止して空を埋めつくす宇宙船と同じくらい大きくなる。〝彼女は死んだ、あそこで。あの森で。私が見なかったどこかで〟

でなければ、あの穴のなかにいる。出てこないのは、本人が出てきたくないからだろう。そして私が今しているのは、終わりまでの時間つぶし。

足を止めるな、ヘンリー。さがしつづけろ。自分の仕事をしろ。ニコは無事だ。

ブルックサイド通りの退役軍人会館から小さめの街区六つ分離れたところにある、レンガ造りの小さな牧場主風《ランチハウス》の家は、高さ三メートルのコンクリート製防爆壁のようなもので部分的に囲われている。どちらかというと地味な平屋のランチハウスなのに、壁は、バグダッドかベイルートにあるアメリカ大使館のように本格的だ。分厚いコンクリート、なめらかな表面、矢を射るためのような細長い隙間。この防壁は、最期にいたるまでに予想される災難にそなえて建てられたものだ。泥棒。渡り歩く強盗団。

「こんにちは」細長い隙間に向かって呼びかける。「ごめんください」

耳をつんざく機関銃の銃声が空から噴きだす。私は身体を低くして両膝をつく。フーディーニは半狂乱になり、自分の尻尾を追いかけて走りまわる。またもや発射された実弾が空気を引き裂く。

「わかった」身を伏せたぬかるんだ芝地に向かって怒鳴る。「わかったよ」

「自分の家は自分で守る」壁の奥のどこかから、しわがれてかすれ、やや興奮ぎみの声が聞こえてくる。「自分の家は自分で守る」

「そのとおりです」私はまた言う。「わかっていま
す」

これがブルータウンの人間だ。顔は見えないが、彼の恐怖、彼の怒りが感じられる。ゆっくりと、そろそろと顔をあげると、銃口がはっきり見えた。隙間から突きだされた、アリクイの鼻みたいに長く硬直した銃口。

「帰ります」私は言う。「お邪魔してすみませんでした」そして私はたっぷり時間をかけて、身体を持ちあげ、両手をおろしたままゆっくりと這う。

そろそろと這っていくときに、壁の基部の石に、壁を建てた職人の――だれかは知らないが――刻印が見えた。くすんだ暗い赤色で、たった一語〝JOY《ジョイ》〟。

2

ロータリーの町で見つけた自殺は一件のみ、ダウニング通りの網戸つきサンルームにて。銃、夫婦、あいだに置いたガラストップの小テーブルにレモネードのピッチャー、まわりにこびりついた砂糖のかたまり、底で腐っているレモンスライス。夫はライフルを持ったままだ。両手で握られた銃が、そっと膝にのっている。そうしたいと思ってもいないのに、私は反射的に現場の状況をさっと読みとる。撃ったのは彼だ。夫が最初に妻をきれいに殺してから、自分を撃った。一発は頬の上――最初の一発をはずした――そして二発めは、顎の下、正確な角度で。

私は夫婦の取り決めに感じいり、顔の下側に赤い穴

をあけて死んでいる男に対する敬意をいだく。最初に妻、そのあと夫。彼は約束どおりやり遂げた。レモネードのピッチャーのまわりを、薄れつつある甘いにおいに誘われた蜂がぶんぶん飛んでいる。

その家にスレッジハンマーはなかった。車庫をさがしてから家のなかへはいり、物置を見る。一般家庭の常備品ではないのだろう。

フーディーニと一緒にポーチの階段をダウニング通りへおりたとき、ふんわりしたにおいが漂ってきた。私たちは目を見あわせる。嘘じゃない、私と犬が。なるほど犬は話せないけれど、互いにこう思ったのは確かだ。「このにおいはフライドチキンだよな?」

私の口のなかは唾《つば》でいっぱいだ。フーディーニは、小さな頭をきょろきょろと動かしている。その目は、磨いた大理石みたいに期待に輝いている。

「行け」私が言うと、フーディーニはにおいのするほうへ走りだし、私もあとを追って駆けだす。まだ調べていない脇道を全速力で走る。エルム通りから西へ向かってしだいに細くなる一車線の道路。ここも、鎧戸《よろいど》をおろした小さな家が多い。ガソリンスタンドが一軒。ポンプが地面から引き抜かれている。犬を追って走っていると、腹がぐうぐう鳴りだして、ちょっと笑ってしまう。笑い声に、正気を失った男の奇声が少し混じっている。これが無人島の蜃気楼《しんきろう》である可能性について考える。ぼんやりと揺れる水に向かって走る正気を失った男。バケットにはいった幻想のチキンへ突進する、腹をすかせたノッポの警察官。

爪先あがりの道路を進んで、信号のある交差点をふたつ過ぎると、右側に駐車場がある——ぎょっとするほどそのど真ん中に、見た瞬間にタコベルだとわかるあの形が見える。けばけばしい紫色と金色の外観、安っぽいしっくいの壁、アメリカ文化の最近五十年間で小さな町はずれに無数に出現した、特注の小さな建物の一つ。間違いなくメキシカンのファストフード店だ。

今や、フーディーニと私は、そのにおいにすっぽりと包まれている。まぎれもなく、油っぽくスモーキーなフライドチキンだ。私は顎をぬぐう。アニメのキャラクターみたいに、よだれを垂らしている。

もうひとつおかしなことに、音楽もかかっている。私たちはタコベルの駐車場をそろそろと歩いていく。銃を手にした私を先頭に、歩調をあわせたフーディーニが、私の足よりほんの少しだけ前をじりじり進む。ビートのきいた大音響の音楽が、レストランから――音からすると、レストランの裏側から――騒々しい音楽、ひずむギター、がなりたてるボーカルが聞こえてくる。

私が足を止めて、鋭く口笛を鳴らすと、犬はしぶしぶ私の横に並ぶ。建物をじっくりと観察する。窓は割れて、ビニールのボックス席とリノリウムのテーブル、ナプキンディスペンサーが見えている。入口のドアに電話帳をはさんで、あけ放してある。

ビースティ・ボーイズだ。駐車場の反対側でがんがん鳴り響く音楽。大ヒットしたビースティ・ボーイズのアルバム『ポール・リヴィア』。チキンのにおいが風に乗って、音楽と一緒に流れてくる。

「お座り」私は犬に指を突きつける。「待て」

犬は、そわそわしながらも多少は命令にしたがう。

そのあと、古くさい建物の一方の壁に沿ってそろそろと進む。「こんにちは」背中を壁につけ、銃を持ちあげて、爪先で歩きながら、私は声をかける。「だれかいますか？」

返事はないが、声が音楽にかき消されて聞こえなかったのかもしれない。私がビースティ・ボーイズの大ファンだったことは一度もない。友だちのスタン・ラインゴールドが、中学入学後に一週間ほどヒップホップに夢中になった。ずいぶん前に、彼が軍に入隊して、第一〇一空挺師団の一員としてイラクに行くことになったと聞いたことがある。まさかと思うが、彼が今どこにいてもおかしくない。私はシグ・ザウエルを胸元まで持ちあげ、大きく脚を広げて生け垣を越えて、ドライブスルー用の車線にはいる。

もう、これが幻覚だとは思っていない。チキンを料理する濃厚なにおいが、雨のせいで湿ったアスファルトの埃っぽいタールのにおいと混じりあっている。何かの罠ということも考えられる。何も知らない通りがかりの人間を、パーティ音楽とおいしそうなにおいでおびき寄せておいて――どうする?

私からは、どでかいRVしか見えない。長さ七・五メートル、レストランの裏にバックで寄せて、駐車場に直角に突きだすように駐めてある。ボックスカーの特大のタイヤはコンクリートブロックに乗りあげ、全部のドアがあけられ、窓はおろしてある。フロントガラスと、ひらいたボンネットに衣類がかけてあった。黄褐色のフェンダーに赤いストライプ、エアブラシの凝った字体で〝ハイウェイの海賊《パイレート》〟と描いてある。音楽は、そのRVのなかから聞こえてくるようだ。私の足元で、フーディーニが小さくキャンと鳴いた――これ以上待てないという合図だ。私は腰をかがめて、首を撫でながら、静かにしていてくれと願う。よく訓練された犬とはいえない。

音楽が止まって一瞬静かになったが、また始まる。こんどはボン・ジョヴィの『リビン・オン・ア・プレイヤー』だ。私とフーディーニは足を止めずに、RVのフェンダーに沿ってじわじわと動く。後部をまわって駐車場が見晴らせるようになった。そこに男がいて、私の頭にショットガンで狙いをつけている。

「おいおまえ、そこで止まれ」男が言う。「動くな、犬にも動くなと言え」

私が動きを止めると、ありがたいことにフーディーニも止まる。男と女一人ずつ、二人とも肌をあらわにしている。上半身裸の男は、ボクサーショーツとビーチサンダル、もとは襟足だけ伸ばした刈上げだった茶色の髪の毛は、汚れて伸び放題だ。女は赤毛、長くゆったりした花柄のスカートと黒いブラ。二人とも、片手にビール、べつの手にショットガンを持っている。

「そうだ、おまえ、その調子」男は目を細めて私を見ながら、声をかけてくる。汗で光る大きな力こぶ、血色のいい額。「どうか、頭を吹き飛ばさせるようなことはしないでくれ、いいな？」

「しないよ」

「彼はしないわ」女は言ってから、ビールを一口飲む。「あたしにはわかる。いい人じゃない？　あなたはいい人ね」

私はうなずく。「いい人です」

「わかってる。すごく礼儀正しいわ」女が私にウインクする。私は彼女をじっと見つめる。アリソン・コークナーだ。初恋の女性。脂肪のついていない白い身体、プレゼントについているリボンみたいにカールしたオレンジ色の髪の毛。

「おれはビリー」男が言う。「こっちはサンディ」

「サンディ」私はつぶやいて、まばたきする。「そうか」

サンディがにっこり笑う。アリソンじゃなかった。まったく似ていない。全然。目の錯覚もいいところだ。私は咳きばらいする。

「こんなふうにお邪魔してすみません」私は言う。

「悪気はないんだ」

「いやはや、おれたちもさ」ビリーが言う。その声は温かく、酒の勢いが感じられ、笑い声と日光にあふれている。

「この世に悪気なんてないわ」サンディが言う。

二人はビールのボトルをあわせて音を立てる。二人とも笑顔で、ショットガンをかまえ、狙いをつけたまま。不安に思いながら私は笑顔を返し、そのまましばらく時間が過ぎる。全員が自分以外の人間の善意を確信したけれども、全員が銃をかまえたまま身動きできない。世のならわしだ。ビリーとサンディのうしろ、RVとタコベルのあいだに、二人だけの小さな世界が作られていた。蒸気機関車みたいに真っ黒な煙をもくもく吐く、古い大きな炭火焼きグリル。今にも壊れそうなビール醸造装置。タンクや樽に、からみあったビニールのホースが巻きついている。そして、低い金網フェンスの奥、雑に敷かれた麦わらの上を走りまわっているのはニワトリだ——宇宙人みたいな奇妙な足で互いのまわりを走ったり、閲兵場でコンサートか処刑の開始を待つ陽気な連中みたいに甲高い声でわめいている。

ビリーが一歩前に出て、凍りついた一場面を破る。私は一歩さがって、シグの銃口を彼の顔にあわせる。彼は目を細めてから、蚊をひょいとかわすライオンみたいに、ややいらついて顔をそむける。

「こういうことなんだ」彼が話しだす。「おれにはビールがあるし銃がある。見りゃわかるだろ？　おまえだってビールを手にしてちょっと待ってりゃ、食いものをもらってここを離れられる。今、チキンを焼いてるとこなんだ。じきに夕食時だしね。大きなやつだよな、ベイビー？」

「ええ」女が答える。「クローディアス」にやりとする。一瞬、私をクローディアスと呼んだのかと思ったけれど、ニワトリのことだと気づく。「一日に三羽」彼女は言う。「そうやってカウントダウンしてるの」

ビリーがうなずく。「そうなんだ」そのあと彼は鼻から空気を吸いこんで、ハードロック風の髪を揺さぶる。「それか、別のオプション。きみは大暴れして、うちのニワトリを一羽くすねようとして、サンディに撃たれて死ぬ」

「あたし？」彼女はびっくりして笑いながら言う。

「ああ、きみさ」ビリーが私に笑いかける。仲間みたいに。「おれよりサンディのほうが腕がいい。時間がたてば、おれはほろ酔いになる」

「よく言うわね、ビリー。あなたはいつもほろ酔いじゃないの」

「きみはちがうもんな」

この女性はアリソン・コークナーとは全然似ていない。いまはそれがはっきりしていた。共通点は、潮みたいに引いてしまった。

「どうする?」ビリーが言う。「ビールか銃弾か?」

私は銃をさげる。サンディが銃をおろし、最後にビリーが銃をおろして、私にビールを握らせた。生ぬるくて苦くてうまい。「ありがとう」私が言うと、二人はあとずさりして、自分たちの庭へどうぞと身ぶりで示す。「私はヘンリー・パレスといいます」私のうしろから、丸々太って羽根におおわれた奇妙なニワトリたちを油断なく見つめながら、犬が肢を引きずってくる。

音楽が変わった。ヘビーメタルみたいだ。私の知らない曲。店とRVとをつなぐロープから吊られた二つのハンモックが、古いニワトリの骨が散らばった紙皿の上で揺れている。まわりの木にカンテラがぶらさげてある。スピーカーは、車の外側に据えつけてある。エンジンがかかっていて、音楽と照明、世界に電力を供給している。

ふと、トリッシュ・マコネルは〈警察のいえ〉で元気にやっているだろうかと考える。コンコード病院のフェントン医師。カルバーソン刑事。マガリー刑事はどこにたどりついたのか。大好きな食堂の大好きなウェイトレス、ルース-アン。みんなは、今ごろ、どこで何をしているのだろう。

「でもね、まじめな話」サンディが私の腰のあたりに手を置いて、話しかけてくる。「うちのチキンをけなしたら、その暗い顔を吹き飛ばすわよ」

チキンはおいしかった。私は、失礼にあたらない量を食べているけれど、ビリーとサンディがもっと食べろと勧めてくれるので、その言葉に甘え、フーディーニにも大きなかたまりをやった。犬ががつがつ食べる様子を見るのは心地よい。つけあわせにハニーローストのピーナッツ三袋を提供すると、二人は喜んで受け取ってくれて、私の気前のよさに景気よく何度も乾杯している。

二人はここで――〝とくにこの場所で〟一カ月くらい暮らしている。六週間かもしれないけど、はっきりわからない。ここは三カ所めだという。「三カ所めだけど」ビリーは言う。「これで最後だろうな」ニワトリは、二カ所めから盗んできた。ここと、ハイウェイで南へくだった隣町ハムリンとの中間地点にある農家だ。二人はハンモックに寝転がる。私はその下に腰をおろして、背中を車にもたせかけ、みんなで残りのピーナッツを味わう。サンディが髪の毛を幸せそうに揺らしながら言うには、チキンは「神からのまさに神がかり的贈り物」だそうだ。

「この時点で、残る小皇帝どもは十六羽。一日に三羽かける五日イコール十五羽」

「プラスおまけのチキン一羽」ビリーが口をはさむ。

「うん、そうね、おまけのチキン一羽」サンディが彼の腕をぎゅっとつかむ。

二人の話は聞いていて楽しい。ちょっとした余興というか、軽妙なコメディみたいだ。二人が互いに感じている満足感がたそがれと霧雨と混じりあい、ぼんやりと眠りに誘いこまれていく。私は頭をうしろにもたせかけて、ふっと息を吐き、二人が話すのをただ聞いている。それぞれが言いたいことを言って、子どもみたいに笑う。一日じゅうのんびりしてるんだ、と私に話す。煙草を吸って、いちゃいちゃして、ビール飲んで、チキン食べて。二人はたまたまオハイオ州ロータリーで育ち、クロスカウンティ高校の卒業記念ダンスパーティに一緒に行った仲だけれど、大人になってからはここに住んだことはなかった。ビリーは「ほとんどあらゆる場所に」住み、少し服役し、仮釈放で外に出た——「書類上はいまもそうだ」と本人は言い、鼻を鳴らす。サンディのほうは、シンシナティの短期大学に進学して、〝世界最高級のくそったれ野郎〟と結婚して離婚し、レキシントン郊外の食堂でウェイトレスをしていた。

二人が連絡を取りあったのは、小惑星接近が判明してまだ日が浅い、去年の春の終わりか初夏のことだった。衝突の確率は低かったものの、その数字が急速に大きくなりつつあったころだ。低いとはいえ、失恋や心残りの相手にもう一度会いたいと思うほどには高い数字だった。「お互いを見つけたんだ」ビリーは言う。「フェイスブックとかそういうろくでもないやつで」焼けるような夏が過ぎて秋になり、確率はじりじりとあがってきた。ぐらりと揺れて滑り落ちはじめた世界で、ビリーとサンディは面白おかしいメールをやりとりし、よりを戻して世界の終わりを一緒に見届けることに決めた。

「けど、あれが百パーセントになるころには、肝心のインターネットが使えなくなってさ」ビリーは髪の毛をかきあげる。「なのに、彼女の電話番号を知らなかった——どうしようもないまぬけ、だろ?」

「だよね」サンディが言う。「あたしだって彼のは知らなかったし」

ビリーが彼女を見てにっこり笑うと、彼女がにっこり返して、首をかしげ、ビールを飲む。ビリーがいきさつを話していると、サンディがときどき口をはさんで、彼の汗ばんだ力こぶを撫でながら、もっと詳しく説明したり、やんわりと訂正したりする。早く行け、目的を忘れるな、スレッジハンマーを見つけてあそこの車庫へ戻れ、という執拗《しつよう》に呼びかける内なる声に私は気づいている——けれども、すっかり腰を落ち着けて、背中をRVに張りつけ、膝を引き寄せて、最初にもらったビールをちびちび飲みながら、木々の上の空を染める夕焼けをながめている。フーディーニの白い毛むくじゃらのテディベア頭を膝にのせて。

「で、まあ、おれは思ったのさ、見てろよって。パイレートのエンジンをかけて、彼女をさがしにいった。そしたら、なんと──えーと、悪いがあんた……」

「ヘンリーだ」私は答える。「ハンクでもいい」

「ハンク」自分が尋ねたみたいにサンディが言う。「そっちがいいわ。びっくりするのはね、あたしはすっかり荷物をまとめてあったの。彼を待ってたのよ」

「信じられるか？　おれを待っててくれたんだ。さがしに来てくれるとわかってたって」

「うん、わかってた」サンディはきっぱりとうなずく。ほろ酔い気分で目が笑っている。「とにかくわかってた」

二人は、互いの幸運が信じられないというように首を振って、長細いビール瓶をかちりとあわせる。彼らのちょっとした動きを、私は見つめている。アルミホイルで小さな灰皿をこしらえて、そこで煙草をとんとんと叩くビリー。RVのスピーカーから流れてくるビートボックス・ヒップホップの曲にあわせて、座ったままでロボットダンスを踊るサンディ。

ほんのひととき、私は目を閉じてまどろむ。むろん、あるレベルでは、理屈にあわない希望──妹はまだ生きていること、妹を見つけて、もはや存在すらしていない故郷の街に連れ帰ること──にこだわっているのは自分でもわかっている。それに、この魅惑的な考えそのものが勢力を広げて、蠟燭の火の周囲で光る後光のように外に伸びていったのもわかっている。万一ニコが、この危機は回避できる、小惑星を排除できるという狂気じみた考えにしがみついて、なんとか生き延びたとしたら、妹は正しかったといえるかもしれない。もしかしたら、何も起きないかもしれない。

ニコなら心配ない。万事、問題ないだろう。

一、二分たってから、私はまばたきして目をあけ、ぽきぽき音をたてて首をまわし、ノートを取りだして仕事にかかる。

ない。ビリーとサンディはスレッジハンマーを持っていない。ガス式削岩機もドリルもない。彼らにあるのはあと二、三日、音楽をかけるためにRVのエンジンをまわす分の燃料と、ビールとチキンだけ。

そのあと、まあいいかと思って、ポケットに手を突っこんで、コンコード市立図書館のカード入れから卒業記念アルバムの写真を取りだし、慎重に広げる。端がぼろぼろになりかけているのだ。

ない。二人は妹を見かけたことがなかった。ほとんど人に出会わなかったし、眼鏡をかけて、黒いTシャツを着て、口元をゆがめた女子高校生の大人版など見かけてもいない。このあたりに、そういう人はいない。

3

夜になると、ビリーとサンディの小さなキャンプ地は、みすぼらしいながら妖《あや》しい雰囲気をたたえる。このために残しておいた電力で丸いカンテラをともし、黄色い明かりの下で、グリルから立ちのぼる芳香をかきまぜながら、身体を寄せあってダンスするのだ。大音響のヘビメタにあわせて軽く首を振るサンディの、もつれた長く赤い巻き毛が揺れている。そのウエストに、救命胴衣みたいにビリーの両手が巻きついている。

私は立ちあがって、ズボンの砂をはらい、星明かりの下で踊る二人をながめながら、死んだ両親のことを考える。行方の知れないニコのこと、ニコをさがしていること、最近の濃密な日々について考えながら、ただなんとなく、父と母なら今をどう過ごすだろうかと思いめぐらす。

ニューハンプシャー州では、毎年九月になると、木々の葉がかすかに色づきはじめ、空が真っ青に澄みわたる。そのたびに、来る日も来る日も、父は言ったものだ。「九月は、一年のうちで最高だ。ここだけじゃない――どこでも。全世界で。九月は完璧だ」眼鏡を額に押しあげた父は、前かがみになってポーチの木の手すりに両手を置き、二、三軒となりから漂ってくる落ち葉を燃やす香ばしい空気を吸いこむ。そのときの母は首を振って、〝ちがうでしょう〟というやさしい笑みを浮かべている。「あなたはどこにも行ったことがないじゃないの。生まれてこのかた、ニューイングランドにしか住んだことないくせに」

「うん、まあね」父は答える。「でも、ぼくが正しい」母にキスをする。私にキスをする。「パパは正しい」小さなニコにキスをする。

いまロースト中のタイベリアスという名のチキンは真夜中に食べることになっているけれど、私はここを出ていかなければならない。仕事がある。RVの向こうの通りがやけに暗く見える。

ビリーが、身体を揺らしているサンディをダンスフロアに残して、今にも壊れそうな、ばかばかしいほど手のこんだビール醸造器のほうへ、ボトルを満たしにふらふらと歩いてくる。そのとき、訊きたい質問がもう一つあることに気づく。

「警察のことを何か知らないか？」私は尋ねる。

「なんだって、ハンク？」

汚いコックからビールの泡をボトルに流しこみながら、彼は私をじっと見つめる。

「町の警察。ロータリーの。ここの警察のことを何か聞いてないか？」

「ふん、やつらは正真正銘のくそバカ野郎どもさ。おまわりはみんなそうだがな」

私の表情を見守っていた彼は、鼻息を荒々しく吐いて、鼻先のビールを跳ね散らかした。「まさか!」彼は笑い声をあげて、手の甲で顎のビールをぬぐう。「なんか変だとは思ってたんだ、てっきり――」彼は言葉を切り、メタリカの『エンター・サンドマン』をぶつぶつと口ずさみながら、目を閉じて身体を揺らしているサンディに怒鳴る。「サンディ、この人、サツだって!」

彼女は目を閉じたまま、ぼんやりと片手の親指をあげてみせ、身体を揺らしつづける。

「なあおい、オープンコンテナ法でパクらないでくれよな?」彼は笑っている。信じられないのだ。「二度としないから」

「私はもう警官じゃない」私は言う。「地位を剥奪されたんだ」

ビリーはまたたっぷりと飲む。「教えてやるよ。だれもがそう言うさ。地球上の全人類が」彼が鼻を鳴らす。「自分たちは地位を剥奪されたって」

「町の」私は言う。「警察のことだけど」

彼は首を振る。「ああ、さっき言ったように、悪く思うなよ、ここらへんのサツは、古いタイプの威張りくさったやつらだった。とにかく、おれが子どものときからそうだった。おまけに、どんどんひどくなってさ」

「彼らはいつまで働いていたんだ?」

「大ニュースのあとってことか?」ビリーは考えこんで、ビールでべたべたの手で髪の毛をかきあげる。「ほんの二秒くらいかな、連中のほとんどが。第一級のブタ野郎、署長のマッケンジーさえも」彼がまた振り向く。「なあサンディ、ディック・マッケンジーを憶えてるか?」目を閉じたサンディが、親指をまたあげる。「ブタ野郎だったよな?」彼女の親指はもっと上へ。

「ひどいもんさ」ビリーはまた私のほうに向きなおっ

て言う。「これが冗談ごとじゃないとわかるとすぐに、やつらのほとんどがバケツみたいに放りだした」

アーマ・ラスル刑事の大判革装の業務日誌にあったとおりだ——彼女が〝ジェイソンが辞めた〟、それとびっくりマークを三つ書いたページが、ありありと目に浮かぶ。短いあいだだったけれど、私がコンコード警察署成人犯罪課の刑事として勤めたのも、そういう流れだった。だれかが辞め、だれかが死んだ。突然、ポストに空きができた。不幸中の幸い。

「しばらくは何人か働いてた」ビリーは続ける。「良心的なやつらが。暴動までは」

「暴動？」がぜん興味が湧く。私は目を細めて集中し、頭を振って、ビール一杯の穏やかな作用を振り払う。

「どんな暴動？」

「刑務所の暴動。州立刑務所」

私は目をぱちぱちさせる。「クリークベッドか」

「そう、それ。それが——えーと——サンディ、クリークベッドはいつだった？」

「五月」大声が返ってくる。

「いや」ビリーが顔をくしゃくしゃにする。「六月だったと思う」

「六月九日」私が教える。

「あんたがそう言うなら」

私はうなずく。私はそう言う。アーマ・ラスルの最後の記述、六月九日、きれいな字、〝天にまします神よ、わたしたちをしっかり見守ってて〟

「おれのダチが知りあいから聞いたっていう話だ。そこにヤク中がいて、それを自慢したらしい。いかれた野郎さ。そのヤク中が言うには、バッジを持ってうろついていたやつら全員が、クリークベッド州立刑務所へまわされたそうだ。思うに、看守は牢に錠をかけたまま逃げちまったんだろう、で四人らがメシをくれと騒いだ。世間から忘れられて、閉じこめられたままあの世行きなんてごめんだとね」

確かに。きっとそうだ――籠のネズミみたいに――コルテスの母親の恋人の元海兵のケビンみたいに。水曜日になれば、すべての人間はどこかに閉じこめられる。囚人、老人、生命維持装置につながれた病人、ピアノ運送屋がいないと家から出られないほど肥満した人々。じつは私たち全員が、古い映画で苦悩する乙女のようにその場に閉じこめられ、疾走する列車の線路に縛りつけられている。

「だからやつらはそこに火をつけた」ビリーは言う。

「警官が？」

「ちがうさ、悪人どもが。おれのダチのダチとその仲間。二百人以上いた」ビリーのビールがまたなくなった。彼はコックを押して、ボトルを満たす。「ムショに火を放ったんだ。注意を引くために。で、どのくらい残っていたかは知らないがおまわりと消防、それと、なんて呼ぶんだったか――救急車の連中。彼らがいっせいに駆けつけた。そしたら、そのあと――とんでもないことになった」彼は肩ごしにサンディを振り返ってから、まるで、彼女のためを思ってその会話を聞かせまいとするかのように、そのことに一瞬でも気をとられて時間を無駄にさせまいとするかのように、身を寄せて小声で話を続ける。「ひどいなんてもんじゃない。二、三人が救いだされるなり、おまわりの銃を奪って、おまわりやら消防士やら全員を撃った。その人たちを火のなかに閉じこめたわけは、ただ……」彼は肩をすくめる。「なんとなく、だとさ」

ビリーはボトルをのぞきこむ。「な、おれはサツが嫌いなんだ」――少し笑う――「気を悪くしないでくれよ。でも、これは……」

その声がだんだん小さくなり、彼は咳きばらいして、また笑みを浮かべようとした。

「とにかく、ここの警察についてはそんなところだ。それ以来、自分の身は自分で守る、だろ？」

「ああ」私は答える。「もちろんんだ。わかってる」

「あんたの町も似たようなもんか？」

「そうだな」そう言ったとき、まぶたにそれが見える。炎上するコンコード、火で真っ赤に光る州会議事堂の丸屋根。「だいたいは」

レッドタウン、ブルータウン、ブラック。もうすぐ終わる。まもなく。

私は、小さな青いノートに、クリークベッドの事件について書く。日付、いきさつ。書きながら、ここに何かの接点があるのだろうか、ニコとジョーダンの組織や、オハイオ州ロータリーに彼らが現われたことと関係があるのだろうかと考えをめぐらせる。私にわかっているのは、秘密計画を胸に秘めた例の科学者がインディアナ州ゲーリーにいると判明したのち、ニコが七月なかばにここに呼びつけられたことだ。科学者の件が事実だとして——たぶんちがうだろうが——ジョーダンとその仲間が、オハイオ州ロータリー警察署にとどまった数人の警官を片づけるためだけに、刑務所暴動と大火事という作戦を考えつき、人員を呼びよせたとは考えにくい。

それでも、私はそれを書きとめる。薄いノートのページは、新しいクエスチョンマークだらけだ。

アーマ・ラスル刑事の冥福《めいふく》を五秒間祈る。十秒に伸びる。私に関係のない話だ。担当の事件でもない。とはいえ、光景が目に浮かぶ。炎上する刑務所、走ってくる救助チーム、銃声、真っ赤な炎、監房の壁を叩き、分厚いガラスのドアの奥で悲鳴をあげて焼かれる人々。

「そうだ、ビリー、訊きたいことがある。警察署の建物のことは知らないか？」

「知らないね」

「建設されたのはいつか？　地下室があるかどうか？」

「おい、知らないって言っただろ」ビリーのワゴン車尾板《ティルゲート》パーティ用の大きな笑顔がぐらつく。ぼんやりした笑みを浮かべたサンディが、自家醸造装置のほうへのんびり歩いてくる。ビリーは考えている。この男にどれだけつきあえばいい？　物々交換するものもないくせに、ノートと質問だけはある赤の他人のために、残り少ない時間を費やすのか？

「ありがとう、ビリー」私は礼を言って、ノートを閉じる。「とても助かった」

「いいんだ、兄弟」彼は答えて、そこを離れる。「オーガスタスをつぶしてこよう」

そろそろ行こう。時間だ。月が昇った。

それなのに私は、サンディと一緒にRVに乗りこみ、この二十四時間で最後に絞めるニワトリを選ぶビリーを立ったままながめている。フーディーニは囲いのすぐ外で前足に顎をのせ、よたよた動く鳥たちのあいだを忍び足で歩くビリーを油断なく見つめている。心残りはもうない。ビリーは黄色の長い手袋をはめて、それを肘まで引きあげ、裸の上半身に重たげな肉屋のエプロンをかけている。エプロンの胸元から、黒い胸毛が顔を出していた。ニワトリの囲いは真新しく見える。支柱と支柱のあいだには、きっちりとツーバイフォーに削ったばかりのなめらかな松材と亀甲《きっこう》金網が張ってある。支柱はコンクリート製だ。支柱の一本の基部に、三文字のロゴ——大文字でJOYと刻印してある。

「ちょっと。ちょっと」だしぬけに私が言う。「ねえ、サンディ。あのニワトリの囲い」

「いいでしょ？」彼女はぼうっと立ち、黄色い手袋をはめたビリーが大勢のなかからオーガスタスを選びだすのをながめている。

「サンディ、だれにあの囲いを作ってもらったんだい？」

「ニワトリの囲いのこと？」

「そう、それ。だれが作ったの？」

「あの男よ」あくびをしながら彼女が言う。「アーミッシュの男」

「アーミッシュの男？」

私の視野の端で、ビリーとニワトリがぼやけた。高速で回転する私の頭。ビリーは鳥の首をつかんで、重さを計るかのように高々と持ちあげる。フーディーニの目が、羽をぱたぱたさせて甲高い声で鳴く餌食を追う。

サンディが説明する。ビリーがロータリーの町中で会ったアーミッシュの男。「もともと彼は町中で看板を出していたの。半端仕事、コンクリートの作業。食べるためになんでもやるのよ」サンディが私を見て、熱心な表情に気づく――コンクリートの作業。私は考えている。たった二つの単語、コンクリートの作業―――彼女が先を続ける。「すごい偶然なのよ。ビリーに、このうるさいやつらを入れとく囲いを作らなくちゃいけないわって話したら、彼はどうやって作ればいいかわかんないって言うの。その半時間後、あの人たちにばったり会ったというわけ」

「あの人たち？ アーミッシュはたくさんいたのか？」

「いないよ。アーミッシュは一人。大柄で、わりと年を食ってて、黒いもじゃもじゃした顎鬚に白髪《しらが》がまじってた。隣接地域からやってきたんだと思う。彼らはそこに住んでるからね。でも、外国人を二人連れてたの」

「外国人というとＣＩか」

「そう。まさにそれ。ＣＩ。困ったような顔をしたろくでなしども。中国人かな？ わからないわ。一言も話さずに働いてた。一生懸命働いてたよ。アーミッシュの人が命令してた」

「その男の名前は聞いたかい？」

「それがね、聞いてないの。ビリーもよ。彼がここにいた四時間、あたしたちは彼をアーミッシュの人って呼んでたように思うわ。無愛想だったけど、返事はしてくれた」

ビリーがニワトリの小さな頭をつまんで、上下逆さにした木箱の底に押しつけて固定する。そして、ビリーの大きな手が、じたばたする丸い体をじっとさせるあいだ、ニワトリは本能的に頭を起こしたため、まるで真上を見つめているように見えた。ビリーが斧を大きく振りおろして、ニワトリの細い首を叩き切ると、血がまわりに飛び散った。ビリーはほんの一瞬顔をそむけて、純粋な恐怖と不快感を顔に浮かべる。けいれんするニワトリの体を、彼が両手で押さえつける。フーディーニが動いて、切断された首から血を噴きだしてぴくぴく動く鳥の死骸をじっと見ながら、激しく吠える。

私はまた鉛筆を手に取って、サンディの話に戻り、鉛筆をすらすら走らせて新しい情報を全部書きとめる。急速にノートの終わりが近づいてくる。アーミッシュの男、隣接地域から——隣接地域というのはどのくらい離れてる？——隣接地域は六十キロ。天変地異《C》移民《I》二人——アジア人——を引き連れていた。彼がボスだったのは確かか——彼がボスだった。コンクリートの作業——コンクリートの囲いを作ってくれとあなたが頼んだのか——いいえ、彼が勧めた、彼はコンクリートのことを知っている。まさかあたしたちが知るわけないし……

鉛筆を握る指の昔なつかしい感触、働く私の胸できちんと動いて血液を送りだし、スポンジのように事実を吸収し、全力で疾走する私の心臓。私が鼻息を荒くして、何度もうなずき、彼女の言葉を繰り返し、また前の部分を確認するので、サンディは目を大きく見ひらいて面白がっている。私は内からあふれてくる自信を感じている。この職務をきちんと果たせるだけの勘と知性がある自分を信じている。五年？　十年？

目を閉じて一心に考えていたことに気づいて、私は目をあける。するとサンディが私を見つめている——ちがう、見つめているのではなく凝視だ。ある種の深遠な関心をいだいて私をながめている。そして、不可思議な一瞬、頭蓋骨を透かして、内部で回転し、渦巻き、さまざまなパターンの軌道を描いてまわる私の思考を見られているような錯覚をおぼえる。

私は喉を鳴らして小さく咳をする。彼女の胸を汗が一筋流れ落ち、谷間に消える。

「彼女の名前はなんていうの？」サンディが言う。

「だれの？」

「女。だれでもいい。だれか一人」

私は顔を赤らめる。下を見てから、また顔をあげてサンディを見る。彼女を見てアリソン・コークナーを思い出したけれど、言うとすればナオミだ。私はささやく——「ナオミ」

サンディは身をのりだして私にキスし、私はキスをかえして、体を押しつける。捜査に対する高揚感が転がって速度を増し、べつの大きな感情へと、気分が浮きたつと同時に恐ろしくもある感情へと変化する——愛情ではないが、愛情に似たもの——肉体は互いへひらかれ、神経の末端が動きだして互いを求める——私が知っている感情、私の血管や関節へ流れこんでくる感情、たぶん私が二度と味わうことのない感情。これで最後。サンディは煙草とビールのにおいがする。私は彼女に長々と激しくキスしてから、身体を離す。明るい満月が昇って、RVのキッチンの窓から光がはいる。

ビリーがそこにいて、無言で見つめている。絞められたばかりで湯気をたてる丸々したニワトリが、首根っこをつかむ手のなかで揺れている。エプロンをはずしたビリーの首筋と肩の筋肉が汗で光っている。裸の胸に血の斑点がつき、パンツの縁に沿ってはね飛んだあとがある。彼からは炭と土のにおいがする。

「ビリー」私が話しだすと、そばでサンディがかすかに身を震わせる。酔ったせいか怯えたせいかはわからない。今ここで死んだら、理不尽もいいところだ。衝突の五日前に、三角関係のもつれにより散弾銃で撃たれて死ぬなんてばかげている。

「あと半時間待って、チキンを食っていけよ」

「やめとく、ありがとう」

「いいのか？」ビリーが念を押す。サンディはＲＶの小さなキッチンを横切って、彼のウエストに両手をまわす。彼はチキンを高く持ちあげておいて、彼女の背中をぎゅっと抱きしめる。「これから羽根をむしるんだ」

　そこにいてもよかった。本当は。二人ならいさせてくれたと思う。ハイウェイ・パイレート横の地面に座りこんで待つ。

　でも、ちがう。そうじゃない——そんなことにはならない。

「感謝してる。心から」私は言う。新たに判明した事実。浮かんできた可能性。「ほんとにありがとう」

第3部

JOY

9月29日土曜日

赤経	16 53 34.9
赤緯	-74 50 57
離隔	82.4
距離	0.368 AU

1

コルテスの解釈どおり、ボトルのコルク栓みたいに、警察署の車庫の床に、分厚い楔が打ちこんであるとすれば、彼らの手でそれができたはずがない。ニコと仲間が穴にはいったあとも、だれかがそこにいた。グループ全員がいっせいに穴にはいったとすると、ほかの人物が――墓に蓋をする作業を請け負った臨時雇いが――そこにいたのだ。

かくして私は、この地域で最近作られたコンクリート構造を、そして、半端仕事ならたいてい引き受けるものの、とくにコンクリートを専門とする男たちのグループを知るにいたった。

それだけわかれば充分だ。私は出発し、真夜中に州道四号線を南へくだる。

「四、五十キロ行くと」ビリーは言う。「アーミッシュの畑とか農作物の直売所とかが見えてくる。見逃すはずがないよ」荷車に乗るフーディーニ。ハンドルの真ん中にダクトテープで巻きつけた太い懐中電灯が、前方に延びる道路をふらふらと照らす。

ペダルを踏んでいると、私と私の青くさい推理を聞いてくすくす笑うカルバーソン刑事がありありと浮かんでくる。サマセット食堂のボックス席の向かいに座って、何も言わずに面白そうに私を見やり、口の片隅から反対側に葉巻を転がす彼が見える。ぐらつく歯みたいな私の推理の穴を突く彼の声が聞こえる。

彼は、あの穏やかな口調で的を射た質問をし、コーヒーのお代わりを注ぎにいく前になじみのハンク・パレスを一緒になってからかってやろうと近づいてきたウェイトレスのルース＝アンに向かって、あきれたように目玉をぐるりとまわす。

だが、サマセット食堂はついに閉店したし、カルバーソンとルース＝アンはコンコードにいる。前に進むしかない私は、こうして真南の〝隣接地域〟に向かって州道四号線を走る。無人のサービスエリアで休むことにして、〝あなたの現在地〟を示すオハイオ州地図の下で寝袋を広げ、カシオの目覚ましを五時間後にセットする。

サンディから名前を訊かれたとき、口から思わず「ナオミ」が飛びだした――いちばん長く愛した女性はアリソン・コークナーだし、この旅に出るときに別れを告げたのはトリッシュ・マコネルなのに、私は即座に「ナオミ」と答えた。

静かなひととき、私は彼女のことを考える。テレビやラジオの音や人々のざわめきのないひととき、捜査の推論や低く渦巻く恐怖で満たされていないひととき。

ある事件でナオミ・エデスと出会い、彼女を守ろうとしたけれどできなかった。一緒に過ごしたのは一晩だけ。だいたいこんな感じだった――ミスター・チャウの店でジャスミンティーと焼きそばの夕食、そのあと私の家、そして行きつくところまで。

ときどき、状況がちがっていたら私たちはどうなっているだろうかと、つい想像してしまう。起こりうる未来が、深海魚みたいに浮かんでくる。起きるはずのないことの記憶。いつか私たちは、ホームコメディに出てくるような、陽気ではちゃめちゃで、冷蔵庫のドアにカラフルなアルファベットのマグネットを並べて気の利いた意味のない言葉を作り、せっせと雑用と庭仕事をし、朝には玄関から子どもたちを送りだすという、幸せな家族になっていたかもしれない。夜遅く、みんなが寝静まってから、二人だけでぼそぼそ話しあったりして。

くよくよ考えてもしかたない。

殺されたり溺れたり、巨石が落ちてきたりして人が死ぬとき、死ぬのは、そこに存在している人間だけではない。過去も死ぬ。その人だけが持っていた思い出、心で思っただけで口にしなかった言葉もすべて消える。現実となっていたかもしれない未来、たどっていたかもしれない人生も。過去と未来と現在が、束ねた小枝みたいに全部一緒に燃えてしまう。

そうはいっても、その他の条件が同じで、マイアが空から落ちてこないとしたら、いちばん可能性が高いのは、一生独り身で終わる私だろう。ラスル刑事と同じく、きれいに片づいたデスク、一枚の写真も飾らず、ノートを大きくひらき、時刻を記入する。四十歳で義務感の強い刑事、六十で思慮深く老練な管理職、八十五で、ずっと昔の事件をひっくり返してまだ調べている従順で変人のおいぼれ。

道端のアーミッシュの直売所の見た目はどれも同じだった。音をたててきしむ木の直売所、空《から》のバスケット。もちろん、果物と野菜はとうの昔にない。同じくケーキとパイ、アーミッシュ蜂蜜とアーミッシュ・チーズとアーミッシュ・プレッツェルも。

十五、六キロ走ったところに、直売所がずらりと並んでいた。自転車をおりて、一軒一軒注意深くコンクリートを確認する。ある直売所では、木の屋根を支える細い円柱。べつの直売所では、小さな店の外側にある棚から続く、見事に均整のとれた階段。何度も何度も、私は痛む体を自転車から引きずりおろして、スタンドを立て、四つ這いになり、放置された直売所をこすり、赤いＪＯＹの刻印をさがす。何度も何度もフーディーニは荷車からおりて、目当てのものが何かわかっているみたいに、私のそばの地面を掘る――私たちは力をあわせて、枝編み細工の買い物籠と丸めて捨てられたレシートを押しのける。

こういう一日。ほぼ丸一日、空振りだった。何も見つからないまま、もう夕方だ。自転車に戻ってくるたびに、もうここまでだ、これ以上はむりだと思うのに、それでも引き返すことができない。手ぶらで戻ったらどうなる？　身体は痛いし、腹ぺこだし、チキンを食べたのは遠い昔のことに思え、色あせたパイとプレッツェルの看板は腹の足しにもならない。

「さてと」六軒めか八軒めか、はたまた百軒めの、もはや用なしの道端の直売所で、私はフーディーニに言う。「さてと、これからどうしよう？」ロータリーにいるコルテスは、秘密のドアの上であぐらをかき、じりじりと待っている。〝それで？〟楽しい思い出の詰まったサマセット食堂に、口をゆがめて葉巻をふかすカルバーソンがいる。〝だから言っただろとは言いたくないんだよ、ノッポ〟

するとやがて――州道四号線をさらに五百メートルほど進んだところ、薄暗い空の下、かろうじて――それを見つける。地面に埋めこんだ支柱の刻印でも、階段の基部でもなく、頭上の大型広告板に描かれた高さ三メートルの赤い字。〝ＪＯＹ《ジョイ》農場〟。

その下に、それよりわずかに小さな字で〝廃場〟。さらにその下に〝イエス＝救世主〟。

看板の下にも直売所があったので数分かけて調べ、その裏に広がるトウモロコシ畑へまっすぐ延びる細い脇道を見つけた。私は足を止めて、看板と脇道とを見くらべてから、大きな笑顔を作る。どんな感じなのか知りたくて、頬の肉がこわばるほど大きな笑みを一秒ほどこしらえる。そのあと、自転車を脇道へ向ける。

トウモロコシのあいだをうねうねと続く脇道は、五百メートルほど先で細い田舎道に変わる。道はいっそう狭くなり、荷車が通れなくなったので、スイスアーミーナイフを取りだし、六角レンチを使って連結をはずして荷車をそこに残し、自転車だけで畑の奥へはいっていく。十分から十五分ほど過ぎたころ、空が泣きだして、額に雨粒が落ちてくる。自転車の車輪が、水分を含んだ土で滑ってぐらつく。目を細めて両目をぬぐう。もう一度ぬぐってから、さっきよりは慎重にペダルを踏んで速度を落とす。その田舎道と交差する道を横切り、そのあともう一本、道を横切る。気まぐれに道をたどっていって、かなり時間がたってから、縦横に走る土の小道網で迷い子になったような気がする。雨は絶え間なく降っているうえ、どこへどう進んでいるのかわからなくなった。ペダルの上に立ちあがって身体を前に少し傾け、フーディーニの傘になろうとする――どういうわけかフーディーニはぐっすり眠っていた。砂利道を奥へ行けば行くほど、進むのがむずかしくなる。雨足が激しいので、眉毛から流れてきた雨で頬はべっとり濡れている。横を向き、少しのあいだ、雨に濡れたトウモロコシ畑をながめてから、小道に目を戻すと、すぐ前の道のど真ん中に馬がいて、その背に乗る黒い帽子をかぶった長身でがっしりした男が、滝のような雨に顔を濡らしながら、猟銃を持ちあげて狙いをつけている。

「おい」と私が口にしたとたん、男が宙に向けて猟銃を撃つ。

私はぐいと顔をそむけ、右へ急ハンドルを切って向きを変える。大きく傾いた車体は小道から逸れて、トウモロコシの曲がった茎に突っこんだ。私は自転車から落ち、フーディーニは籠から外に投げだされる。私は両手で頭をかばいながら、必死になって身を隠そうとする。あと二発。ドカーンという大きな音が二度轟《とどろ》く。大砲みたいに。

「おい待ってくれ」地面に伏せた私は、頭の両横を押さえてわめく。「頼む」茎と滝のような雨のなかを這う。激しく打つ心臓。雨でずぶ濡れの犬がよろよろと体を起こして、まわりを見まわし、吠える。

発砲は止んだ。私は地べたに這いつくばっている。弾はあたらず、無傷で、雨に降りつけられ、畑に並ぶ茎になかば埋もれている。馬が、水たまりの水を跳ね散らかしながら、私のほうへ歩いてくるのが見える。

「帰れ」見知らぬ男が怒鳴る。

「待ってくれ」私は言う。

「早く帰れ」私は、犬が尻に敷いている白いTシャツをつかんで、籠から引っぱりだし、それを振る。降伏、和平、少しの時間だけでも待ての合図だ。それでも馬は近づいてくる。速足になって、茎のあいだを抜けてくる――フーディーニが、驚くほど大きな馬に向かって吠える。

「待って――」そう口にした私は、そのあとの展開に気づき、顔の前に両手を投げだしたものの間にあわない――馬と騎手は私の真上だ。空に弧を描きながら、巨大な前足のひづめがアイロンのように私の脇腹にどすんとおろされる。一、二秒はなんにも感じない。が、突然、火花を散らしたような激烈な痛みとともに全身が爆発する。私は身体を動かして、パンケーキみたいにひっくり返る。すばやく身体を転がして身体の上下を入れ換える。

額が地面につく。空き地で見つけた女の死体みたいにうつ伏せに。死んでいないとわかったけれど。

なんという名前だったか？ リリー。リリーという名前の女だった。いや――あれは――待てよ――なんだったか――ここは暗い。口のなかで土の味がする。意識が薄れていく。それが感じられる。歯を食いしばって、暗闇を押しもどす。犬の吠え声、悲鳴が聞こえる。まわりは土砂降りの雨。

ふたたび激しい痛みに襲われて、私は悲鳴をあげるが、馬の背に乗る男には聞こえない――ずっと上にいる馬上のゼウスと、はるか下界にいて、固まってしまった脳みそと、どくんと脈打つ激痛だけの私。私はまた身体を転がして、大雨を降らせる暗い空を見あげる。片手に猟銃《かたきう》を、べつの手に手綱《たづな》を持つ黒い帽子の男。仲間の仇討ちにはやる騎兵隊が突撃する戦闘シーンを見ているみたいだ。「私はパレスといいます」と言おうとする。口が動いただけで舌がだらりと垂れ、雨が口にはいってくる。そのとき頭をよぎったのは、大雨のなかに出ていって、愚かしくも空を見あげ、口をあけて溺れ死ぬという七面鳥の話だ。馬は興奮して前後に足を動かし、男は手綱をあやつって馬を落ち着かせる。うろたえた犬は、自分より大きな動物の足元で身をかわす。目の前の黒い地平線上で、光が爆発する。私の口は大きくあき、雨が流れこんでくる。

　私は言葉をさがそうとするができない。話ができない。

　私を襲った黒い帽子のアーミッシュの男が、「よしよし、いい子だ」と馬に声をかけている。そして、鞍《くら》から滑りおりて、ブーツが私の目の前の地面を踏む。私はそのブーツをじっと見ている。脇腹に新たな痛み。肋骨が折れたのだ。たぶん数本。

「ここから去れ」男がしゃがむ。その顔が私の視野の全部を占める。大きな目、黒く濃い顎紐形《チンストラップ》の顎鬚に白髪がまじっている。

「どうしても訊きたいことがあるんです」私は言う——言おうとする——言えたかどうかはわからない。ごろごろと喉が鳴る。

　男は身を引いて、まっすぐ立ちあがる。銃に加えて、腰に巻いた紐に干し草用熊手《ピッチフォーク》を差している。長い木の柄と鋭く尖った三本の歯。シンプルだが残酷な道具。男は、高いところからサタンのように私を見おろす。顎鬚、ピッチフォーク、にらみつける目。どうしても訊きたいことがいくつかある。口をひらくと、口のなかが血でいっぱいになる。血が顔をつたい落ちる。小道に倒れたときに、石に額をぶつけて割れたにちがいない。まずい。問題だ。頭の傷から顔に流れる血、喉につかえた血で溺れ死ぬ私。三本のナイフと流し台についた血。

　男は腰からピッチフォークをおろして、湾曲した歯で私の胸を突く。酔っ払いを起こす警官みたいに。あばらが何本か折れている。とげのある指のように、それらが内臓を引っかくのを感じる。

「ここを去れ」男はまた言う。

「わかった、でも」私はあえぎながら、彼を見あげる。「待ってくれ。ぜひとも訊きたいことがある」

「だめだ」顔が険しくなる。帽子のつばから垂れる雨粒。「だめだ」

「私は、一人または複数の男をさがしていて――」

「よせ。やめろ」男はまたピッチフォークで私の胸を突く。胸郭で跳ねた激痛が、稲妻みたいに脳に達する。ピンで道路に突き刺された自分を想像する。地面に固定され、身をよじる昆虫。それでもまだ私は話す。話しつづける。なぜかはわからない。

「コンクリート作業をした人をさがしているんです」

「去れ」

男が独り言をつぶやきだす。外国語だ。スウェーデン語？　違うぞ。アーミッシュがどういう人々か思い出そうとする。ドイツ語か？　男は頭を垂れ、両手を握りしめて、喉の奥を締めつけるような低い声でつぶやきつづける。そのあいだにやっとのことで立ちあがるが、目がくらんで倒れる。

両目をふさいでいる血を、手の甲でぬぐう。私は前かがみになって、ぜいぜいあえぐ。喉は断熱材並みに乾き、胃は締めつけられたりゆるんだりしている。この男の使用人だか友だちだかのアジア人はどこにいるんだろう。首を振って頭をはっきりさせようとしたのに、その結果、痛みと方向感覚喪失の新たなうねりに襲われる。「コンクリート作業をした男たちをさがしてるんです。ロータリーの警察署の」一語一語ゆっくりと話す私の口の横から血が滴る。何かを食べたばかりの怪物みたいに。

アーミッシュの男は答えずに、組みあわせた手につぶやいている。祈っているのか、それとも頭がおかしいのか、霊と交信しているのか。何かの瀬戸際でためらっているように見える。長身で、幅のある木材で作られたかのような広い胸のがっしりした体格。濃い顎鬚、帽子の下の白髪まじりの豊かな髪の毛。太く強そうな首。皺のある険しい顔。子どもが怖がる物語に出てくる地底王国の王の顔。

風であおられたカーテンとなって雨が押し寄せ、男の顔を激しく叩く。ピッチフォークが、握りしめた拳のなかで震えている。

「頼む」私が言うと、男はピッチフォークをおろす代わりに猟銃を持ちあげる。

「お許しください」男は言う。「イエス・キリストよ、私をお許しください」

私は顎が胸につくまで頭をさげて、身をくねらせて銃の先端から頭を離す。いまでもまだ――私は死ぬのが怖い。この期におよんでも。それがにおう。私自身の恐怖のにおいが霧みたいに立ちのぼってきて全身を包んだ。

「イエス・キリストよ、私をお許しください」男はもう一度言う。許してくれと私に謝っているのでない。罵倒の言葉として〝イエス・キリスト〟と口にしたのではない。イエス・キリストに許しを請うているのだ。自分のしたことに対して。自分がしようとしていることに対して。

「すみませんが」私はできるかぎり早口ではっきりと話す。「妹の行方がわからないんです。どうしても見つけたい。それだけです。世界が終わる前に妹を見つけなければ」

年老いた目が見ひらかれる。男がしゃがんだので、顔が私の顔のすぐ横にある。猟銃を置いてから、私の目のまわりの血を指で恐る恐るぬぐう。「その言葉を口にしてはいかん」

私はどぎまぎする。咳をして血を吐きだす。フーディーニはどこかと見まわすと、畑のなかの少し離れた小さな空き地にいて、よろよろ歩いては顔をあげ、よろよろ歩いては顔をあげて、汚れた毛についた雨を振り落とす。

大男は歩いていって、鞍嚢《あんのう》のボタンをはずし、小さな袋を取りだす。中身の練炭があけられると同時に、馬が砂利道に糞を落とす。

「あのう?」

男はその袋を私の上に持ちあげたので、私はひるむ。〝鞍嚢〟だなんて、なんと古めかしい言葉だろう。そんな言葉をいつ覚えたのか? ひどく奇妙な世界になってしまった。

「その言葉を、決して、絶対に口にしてはならない」彼は言うと、私の頭に袋をかぶせて、固く縛る。

首の太いアーミッシュの大男は私を殺さない。袋をかぶせられて何も見えずに地面に横たわる私は、殺されるまでの長く恐ろしい時間を耐える。土砂降りの雨のなか、男が動きまわって立てる音、馬とのあいだを行き来する音、ブーツの足音、金属のぶつかる小さな音が聞こえる。

私の腕がうしろにまわされ、手首あたりでやんわり縛られる。腋《わき》に差しこまれた両手が、壊れた人形みたいに私を引っぱりあげて、両足で立たせる。ある方向に押しやられて、私たちは歩きだす。畑の畝《うね》を越え、トウモロコシの腐った皮を積みあげた小山を踏みつけて足を取られ、両手両脚を枯れた茎でこすられながら。「さあ」私が転んだりよろめいたりするたびに、私を捕まえた男は、力強い手でぐいぐい私の背中を押して言う。「足を止めずに歩け」

私はかび臭い練炭のにおいに閉じこめられ、顔と頭皮を粗布の袋で引っかかれている。織りの粗い生地なので、外が完全に見えないわけではない。トウモロコシ畑がほんの一瞬見え、布を通して月明かりが揺らめく。

サンディが話していたのと同じ男かもしれないが、

ちがうかもしれない。六十がらみでがっしりした身体つき、白髪まじりの黒い顎鬚を生やして、農場にやってくるよそものを見張るアーミッシュの男が、この〝隣接地域〟に何人いるのか？　ここが、私が質問の答えを得るにふさわしい場所――ふさわしい男――である確率はどれくらいか？　彼が私を射殺して、種まきされていない畑に死体を置き去りにする確率はどれくらいか？

「すみませんが」足を動かしながら、私はわずかに首をまわして話しかける。質問できる状況か？　どこから始めよう？

ところが彼はドイツ語のような〝エック〟らしき音をとげとげしく発して、さっき言ったことを繰り返す。

「足を止めずに歩け」

私は足を動かして、袋をかぶされて外が見えないまま、冷たい雨のなかをよろよろと進む。

私の背後、腰の高さから不安そうなキャンという鋭い鳴き声がする。男が犬を抱いていたことに気づかなかった。私は身をよじって、きつく巻かれている両方の手首をできるだけ放そうとする。

「もし――」と言いかけると、私を拉致《らち》した男が言う。

「黙れ」

「もし私を射殺するのなら、どうか――」言葉が続かない。「どうか犬を頼みます。病気なんです」

彼は聞いていない。「黙れ」彼は言う。「静かにしろ」

半時間近く歩いただろうか。途中でわからなくなった。折れたあばらの痛みと額の切り傷の痛みで取り乱し、不安と外が見えないのとパニックで我を忘れ、おまけに銃をつきつけられて畑の上を歩かされている。アーミッシュの男が立ちどまって、膝をつけと私に命じるときを、私はずっと待っている。私はニコを思う。サンディとビリーを、そして〈警察のいえ〉でジグソーパズルをしたり夕食用の魚を釣ったりしているマコネルと子どもたちを思う。あの人たちと一緒にいればよかった。コルテスと一緒に警察署にいればよかった。ミスター・チャウの店で、油っぽい焼きそばを食べながら、ナオミ・エデスといちゃついていればよかった。私がいるべき場所は、ほかにいくらでもあったのに。

「すみませんが」ついに私たちは足を止める。もう一度呼んでみる。「あのう」

男は答えない。いま彼が立っている場所から二、三メートル離れたところで、新しい音、チェーンが触れあう音がする。目を細めると、袋の向こうにぼんやりとした輪郭が現われる。

建物に連れてこられたのか――家？ 私は雨に打たれて、震えながら待っている。すると、錆びついた扉を引きあけるようなきしむ音がする。大きな扉。家じゃない。納屋だ。

彼はまた私の腋の下を、手荒ではないがしっかりとつかんで身体を持ちあげ、戸口からなかへはいらせる。その瞬間、間違えようのないにおいがする。馬糞と干し草のむっとするにおい。彼は、傷ついて疲弊《ひへい》した私を地面におろして、手首にしたように両足を縛る。

「あのう？」私は首をぐいとねじって、粗布を透かして彼の顔をさがす。彼がまた動いている。扉のほうへ。

「あなたの農場を襲う気はないし、食べ物もほしくない。聞こえましたか？ 私はその手の人間じゃないんです。わかりましたか？」

「お許しください」彼はほとんどささやくように、静かに言う。さっきと同じだ。私に話しているのではない。彼がほしいのは私の許しではない。私は円を描いてよろよろと歩く。目は見えず、縛られたままの怯えた動物。咳が出て、自分の唾液と、袋内部の熱を感じる。

「ここに置き去りにしないで」私は言う。「頼むからそれはやめてくれ」

「食べる物を持ってこよう」男が言う。「可能であれば。むりかもしれない」

強烈なパニックに襲われる。パニックと恐怖と混乱。洞窟に閉じこめられたような、崩壊した建物の瓦礫《がれき》に閉じこめられたような気持ち。ここに放置されたらそこで終わりだ。その瞬間、私の調査は終了し、妹の身に起きたことを永遠に知ることはない。小惑星が地球に飛んできて、崩れかかった納屋のなかで、袋をかぶせられて腹をすかせ、消耗していく私に命中する。

男がやってきて、私のそばに膝をつく。頭に何か押しつけられたのを感じて、私は縮みあがる。ナイフの刃だ——頭の横で袋を切って、羊膜みたいにそれをはぎ取る。世界が姿を現わした。袋をかぶせられていたときより、見えるものが少し増えただけ。月明かりの差しこむ納屋は暗く、クモの巣だらけで温かい。馬と馬糞のにおい。私は大きく三度呼吸をしたあと、男の顔に気づき、その目をひたと見据える。

「ここに置き去りにしないでくれ」

「あと四日だ」空を指さして、彼が言う。「たった四日」

私の横にそっと犬をおろす。フーディーニはすぐに、水たまりの汚い水を舐《な》めはじめる。

「情けをかけてくれ」私は男に言う。彼は顔に沿って片手をおろし、地面に横たわる私の身体をざっと見る。

「これが情けだ」そう言って、彼は立ち去る。閉じた納屋の扉にかけるチェーンの音。男のブーツがざくざく音を立ててトウモロコシ畑を踏みつける。彼が遠ざかるにつれて、その音はだんだん小さくなる。

2

田舎の静けさ。田舎の暗さ。

眠りこんじゃだめだ、ヘンリー。寝るな。

まずはそれだ。なにはさておき、目を覚ましていること。その次に、全体的な状況をつねに把握しておくこと。過酷な場面では、全体的な状況を正しく把握するかどうかで生死が決まることが多い。前回、これと似たような行き詰まった状況に陥ったときは、馬に蹴られたどころじゃなかった。撃たれたのだ。スナイパーが撃った弾が右腕の上のほうにあたって、上腕動脈の断裂という深手を負った。間違いなく重傷だった。塔のなかで血を流しながら、夜に向かって薄れていく日の光を眺めていたら、あろうことか妹がヘリコプターで助けにきてくれた。夕焼けにブレードを浮かびあがらせて、大きくて喧《やかま》しいあいつが私のほうにおりてきた。

今回、妹は来ないだろう。来ないに決まってる――私が妹を助けにきたのだから。

始めの一歩は簡単だ。雨に打たれながら畑を歩かされているわけではないし、袋がはずされて目が見え、集中できるので、五分ほどで、中指で結び目をいじれるまで手首どうしを離してから結び目を広げ、両手の紐をほどくことができた。そのあと二分で両足の紐をほどき、立って納屋を歩きまわれるようになった。

あれをどこで手に入れたのか、と唐突に考える。あのヘリコプター。これまでと同じく、ときどき難問が現われる。高らかに笑うゴーストみたいに、ひとりでに湧いてくるのだ……ニコの仲間があんな哀れなうすのろどもだとしても、着せ替え遊びをする子どもみたいに、架空の小惑星衝突阻止シナリオを追求するようはめられた負け犬どもだとしても――ヘリコプターをどこで手に入れた？　それだけじゃない。コンコードでの最後の晩に、ジョーダンが私に使わせてくれたインターネット。彼らはあれをどうやって手に入れた？　あの夜、乙に澄《よし》ましたジョーダンは、どうあがいたって私には知る由もないとあざけった。ニコさえ知らないことがあるんだと……

放っておけ。やめるんだ、パレス、かまうな。横道に逸れるな。どう見ても、いまは関係ない。いま必要なのは、動きつづけること。とにかく納屋から出ること。

私は歩きまわる。気まぐれに二周して、動物みたいに隅のにおいを嗅ぎまわり、全体像をつかむ。なんの変哲もないふつうの納屋だ。横十メートル縦十二メートルくらいの風通しのよい広い内部は、三つの区画に分かれている。両端に、家畜がオート麦を食べていた餌やり場。真ん中の小さな区画は干し草置き場。壁は古いけれども頑丈な木材でできていて、しっかり固定されている。棟のある屋根。かつては道具類がかかっていた壁の棚。屋根裏部屋へあがるための、平らな木材六枚を組んだ梯子《はしご》。私は立ちどまって、片手で鼻をおおって呼吸する。この納屋の悪臭と湿気そのものが、まるで私と一緒にここに閉じこめられた人間みたいだ。私の足にべったりと張りつく陰鬱な存在。

ここで飼われていた家畜は、かなり前に連れだされてつぶされたと思われる。束ねた干し草だけが大量に積まれている。圧縮された梱《こり》が腐りかけて、ざっと積まれた山のなかで、音を立ててはぜる。

出入り口は一つ、大きな両開きの扉だけだ。今は、外側からチェーンで縛りつけてある。それに、月明かりが差しこむ屋根裏の小さな三つの窓は、大の男が出入りするには小さすぎる――ひどく痩せていて、なんとかしてそこを通り抜けたいと思っている男でもむりだ。

「ほかに手はないか、刑事?」私の声も疲れている。弱々しく元気がない。咳きばらいして、もう一度。

「ほかに手はないか?」

何もない。フーディーニは、あの小さな水たまりのそばで丸くなって、ついに眠ってしまったようだ。私は扉をあけようとする。やってみるだけ。取っ手をつかんで揺さぶり、外側のチェーンが、人をばかにしたようにガチャガチャ鳴る音を聞く。

扉から離れる。納屋のきつい悪臭に加えて、自分のにおい。数日分の汗と恐怖、やや古くなった焼けたチキンと炭のにおい。

私と妹が育った祖父の地所の端に納屋があった。敷地内に多数残っていた、使われなくなった建物のうちの一戸だった。ニューハンプシャー史の片隅で生きてきたパレス家の先祖は馬を飼っていたのだが、私と妹がそこを見つけたときには——無数にあった妹の隠れ家の一つになるころには——残っていたのは、古い干し草と錆びた器具と、肥料や動物の土臭い汗のにおいだけだった。

祖父がこっそりしまっておいたウイスキーを妹がくすねてきて、そこで飲んでいるのを、一度見つけたことがある。大学進学適性試験《SAT》の日だった。

アーミッシュの暗い納屋で、私は微笑む。一つ確かなことがある。ニコはぜったいに謝らなかった。嘘をついたことはなかった。

「SATを受けていたんじゃないのか?」私は訊いた。

「まあね」

「ここで何してる?」

「納屋でウイスキー飲んでんの。兄さんも飲む?」

飲みたくなかった。私はニコを家まで引きずっていった。試験に再登録して、妹を会場まで車で送った。

かくれんぼ、それが私たちの人生。

フーディーニが目を覚まして、干し草のなかをさらさらと音をたてて歩き、ネズミを追いかけていって、地面を力なく叩く。その小さな哺乳動物が、頭が混乱した犬の爪をかわすのをながめる。見ていると、壁板の下の端にある小さな隙間にするりとはいっていった。私は犬の横で四つ這いになって、穴のにおいを嗅ぐ。外のさわやかな風の音。農場の草のにおい。ただし、そこはネズミの穴だ。地面にできた形のぼやけた丸。

私はその穴をじっと見つめる。

時間はかかるだろうが、やればできる。一ヵ月くらい。一年か。一年の猶予とシャベルをもらえれば、穴を這ってここを抜けだし、脱獄囚みたいにあえぎながら反対側に顔を出してやる。時間さえあれば。

扉のところに戻って、片側の肩を打ちつけるも、扉はたわみもせず、ただ揺れて私を押し返すだけ。反動で干し草の上に倒れ、折れたあばらが悲鳴をあげる。もがくようにして立ちあがり、もう一度やってみて、さっきよりひどい痛みに見舞われる——もう一度——そしてもう一度。私はチェーンで縛られた納屋の扉に体当たりし、ロータリーにいるコルテスは、コンクリートで密閉された床を叩いている。二人が力一杯押して押して押しつづければ、なぜか彼がこの扉の向こう側にいて、私がちょうど扉を突き破るときに、彼も突き破り、どたばた喜劇みたいに鉢合わせして転がる、なんてことになったりして。

私は扉に背を向けて腰を折り、額の汗を土と干し草に落として、ぜいぜい息をする。いっぽうフーディーニは、ネズミに完敗だ。犬は、鼻先を走るネズミをじっと見ている。それが前を走り抜けるとき、うるんだ目が光った。

一歩ごとに、折れた肋骨の先が肺か腸の柔らかい部分を突く痛みにたじろぎながら、私はそろそろとのぼり、屋根裏部屋の床の縁から頭をのぞかせる。ここは秘密の空間、この二日間で偶然見つけた二つめの秘密の楽園だ。三脚の木の腰かけのまわりに、干し草の梱四つが半円形に並べてある。〝乳しぼり用腰かけ〟、私の古い記憶がそう告げる。〝あそこにあるのは乳しぼり用腰かけだ〟。私はあがいて、ぶざまに痛めつけられた身体の残りを引っぱりあげ、腰かけに置かれた小型トランジスタラジオを調べる。プラスチックメタルの四角いケースに、スピーカー部分が丸くメッシュになっていて、硬直した尻尾みたいなアンテナが鋭角に伸びている。

ラジオを手に取ると、なかの電池の重みが感じられる。スイッチをつけてみるが——何も起きない——文鎮《ペーパーウエイト》か。スイッチを切ってもとに戻す。

ここのほうがよく見える。さっきより、天井に並ぶ小さな窓に近い。月は高く昇り、明るさを増している。床に散らばる干し草の上、干し草のかたまりのそばに、小さな手鏡が伏せて置いてある。それを拾いあげて、染みがついて曇った鏡に自分の顔を映す。げっそりやつれて痩せおとろえ、落ちくぼんだ目の縁の赤い老人。口髭は伸びすぎ、顎鬚は、崖に生える野草のようにふぞろいだ。狼男みたい。私は鏡をおろす。

ボードゲームのダイスカップのような小さな木のコップに、煙草の吸殻が何本かはいっている。手のひらに吸殻をあける。既製品、ノーブランド、手巻き。数カ月前。夏の暑さで干からびている。堅くてぼろぼろ。

私は一階を見おろす。フーディーニは眠っている。ネズミはどこにも見あたらない。起きているのは私一人。屋根裏で、自分の領土を検分している王——薄気味悪い古い納屋で痛みにもだえる王。

干し草の梱の一つに腰をおろして、新たに襲いかかってきた疲労と果敢にたたかう。使えないラジオ、古い吸殻、汚れた鏡。ここはだれかの隠れ家、だれかの秘密の場所だったのだ。それほど遠くない過去に。暗い納屋に一人きりで、こっそり手に入れた煙草を吸い、どこか遠くから届く禁じられた音楽を聴くアーミッシュの女の子。

今夏急逝した著者の自伝、緊急出版！

道程——オリヴァー・サックス自伝

オリヴァー・サックス／大田直子訳

eb12月

脳と人間の不思議に魅せられた著者が、自らの波瀾の人生を医師として冷静に振り返り、その熱い生涯を余すところなく綴った自伝。

四六判上製　本体2700円［18日発売］

寺島実郎氏、野口悠紀雄氏ほか推薦

日本・呪縛の構図（上・下）

——この国の過去、現在、そして未来

R・ターガート・マーフィー／仲　達志訳

eb12月

独走する政治、経済の混迷、困難を極める外交——日本の現在をしばる「歴史の呪縛」とは？　在日40年の米国人教授が描く真実！

四六判上製　本体各2100円［18日発売］

当代一流の翻訳家陣が参加するアンソロジーの新定番

ベスト・ストーリーズI

——ぴょんぴょんウサギ球

若島　正・編

一九二五年に創刊された、アメリカの歴史ある文芸誌《ニューヨーカー》。その掲載作品から名アンソロジストが選んだ傑作を収録。

四六判上製　本体2500円［18日発売］

待望のシリーズ第6弾

私は思わず、ニコに似た子どもを想像する。高校時代、こっそり抜けだして、自分だけの夢物語にひたり、祖父秘蔵のウイスキーを納屋で飲んでいたニコみたいな子。私とじゃじゃ馬娘については、コルテスが言ったとおりだ。「あんたは何を見ても妹を思い出す」

あることを思いつく。質《たち》の悪い考えだが、思いついたとたん、やる気になっている自分に気づく。私にできるのはそれだけ。唯一残された手段。

刑務所が火事になった。クリークベッド刑務所。ビリーが話してくれたひどく痛ましい話。囚人らは不安で捨て鉢になっていた。世間に見捨てられ、監獄に閉じこめられたまま、忘れられた存在として、この世の終わりを迎えるのかと。

私の質の悪いアイデアがまぶしく輝いている。

腹をすかせ、無為に過ぎる時間に心底怒りを感じながら、このあと三日間もここにいられない。夜四回と昼三回を過ごすことに耐えられないし、妹の居場所もそこにいるいきさつも知らないまま死ぬに死ねない。なんとしてもやってやる。その結果どうなろうとしかたがない。それだけの話だ。

「どうやって火をつけたんだい、きみは？」私は、納屋の屋根裏にいる幻の少女に尋ねる。「どうやって煙草に火をつけたの？」

見つけだすまでにさほど時間はかからなかった。干し草の梱のまわりの土に、黒焦げになった木のミニチュアみたいな、黒いねじくれた燃えさし。残りのマッチはすぐそばにある。半分ほど使ったブックマッチ二個が、腰かけの一本の脚の下に押しこまれていた。ブックマッチは吸殻と同じくらい古く、軸はぼろぼろで破れている。けれども私は一本ためしてみる。火はすぐについた。

指を焦がすまでマッチの揺らめく炎を見つめてから、それを吹き消す。軽率かもしれない。すべては幻想かもしれない。始めから全部自分で創りあげたのかもしれない。前頭前野に問題があって、ニューロンがでたらめに発火《ファイア》しているとか。ニコは無事。私は無事。私は、去年の終わりころにコンコード警察を早期退職した。精神疾患になりやすい体質で、署のインパラを歩道に乗りあげて、恐竜を絶滅させたのと同じサイズの天体のことを、見知らぬ通行人たちに大声でわめいたからだ。

ところが、そうじゃない。ちがう。

あそこにいる。近くに。太陽よりも近いところに。金星より近くに。地球のお隣さん、私たちを破滅させる元凶。ケプラーの第三の法則にしたがって加速している。近くなるほど速くなる。ホームめがけてまっしぐらに走る野球選手、馬小屋のにおいに気づいて全速力で駆けだす馬。

どんなことをしてもここを出なくてはならない。

梯子をおりて、フーディーニをすくいあげ、不平を言わないかわいそうな病気の犬を脇にかかえて、苦労しながらまた上へあがり、犬をおろす。身体の痛まない側でインチキ空手キックを一発、小さな窓の一つを苦もなく割る。とっさに犬をその窓の外へ放り投げると、犬はキャンキャン鳴きながら回転し、狙いどおり、下の生け垣に着地した。犬は高低のある生け垣の表面をかきむしって、前のぬかるみにどすんと落ちる。訳がわからないという顔で私を見あげる。

犬に敬礼してから、ブックマッチの次のマッチを擦って、干し草に火をつける。

私が考えていたよりかなり速い。乾いた古い干し草と木材は、あせって必死になっていた私が予想したよりもはるかに速く燃えていく。小さな火はあっというまに燃え広がって大きな火となり、高く燃えあがって垂木に届いた。よろよろとあとずさりした私は、梯子を踏みはずして、硬い土間に大の字になって落ちた。さっと身体を転がして、納屋の土間の泥を黒い靴で踏みながら、上で大きくなりつつある火からできるだけ早く離れる。

　自分のしたことをすぐに後悔する。隅にうずくまり、恐怖にすくんで見あげると、屋根裏の端から炎が舌を出すように伸び、そのあと降ってきた。まさに火の粉が雨のように降り、火花を散らし、燃える干し草が渦巻きながら落ちてくる。夜の黒と灰色の納屋から真っ赤な炎がほとばしる。やっぱり、これは間違いだった――焼け死ぬよりは、納屋で飢え死にしたほうがましだった。私は扉へ駆け寄って、思いきり叩く。拳が太い角材を叩いているうちに、私は火で囲まれる。次から次へと火が落ちてきて、まわりは火の海となり、今や土間は地獄の底のようだ。

　熱がどっと押し寄せ、天井から破片が落ちてきて、私の頭上で屋根が音を立ててはじける。うまく行けば、だれかの目にはいるなら、これで見えるだろう――これ以上明るくならないだろうし、どういうふうに見えるかはわからない。内部は溶鉱炉と化している。私は溶鉱炉の中にいる。最後に、半狂乱になって扉の取っ手をつかみ、引いても無駄だとわかっているのに引っぱると、その瞬間、手が焼けつくように激しく痛み、不気味な悲鳴が遠くから聞こえる――金切り声、大声、怒鳴り声。私か？　叫んでいるのは私なのか？　そのようだ。私が絶叫しているのだと思う。

3

今回、意識不明の状態から泳いであがってくるような奇妙な感覚はない。ニコの夢が忍びこんでくることはない。ただ目を覚まして、まわりを見たら、こぢんまりした暖かい部屋だった。私はベッドにいる。部屋はベージュ色、というか黄色がかった白色だ。木のドア。ベッドにかかっているキルトは愛らしくて簡素だ。

まず咳をする。喉の奥で煙と灰の味。もう一度、身体を弓なりに反らせて、もっと大きく激しく咳きこむ。咳があまりに激しいので、腹が痛くなってくる。咳がおさまって、静かなふつうの呼吸を三度したところで、まだTシャツと長ズボンを着て、靴をはいたままの自分に気づく。服を着たままベッドにはいっているなんて、車のなかで眠ってしまって両親がそのまま運んできた小さな子みたいだ。

もう一度咳きこんだあと、水はないかと見まわしてみて、水差しとコップを見つける。コップに水を入れて飲んでから、残りを全部そそいでそれも飲む。ここは寝室だ。木製のベッドフレームと木製の小型テーブルと飾り気のない四方の壁。一つしかない簡素な窓。簡素な白いモスリンのカーテンが麻紐でくくってある。肺の奥に張りついた煙のにおいがわかる。火事になった口と食道に、吹きつけられた濃密な消火泡が詰まっているように感じる。おまけに、両手がひどく痛い——下を見ると、両手に分厚く包帯が巻かれていた。ミイラの手。包帯の下の手のひらが、焼けるように、刺すように痛む。私はうめき、こっちを向いてからあっちを向き、少しだけ身体を転がし、不快感から逃れようとする。今ごろは死んでいてもおかしくなかった。

ホスピスにいた祖父は、最後の最後、息を引きとる直前に「穴を掘れ」と言った。私はそばに座って、ときが来るのを待っていた。数カ月ほど、私たちはそうして待っていた。祖父の息は、錆びついた車輪の上でごろごろ転がって出はいりしながら、一回ごとに出にくくなっていった。天井をまっすぐ見つめる祖父の目、落ちくぼんだ頬、ぴくぴく引きつる身体。私も妹も教会に通っていなかったけれど、きちんとした大人として、尋ねておくべきだと感じた。だれかを呼んでこようか？　「だれか？」私が言った意味をわかっていたかもしれないけれど、祖父は訊き返した。なのに私は話を進めた。自分の義務を果たし、手順に則《のっと》っておさめようとした。「だれか、だよ」私は答えた。「司祭とか。最後の秘跡のために」祖父は笑った。力をふりしぼって、低くあえぐような含み笑いを漏らす。「ヘンリー、穴を掘れ」

ベッドで私は身体の向きを変える。気分はよくなった——少しだけよくなった。動ける。

私の上着がある。ベッドの足元にきちんと畳んであった。私は身を起こして、少しぐらつき、上着を広げて袖を通す。私の小さな宝物コレクションは、内ポケットにはいったままだ。若いときのニコの写真。アメリカンスピリットの吸殻。プラスチックのフォーク。白紙ページがあとわずかしかないノート。なくなっているのはシグだけ。ほかはすべて、もとあった場所にある。

私は水差しを手にとり、それを傾けて最後の数滴を飲みこむ。

部屋に鏡はなく、写真もなく、絵画もない。カシオの表示は五時四十五分だが、要領を得ない情報だ。不完全。いつの五時四十五分？　長いあいだ気を失っていたのか？　こんなときに、眠りこんでしまうと困ったことになる。目を閉じるたびに、次に目を覚ますのは世界最後の日ではないかと疑うことになる。

起きあがってベッドから出てみて、痛みは少しあるものの歩くことはできるとわかって安心した。ドアへ歩きながらまた咳をする。ハンドルをまわすと、外から錠をかけられている。そんな気がしていた――ところが、私がドアをがちゃがちゃいわせると、外にいるだれかが叫ぶ。

「彼が起きたわ！」女性の声。安堵というより喜んでいる。「よかった！　男の子が目を覚ました」

男の子。私のことか？　椅子一脚が床をこする音。もう一脚。二人いる。廊下に置いた椅子に座って、私が目覚めるのを待っていた。監視。次に、知っている声がした。

「静かに。ここにいなさい」太い首と顎鬚の老人。ブーツをきしませてドアに近づいてくる。錠がかちりとあく音がしたので、私はうしろにさがる。心臓がぎゅっと固くなる。トウモロコシ畑で私の背中をぐいと押した手を思い出す。ドアがそっとあいて、廊下から銀色の光が差しこむ。彼がそこにいる。道路で私を襲った男、黒いコート、大きな体格の男がドアのすぐ外にいる。

聞こえてきたのは女性の声だ。「よろしいですか」そう呼びかけてくる。「お尋ねします。あなたは病気ですか？」

「私は――」静かな部屋に立ったまま、私は頭を悩ませる。私は病気か？　明らかに体調はよくない。火傷《やけど》した。煙を吸いこんだ。馬に蹴られて、額が割れた。腹は減っているし、疲れてぼろぼろだ。でも、病気か？

「よろしいですか」また呼びかけてくる。意志が固く、母性にあふれ、簡単にあきらめない初老の女性の声。「教えてください。私たちにわかるように」

私はドアをじっと見つめる。「すみません」私は言う。「意味がわかりません」

「きみが伝染病にかかっているかどうかを尋ねているんだよ」

老人は、ゆっくりと意味深長な言い方をする。私に確実に意図を伝えるために。でも、伝わらない。私が意図を理解したとは思えない。

「すみません」私は言う。「どういうことですか？」

「ほかの人々のように、きみは病にむしばまれているのか」

〝病にむしばまれている〟。時代がかった言葉。鞍囊。乳しぼり用腰かけ。病にむしばまれている。私はミイラの両手を頬にあてる。できものとかみみず腫れとか、聖書に出てくる受難の印が顔に現われているのを半分期待していた。けれども、いつもと同じ自分の顔だ。旅続きで肉が落ち、鼻の下の口髭は濃く、顎の線に沿って不精髭が生えている。

男がまた言う。「わしたちは病気とは切り離されてここで暮らしておる。きみが感染しているかどうか知る必要があるのだ」

うまく処理しようとして頭を必死で働かせながら、私は手をそろそろと顔から離す。病にむしばまれている——感染している。私はうなずく。ここの状況をつかめたと思ったときには、すでにこれを切り抜けて、必要なものを手に入れてから出ていくにはどうすればいいか考えている。

私は咳きばらいする。「いいえ」そう言って、咳きこむ。「いいえ、奥さん。私は感染していません。もう部屋から出ていいですか？」

ニューハンプシャー州にアーミッシュの人々がいるとしても、私は一度も会ったことがなかったから、テレビのアニメなどで見たアーミッシュのイメージしかない。黒い帽子、黒い顎鬚、荷馬車と蠟燭と牛。ドアをあけたのは、色あせた紫色のワンピースと顎紐つきの帽子《ボンネット》姿の老女だ。そばに例の老人。昼でも堂々とした存在感は変わらない。長身で横幅の広い体軀《たいく》を白いシャツと黒いズボンで包み、サスペンダーをつけている。みごとなチンストラップ形の顎鬚は真黒だが、白いものがちらほら見える。秀でた額と大きな鼻、慎重に結ばれた口の上で目が油断なく光っている。いっぽう、女性は片手を口元にあてて、長らく音信不通だった息子が帰宅したみたいに、生きて元気な私を見て喜び、驚いている。

「さあこちらへ」女性は心をこめて言い、私を差し招く。「行きましょう。みんなのところへ」

私は、彼女について、日のあたる木の廊下を進む。そのあいだじゅう彼女は英語で静かに神に感謝し、ぶつぶつと神を称えているが、老いた男は無言で――私の一歩うしろを歩いている。ちらっと彼を見ると、いかめしい顔で私を見返しただけだ。彼の沈黙は無言の警告だった。黙っているのだぞ。口を慎むのだぞ。家のなかはシナモンとパンのようなにおいがして、温かく友好的で落ち着いた雰囲気だ。ドアを三つ通りすぎる。そのうち二つはあいていて、私がいたのと同じような小ぎれいな寝室、もう一つはぴたりと閉じられており、下から光が漏れていた。

私たちがはいっていったのは、広々とした日当たりのよいキッチンだ。年配の男女と一緒に私がはいっていくなり、大勢の簡素なワンピースを着たにこやかな人たち全員がはっと息を飲む。

「よくなったんだ！」八歳に満たない少年が叫ぶ。すると、少年の背後に立っている女性が腰をかがめて、彼の首に手をまわして抱きしめ、「神を称えよ」と言うと、部屋を埋めつくした人々がはやしたり手を叩いたりして、いっせいに喜びを表現する。「彼は生きている！」みんなは大きな声で言い、互いの手を握りしめる。「よかった！」年かさの男たち、若い男たち、少女や若い女性、長ズボンか簡素な長いワンピースを着てぺちゃくちゃしゃべっている大勢の子どもたち。全員が抱擁しあい、両脇で手をひらひらさせるか、天井のほうに高くあげながら、あけっぴろげな関心に目を輝かせて私を見つめる。だれもが互いを見てうれしい知らせを口にし、「生きている！」とか「元気に目を覚ました！」と繰り返し、結婚式のコメみたいに、私が無事だったというニュースがうれしそうにばらまかれる。男たちは一人一人、私の手を握りにくる。若者たち、中年の男たち、手足のおぼつかない老人一人。女たちは近づいてこないけれど、やさしく微笑んで、頭《こうべ》を垂れて祈りをつぶやく。

私はどうしていいかわからずに静かに立っている。世間知らずの自由人みたいに、大騒ぎのなかで無言を守っている。どう振る舞えばいいのかわからない。一、二分してから、包帯を巻かれた手をそろそろとあげて手のひらを上向け、不自然に手を振ってからまた手をおろす。奇妙だ。とても不思議な感じ。『トワイライト・ゾーン』に迷いこんだような気分だ。異星に降りたった神のような私。

「さあ座って」最初に私を連れにきてくれた老婦人が陽気な声をあげる。大勢のなかで声を張りあげて、一族全員を隣の食事室へ追いやる。「食べましょう」

私も大騒ぎにもまれながら、誘導されて席につく。心身ともに消耗し狼狽《ろうばい》しているけれども、私はにこにこして、注意を怠らない――あの老人をじっと見ている。私を注視する老人を見て、私の心は揺れ、くるくるまわり、飛びあがる。サンディが言っていたアジア人の男二人、無口な移民労働者はどこにいるのだろう。彼らのことは秘密なのだ、と私は思う。私の新しい友人が抱える秘密の一つなのだ。どこにいるにしろ、彼らは昼食会に招かれていない。

キッチンに隣接する長い食堂にいくつか置かれた丸テーブルに、全員がそろう。ナプキンが膝に広げられ、木の水差しからコップに水がそそがれる。女性はボンネットとショールと足首丈のスカート、男性はボタンも飾り気もない白いシャツと黒い靴と顎鬚。今も部屋にいる全員が微笑みながら、ぐったり疲れて風采の乱れた私を見つめている。

昼食が出される。大きなパンがいくつかと野菜とウサギの肉の料理という質素な食事だが、食べ物にはちがいない。私は人々の関係をまとめにかかる。私を襲った老人。同じ顎鬚と上着、同じく厳しい顔つきの四十代後半から五十代の男三人は、白髪と顔の皺はまだなく、一世代若いから、彼の息子か婿《むこ》だろう。そして、中年の女性グループは、嫁と姉妹——五人？ 八人？ 娘と嫁たちは、キッチンを出入りして大皿や取り皿を運び、木の水差しから水をそそぎ、にこにこ顔で互いにささやきあい、無限にいるような気がする子どもたちのボンネットやカラーをまっすぐに直している。きらきら目を光らせた、妙に大きな耳の六、七歳の男の子があんぐりと口をあけて私を見ているので、私はそちらに顔を向けて、分厚く包帯を巻いた片手を振り、「やあ」と声をかける。彼は奇妙な笑みを浮かべて背を向け、兄弟やいとこのほうに飛んでいった。

ようやく全員が席につくと、はっきりわかる告知や合図もなしに、突然室内が静かになり、全員が目を閉じて頭をさげる。

私たちは祈っている。祈っていることになっている。私は目をあけたまま、まわりを見まわす。キッチンの手前に、木材のパネルを張った頑丈なバター用攪乳器《かくにゅうき》が置いてある。鉢の部分からハンドルが突きだしていて、側面に汁が垂れているから、使ったばかりなのだろう。カウンターに置かれた木のボウルにはいった卵。ついに非常用脱出口を見つけた——過去の植民地時代の村へタイムトラベルするのだ。そうすれば、人類滅亡までまだ四百年ある。

私と同じことをしている少女を見つける。真っ赤な頬をして、赤みがかったブロンドをおさげにした十代はじめの女の子が、片目をあけてテーブルを見まわしている。私に見られていることに気づくと、頬を赤らめて、自分の前に配られた料理を見る。私もにっこり笑う。ふつうは、アーミッシュを同じ人間とは考えない。浮世離れした異様な存在として片づけ、ひとまとめにして見ている。ペンギンと同じように。けれども、ここにいる人たちは、個々の顔を持つ、個々の人間だ。

あの老人が咳きばらいしてから目をあけて「アーメン」と口にすると、ふたたび室内に活気が戻る。ちょっとした楽しい会話、ナイフとフォークがひかえめにあたる音、ナプキンがこすれる音。私は身体が痛いけれど、飲みこむのに少し苦労するけれど、一口一口がおいしく温かく心地よい。そして、ついにあの老人がナイフとフォークを皿の両横にそっと置いて、こっちがうろたえるほど真っ直ぐに私を見る。「あなたのために神に感謝しましょうぞ、友よ。ここに来てくださったことを喜び、歓迎します」私は「ありがとう」とつぶやいて、用心深くうなずく。あの男は私を餓死させようとした。袋をかぶせて怖がらせて納屋に連れてきて、死ぬのがわかっていながら縛りあげた。

彼も私をじっと見返す。挑戦的に、平然と――言えるものなら言ってみろというように。みんなはどちらを信じるだろうな？

「騒ぎが起きてから、もう何カ月も南の納屋を使っていないので」テーブルの向こうの端にいる、黒い髪の貫禄ある中年女性が言う。娘か嫁だろう。「お父さんが鍵をかけたままにしてあったの」

黒鬚の老人は、そのとおりだとうなずく。南の納屋、と私は考えている。騒ぎ、と考えている。この架空の伝染病のことだろう。よその全員が悩んでいるのとは別の騒ぎだ。〝お父さん〟という呼びかけには、私が思うに、本来の言葉の意味以上に敬意がこもっている。田舎道で私を襲った男は、立派な家長なのだ。この一族の、あるいは集まった家族の長老で賢者なのだ。彼が口をひらくときにほかの人々がわずかに頭をさげるのは、崇拝ではなく尊敬のしるしだろう。

「友よ、あなたは」いま彼は私のほうを向いて、ゆっくりと落ち着いて話している。「推測するに、南の納屋にのぼって窓からはいり、煙草か明かりをつけるためにマッチを擦って、それを不用意に落としたのではないか？　それが事実か？」

さっきと同じ挑戦的な表情。冷ややかで明白。

私は水を飲んで、咳きばらいする。「はい、そうです」私はそれを投げ返して休戦に応じる。「それが事実です。よく見ようとしてマッチを擦り、不用意に落としました」

父はうなずく。つぶやきがテーブルをめぐり、男たちはささやきあい、うなずく。別のテーブルにつく子どもたちはほとんど興味を失い、食べたり、だらだらとおしゃべりしたりしている。その部屋の飾りといえば、壁にかけたカレンダーだけだ。ひらかれている九月は、ほとんど落葉したオークの木が一本の線で描かれ、最後の葉がはらはら舞って地球に落ちている絵である。


「お尋ねしたいのだが、あなたは伝染病から逃げてきたのか？」父親そっくりの顔と顎鬚の気骨ある青年から質問が出た。

私はためらいがちに答える。「そうです。それを避けるために自宅を出て旅してきました」

「神のお導きだ」彼がつぶやき、ほかの全員もそう口走って、各自の皿に目を落とす。「神のお導きだ」

父親が立ちあがって長身をさらし、一人の子どもの肩に手を置いた。「ルースが寝室の窓から、遠くで燃える火の手を見て、みんなを起こしたのは神のご加護だ」

食事の前の祈りのときにずるをしていた女の子に全員の目が集まる。女の子の頬はバラ色から明るいピンクへと変わる。もっと小さな子たちがくすくす笑った。「ありがとう、お嬢さん」私は彼女に言う。心をこめて。けれども少女は答えず、野菜のシチューの皿を見つめている。「お客さまに返事をなさい、ルース」祖母がやさしくうなずきながらうながす。「お客さまがお礼をおっしゃったのよ」

「神のおかげです」ルースが言うと、ほかの人たちが同意してうなずく。男たち女たち、いちばん小さな子どもまでが口々につぶやく。「神のおかげ」私が数えたところ、総勢三十五人だった。成人男性六人、女性七人、歩きはじめた乳児から思春期くらいの子ども二十二人。彼らは知らない。私はあの老人を見やる。室内にいるこの静かで幸せな家族を見まわす。そして、彼らは知らないのだと結論づける。この人たちは、小惑星のことをまったく知らない。

〝その言葉を口にしてはならない〟と彼は言った。世界が終わる前に妹を見つけなくてはならないと言ったとき、〝その言葉を口にしてはならない〟と彼は言った。

　彼らは知らない。アーミッシュの穏やかな顔を見ればそれがわかる。こんなふうに幸せを満喫する顔は、もはやどこにも見られない。もちろん伝染病は大災難だから、恐ろしいウイルスが蔓延《まんえん》したら、家族で身を寄せあって、病気の流行がおさまるまで外界を遮断する――が、いずれ終わる。伝染病の爆発的流行は自然に消滅し、世界は回復する。この部屋にいる人々は、世界が回復しないことを知らない。人々が昼食を終えて、また祈りの言葉を口にしてから、皿を片づけるために笑いながら立ちあがるとき、私にそれが見える。私はそれを感じる。それが消滅するまで、私が気づく機会のなかった感覚。においもなく色もない未来。

「お客さまと二人だけで話したい」老人がだしぬけに言いだす。「農場を散歩してくる」

「アトリー」彼の妻、老女が呼ぶ。「このかたはお疲れよ。怪我《けが》をしているわ。食事を終えたら、ベッドに戻してさしあげましょう」

「ありがとうございます。でも、私の気分は上々です」

それは嘘だ。私は、ゴミ収集車にぶつかったような気分だし、飲みこんだり大きく息を吸うたびに両方の脇腹は痛むし、十分か十五分前から包帯の下の手がまたひりひり痛みだした。けれども知りたいことがある。アトリーというこの男と二人きりで話す以外に手はない。「でも、食事やらいろいろとありがとうございました、ミセス・ジョイ」

驚きで老婦人の目がぱっと見ひらかれ、明るい笑い声の波が室内に広がる。

「ちがうんですよ、お若い人。うちの名字はミラーです。ジョイは――」と言って、そばに座っている平凡な顔だちの娘のほうにかがんで、二人でささやきあう。

「ジョイ《JOY》は頭文字なんです」娘が言う。「生き方の。心を向けるのは、第一にイエス《J》、次に他者《O》、最後に自分自身《Y》」

「はあ」私は答える。「そうでしたか」

アトリーが私の肘に手を置く。「さあ」彼は静かに言う。「農場を案内しよう」

4

アトリー・ミラーのピッチフォークの柄が、小道の砂利に突き刺さる音を聞きながら、私たちは歩いて母《おも》屋《や》から遠ざかる。無言のまま、一分、そして二分が過ぎる。砂利を踏む私たちの靴の音、ピッチフォークのリズミカルな音。

私が何か言おうとしたとき、彼が話の口火を切る。

「きみとわしは横に並んで、小道の曲がり角まで歩く。すぐそこだ」彼は言う。「道は、五百メートルほど先で左に折れて、郡道へ、うちの古い農作物直売所へと戻る。その曲がり角でわしは右へ曲がって、農場の境界線に沿って進み、母屋へ戻ってくる。きみは足を止めずに歩け」

大雨のなかで一緒にいたときと、私を押して前へ歩かせていたときに言ったのと同じ言葉。〝足を止めずに歩け〟同じく落ち着いた陰気で抑揚のない語調。私を見ずに話しながら、とにかく歩きつづける。彼ほどの老齢にしては歩くのが速い。老人にしては、ピッチフォークを持って大股ですたすた歩く。私はというと、それが精一杯だ。少し足を引きずり、痛みで顔をしかめてはいるが、できるかぎりついていこうとする――そのときに気づく。身体じゅうが痛むし、これからどうなるのか不安だけれども、日暮れまぎわに雨雲のあいだから差す日光に照らされたアーミッシュの農場は、これまでに見てきたうちで最も美しい景色だ。緑色の畑、白いフェンス、黄色いトウモロコシ。囲われた牧草地のなかで、小さく円を描いて跳ねまわる健康そうな羊たち。

「きみの犬」男がぶっきらぼうに言って指さした先にフーディーニがいて、幽霊みたいに小屋の陰からこちらをのぞいている。病んで、事情もわからないかわいそうな犬。私を見ている。涙のたまった目で私を見ようと頭をもたげている。こちらに向かって駆けだしたが、小さな木の建物の陰に走って戻る。犬の気持ちがよくわかる。いまの私は迎えにいける状態ではない――とても行けない。

「ミラーさん、二、三、手短に質問してよろしいですか?」

彼は答えない。足を速める。私はポケットから青いノートを出そうとして、あやうく落としそうになる。

「よそから来たグループのために、ロータリーの警察署で建設作業をしましたか?」

彼はまっすぐ前を見たままだが、私は見た――一瞬の驚きを。

私は続ける。彼の表情に現われて消えた一瞬の承認を。「ミラーさん、あなたはあそこで何をしたのですか? あそこでコンクリート作業をしたのでは?」

横目で見てくる。これで決まりだ。曲がり角はすぐそこだ。時間が尽きようとしている。

「ミラーさん?」

「家のものたちには、きみは帰ることにしたと話そう」彼が言う。「きみは、愛するものに対する悲しみを乗り越え、伝染病のことについては、運命を天にゆだねることにしたと」

私は顔をしかめる。彼についていくために足をひきずっている。いやだ、と私は思う。〝いやだ〟ここで何が起きていようと、歩くために、足を引きずって農作物直売所や乗り捨てた自転車へ戻るために、出発点に戻るために、こんな遠くまで来たわけじゃない。

「話しますよ。こっそり戻って、家の人たちに話します」

こんどは彼が答える――すぐに答える。「そうはさせん。そんなことはできんぞ」

「もちろんできます」

「できないようにしてある」

「どうやって？」

彼は口を閉じて首を振るが、これはいい兆候だ。これが必要だった。話さえできればいい。欲しい情報を得るために、知りたいことを容疑者や目撃者から聞きだすために――必要なのは、まず話すこと。そのあと方向を決めて、推し進める。

「ミラーさん？　どうやってそうしているんですか？」

話をすること。それが警察の仕事。そこまで来れば、あと半分だ。私は話を戻して、方向を変え、もう一度こころみる。「どうやって始まったんです？」

フェンスまで来た。私は足を止めて、一息つくかのように支柱にもたれると、彼も足を止める。「コンクリートのことはもう言いません」私は両手をあげて、降参したふりをする。「約束します」

「日曜日だった」彼が口をひらく。私の胸が躍る。話。半分まで来た。彼が話している。彼の話に耳を澄ませる。「ザカリー・ウィーバーの家で礼拝があった。二、三人が早めに行って、準備を手伝うことになっていた。ほかはあとから来る。その日、わしは早く行った。ウィーバーの家が大騒ぎになっていてな。だれかがラジオ放送を聴いたんだ。あそこは――悲嘆にくれていた。苦しんでいた」彼は首を振って、地面を見つめる。

「わしにはわかった。わかるか？　一瞬何かが弾けて、わしの取るべき行動がわかった。そこにいる人たちの目にそれが現われていた。彼らにもたらされた変化が見えた。すでに始まっていた。わかるか？」

彼は私の返事を期待していない。私は口をはさまない。

「外に出ると、自宅を出てこっちに歩いてくる家族が見えた。その瞬間、何かが弾けて、わしは決断した、それを。わしは――わしは手を振って――こういうふうに――手を振って」彼は足を止めて、片手をあげて宙を押す。戻れ、止まれ、引き返せ。「わしはザカリー・ウィーバーの家を出て、家族をわが家へ連れ戻して説明した。きみが聞いた話をした」

「病気ですね。伝染病の流行」

「そうだ」

彼は〝そうだ〟の一言を、顎鬚の奥で低い声で言う。会ってからはじめて、彼の顔から容易ならぬ深刻さ以外のものが読みとれる——悲しみと自責のうねりを。

「伝染病。この一帯に病気が蔓延していると」彼の顔はいっそう暗くなる。自分の嘘を憎んでいるのだ。それは彼をむしばんでいる。それが窺《うかが》える。「わしは家のものを集めて、深刻な状況だから、外部を、友人や教会さえも遮断しなければならんと申しつけた。厳しい日々になるだろうが、神がおられる、神のご加護があれば生き延びるだろうと」

低い声で言葉が次から次へとよどみなく流れでてくる。まるで、真実の一部分を明かすことにしたなら、すべてを話す義務があると思っているかのように。じつはこの数ヵ月、真実を明かせる人間を待っていたかのように。自分がしてしまったことの重荷を分かちあえる人間を待っていたかのように。よかれと思って必死の行動に出た彼は、独りぼっちで無人島に行ってしまった。大きな決断とそれを維持するために必要な作業と苦闘し、自宅に引きこもり、つらい日々をたった一人で耐えてきた。唯一話す必要のあった人たちは英語を話さない。

彼は次のように話した。家のテーブルに集まった家族全員、最年長者からいちばん幼いものまで全員から、伝染病の流行がおさまるまで、安全な一家の土地から外に出ないという厳粛な約束を取りつけた。神は、飢えてみすぼらしいCIの一団というかたちで、助けの手を差し伸べてくれた。彼らは、どうにかして故郷のアジアからニューファンドランドへ渡り、ニューファンドランドから中西部の孤立した地域にやってきた。

そして、取り決めをするほどにまで互いを理解しあった。取り決めとは——アトリーは、州道四号線の向こう側の荒地にある小屋とテントを隠れ場として提供し、それと引き換えに、彼らは労働力と義理だてと分別を提供する。彼らはアトリーの下で働き、報酬を分配し、夜はジョイ農場の境界線を見まわる。ひそかな守護人たち。

いつどうなるかわからない取り決めだ。彼もそれはわかっている。そのうち、彼の子か孫のだれかが約束を破り、農場から出ていって真実を知るだろう。それとも、外の世界の、強盗とか精神に異常をきたした人とか避難民とかが、柵を突き破って家族だけの内輪の世界へなだれこんでくるだろう。

「永遠に続けられるはずはない」アトリーは言う。「だが、その必要はない。あと数日だ」

道の曲がり角がすぐそこに迫っている。太陽は、真昼から夜へとゆっくり降りていく途中だ。また一日が焼け落ちていく。はがれ落ちていく。

「つらく厳しい日々です」私は言う。「みんながむずかしい選択を迫られました。神はお許しくださるでしょう」

ぞっとする一秒間が過ぎ、うつむいていた彼が顔をあげたとき、てっきり怒りが飛んでくると思った——よくもおまえが神のことを口にできるな?——が、それに反して彼は泣いている。歳月を重ねた深い顔が、子どものような泣き顔になっている。そして、うつろな声で言う。「そう思うか?」私に近づいてきて、シャツの前をつかむ。「確かにそう思うか?」

「はい、確かに」と答えると、彼は私の身体をしっかりとつかんで、私の肩に顔を埋めて泣く。私はどうしていいかわからない。全然わからない。

「それが事実なのだ、神はわしを選んでそれを聞かせたと思ったからだ。教会の前にあるウィーバー家でわしは聞いたが、わしではなく、孫の一人が学校で聞いていたかもしれん。ちびたちのだれかが、この恐ろしい知らせを持って町から帰ってきたかもしれん。しかし、知ったのはわしだった。なぜなら、わしなら、それを家族に知らせずにおけるからだ。神から与えられた幸せを守れるからだ」

彼は私から離れ、差し迫った目で私を見る。「わしたちが自動車を運転しないのは、それがわしたちを罪へ引き寄せるからだ。ここには自動車もコンピューターも電話もない。信仰の邪魔だ！　ところがこれは――空から飛んでくる。ああなっていたにちがいない」彼はぱちんと指を鳴らす。「わしたちは悲しみにくれ、悲しみのせいで罪を犯していただろう。わしたちみんなが。全員が」

彼は、母屋に向かって、家族に向かって、自分が保護するものに向かってピッチフォークを振りまわす。「この世に迫る危険は、大した問題ではない、わかるか？　わかるか？　この世は仮《かり》のものだ――これまでずっと仮の世だった」彼はなにがしかの頂点に達し、正義と苦痛をふりかざしている。「神は、わしに家族を守るよう采配された。すべての罪はわしの罪だ。それが神の意図だったとは思わんか？」もう一度、熱をこめて言う。「それが神が意図されたことだと思わんか？」

彼は真剣に尋ねている。返答しなければならないが、最初に浮かんだ言葉を私はぐっと飲みこむ。神の意向など、あなた以上にさっぱりわかりませんよと。さらに続けて、彼の事実暴露の陰にひそむ、また、この謙遜の言葉の陰にひそむ自己愛を指摘してしまいかねない。〝私がそれをしたのは、神の意向を理解する責任があるからだ〟

私は一言も言わない。調査の進行を第一に考えるならば、それを口にすべき理由はない。この男の込みいった信条体系の手押し車を引っくり返す理由も、彼が築いてきた世界を引き裂く理由もない。私は少し近づいて、彼の背中をそっと撫でるが、包帯を巻いた手と彼のざっくりした黒ラシャのコートの厚みのせいで何も感じない。全力で回転する私の頭が気の利いた言葉を見つけだすのを、私は待っている。私たちは、道の曲がり角までやってきた。このまま進めと老人は私に命じた。それに従えば、私は妹をさがしだす最後のチャンスを、最後を迎える前にニコを見つける最後のチャンスをむざむざ手放すことになる。

「友よ、すまなかった」彼が言う。「すまなかった」彼の気分がまた変わって、今は落ち着いて穏やかになり、顔を下にうつむけている。「きみが行かなくても、きみが出ていかなくても、わしにはどうすることもできん」

「気にしないでください」私は彼の両手を取って、自分の両手で包みこむ。「最初からずっと、私は安全でした。危険はありませんでした」

ミラーは、大きな拳で両目をぬぐい、背筋をしゃんと伸ばす。「どういう意味かね?」

怪我と疲れのずっと奥で、何かが喜びにきらりと光るのを感じる。つかまえた。意識的に押す。前進あるのみ。「私があの納屋から逃げだすことは、運命で決まっていました。神は、あなたの協力を得て妹を見つけよと意図されたのです。神に守られて、私は国を旅してきた。私は一度もあぶない目に遭っていません」

彼はしばしうつむいて、目を閉じ、つぶやく。祈りを。長々と祈る。やがて、顔をあげて私を見る。「彼女の写真を持っているかね?」

あの子はそこにいた。ロータリーの警察署に。四日前のことだ。九月二十六日水曜日。水曜というと、コルテスと私が到着する前日だ。胃のあたりがぎゅっと硬くなる。その日で間違いないかと訊くと、確かだと答える。ミラーは、時間の経過を几帳面《きちょうめん》に追ってきた——臨時の仕事や受けとった品の一つ一つを克明に記録している――すべてを事細かに記録している。ロータリー警察署の仕事を憶えている。ニコの顔にすぐに気づく。

私は、ゆっくり話してほしいと頼む。最初から話してくれと頼む。ノートを取りだして、その日に起きた一部始終を知りたいと告げる――記憶をゆっくりとたどって、その日のことを最初から教えてもらえませんか？

アトリー・ミラーはその日の朝、家族に農場から出ないようにといつものように厳しく言い聞かせてから、ふだんどおりに家を出た。ここととロータリーのあいだにあるパイクという町で、面長な顔におどおどした表情を浮かべた〝ティック〟と名乗る若い男と出会った。男は、ロータリー警察署でのちょっとした仕事と引き換えに、パック食料一箱を約束した。

「パック食料って何ですか？」

「陸軍の食べ物だ」アトリーが言う。「なんとかと呼んでいたぞ」

「ＭＲＥ？」

彼がうなずく。「そんな感じだな。そうだ、ＭＲＥ」

私は書きとめる。〝陸軍の余剰品糧食《レーション》……陸軍？……面長の男、〝ティック？〟……先を話してくれと彼に合図する。アトリーはその仕事を引き受けることにして、ティックと一緒にロータリー警察署へ向かい、二時半ごろ到着した。ティックの説明によると簡単な仕事だったので、アトリー一人で行った。階段の上に特別にあつらえたコンクリート板をはめて密閉する作業だ。

ロータリーに着いたとき、ティックからちょっと待ってくれと言われた。十五分から二十分ほどだと言うので、アトリーはそれなら問題ないと答えたものの、じっと待っていることに満足してはいなかった。ほかにやることがあった。いつでもやることはある。とはいえ彼は待った。芝生広場に置いた箱や袋を、金属製の階段をおりて地下室へ運びいれる若い男女のじゃまをしないように、そして雨をしのぐために、警察署の玄関へはいって、腕組みして待った。

ティックのほかに、アトリーが直接話したのは、リーダーと思われる男だけだった。みんなより年上で、ふさふさの髪の毛、暗褐色の目、セル縁の眼鏡をかけたずんぐりした男。

「男の名はわかりますか？」

「宇宙飛行士《アストロノート》」

「アストロノートという名前ですか？」

「ちがうだろうな。でも、そう呼ばれていた」

私はそれを書きとめる。〝アストロノート〟。二重丸で囲んで、疑問符をつける。

アストロノートという男は派手ではないが間違いなくリーダーだった、とアトリーは言う。グループのメンバーに指示を与え、尻を叩いて彼らに寝袋を巻かせ、ダッフルバッグを片づけさせ、食料や水のボトルの箱を運ばせ、階段をのぼりおりさせた。階段をおりるときには、二人がかりでそろそろと動かさなければならないような、重そうな大型の輸送用木箱もあった。

木箱の中身は、アトリーにはわからない。私の発想はあらゆる方向へ飛ぶ。電動のこぎり――銃、弾薬――燃料――コンピューター機器――建築資材――

私の薄っぺらい青いノートは、ついにあと二ページとなった。私は両手を落ち着かせる。その人々を思い浮かべてみる。おどおどして妙な見かけのティック、眼鏡をかけて髪の毛がふさふさのアストロノート。大学生くらいのニコのような若造たちが、働きアリみたいに金属製の階段をのぼったりおりたりして、自分たちの食料や水や何か知らないけど木箱を運んでいる。

アトリーは、十四人のグループだったと見当をつけている。女八人、男六人。どんなふうに見えたかと尋ねると、彼は肩をすくめて、「ふつうの人たちに見えた」と答えるから、アーミッシュが私たちを見る目も、私たちが彼らを見る目と変わりないんだろうと、ふと思う。黒くない服を着て、神を冒瀆《ぼうとく》するようなアクセサリーやヘアスタイルの私たちだって、みんな同じに見えるんじゃないのか。私はしつこく質問して、彼が思い出す小さな事柄を書きとめる。真っ青なスニーカーをはいた若者がいたことを彼が思い出す。背が高くがっちりした体格だった。とくに印象に残っているのは、アフリカ系アメリカ人の女、異常なほど痩せていた。私が、眠れる少女リリーの特徴を述べると、アジア人女性を見た憶えはないが確信はないと彼は言う。ニューハンプシャー大学《UNH》で会ったニコの仲良しジョーダンの特徴を話す。彼のことを説明していたら、腹の奥で怒りが煮えたぎってくる。私が思い浮かべる彼は、サングラスとにやにや笑いの奥に何層もの秘密を隠した悪賢く残忍な男。

　しかしアトリーは、そんな人相の男を見た憶えがないと言う。背が低い男、サングラスをかけた男などいなかった。

　けれども、ある人物——ひとりの人物のことははっきりと憶えている。私はまだその写真を手に持ったまま——薄汚れた黒いTシャツ、口元をゆがめた顔、わざとらしい野暮ったい眼鏡——もう一度見てくれないかと頼むと、彼は見てくれて、再度うなずく。

「そうだ」

「ほんとうに確かですか？」

「ああ」

「この女性、彼女がグループにいたと？」

「わしは彼女を見た」アトリーは言う。「それに、彼女が話すのを聞いた」

　そのグループが荷物をまとめて移動させるあいだ、一時間以上待っていたアトリーは、早く仕事に取りかかって終わらせたいという気持ちが募《つの》ってきていた。そこに来る途中、署と町の中間くらいにある警察署通りの一軒の納屋に目をつけてあった。帰る途中でそこに立ち寄って、役に立ちそうなものを物色するつもりだった——動物の飼料とか道具類とかプロパンガスとか。だが、もう四時近いというのに、愚図な依頼人たちはまだ階段をのぼりおりして荷物を運んでいる。外はじきに暗くなる。

そこでアトリーは、あとどのくらいかかるかアストロノートに尋ねようと思い、彼をさがしにいく。すると、車庫の外の通路で、若い女と話していた。

「それが彼女だった」彼が写真を指さして私に言う。「きみの妹」

ニコとアストロノートが、警察署内をつらぬく長い通路のつきあたりで、ひそひそ声で話していた。二人とも煙草を吸いながら、言いあらそっていた。

「待って」なんとか口をはさむ。「何について言いあらそってましたか?」

「知らんね」

「二人が口論していたと、どうしてわかるんです?」

アトリーはかすかに頬をゆるめる。「わしたちは温和な民だ。けれども、口論がどんなものかは知っている」

「二人は何について言いあらそっていたんでしょうか?」自分の声がかろうじて聞こえるくらい、心臓の連打が異様に耳にひびいてくる。大洞窟内の冷水のように、血液が勢いよく頭に流れこんでいる。自分がその場にいるような気がする——あの狭い通路で、顔を寄せて話している二人を見つけた。このときにはすでに、血は落ちていたのか。簡易キッチンから続く、重なりあう二本の血痕はあったのか。

「彼らが何を話していたかはわからないが、女の子はかなり怒っていた。首を振っていたな。男の胸を小突いていた。こういうふうに一本指で。男、アストロノートは、状況が状況だからと言った。女の子は、あたしは納得できないと言った」

私は、可笑《おか》しくなって噴きだしてしまう。アトリーは驚いて私を見ている。妹がいかにも言いそうなことだ。さすがわが妹、明白な事実の議論の対象にならない意見を断固として認めない――〝状況が状況だから〟〝あたしは納得できない〟――ニコ。どこへ行こうが、それがニコだ。そう言う妹が見える。その声が聞こえる。私はいま、妹のすぐそばにいる。すごく近く感じる。

「では――なるほど。わかりました。彼らはほかに何か言っていましたか？」

何も、とアトリーは言って首を振る。「そこに立っていることを二人に知らせたくて、わしは咳きばらいした。半時間と言われたのに、その三倍も待たされていたのでな。男は詫びた。とても礼儀正しかったな。物腰がとても柔らかかった。男は、五時半に戻ってこられるかと訊いた。そのときまでに、荷物を全部地下へおろして、コンクリート板を所定の場所に用意しておくと彼は請けあった」

「で、そうだったんですか？」

「ああ。わしは、計画どおり、あの納屋へ行って内部を調べた。そして、約束の時間に戻ってきた」

「五時半に」

「そうだ」

「すると、彼らの姿はなく、コンクリートの板が置いてあった？」

「そうだ。約束の食料と一緒に。なんと呼ぶのだったか」

「MRE」私は上の空で答え、少しのあいだ唇を噛む。「コンクリートは流しこまなかったと？」

「そうだ」彼は言う。「あそこへ着いたときには、もうできていた」

この部分は書きとめない。ページが切れたのだ。だが、憶えていられるだろう。時系列、細部を。忘れることはないだろう。「そして、五時半に行ったときには、彼らの姿はなかった?」

「そうだ」

「地下室へおりたんでしょうか?」

「さあな。わしにはわからん。ただ、彼らはいなかった」

そして、そこで物語は終わる。九月二十六日は終わる。アトリーと私は、ジョイ農場のいちばん端で、暗闇に包まれて柵にもたれ、肩を並べて立ったまま、黙りこくって考えこんでいる。

時は過ぎ、アトリーは柵に背を向けると、何も言わずにあるものを手渡してくる。私のポケットからなくなっていたもの、署支給の拳銃だ。彼から聞きだせる話はすべて聞いたが、必要な情報があと一つある。私が打ち明けると、彼は快く承知してくれる——どこへ行き、だれと話せばいいか教えてくれる。私からノートを取って、裏表紙に書く。私は、感謝をこめて頭をさげる。この老人を、彼がみずから負った責任を、いまも世界はだいたいこれまでどおりであると信じさせるという非常に困難な仕事を、心から気の毒に思う。彼は、スローモーションで立ちはだかる要人の護衛官《シークレットサービス》のように行動した。情報の通り道に自分自身を投げだしたのだ。

ようやく私が柵から離れて、別れを告げようとしたとき、アトリー・ミラーは私をさえぎり、ピッチフォークを肩の高さに持ちあげる。

「この女性はきみの妹だと言っていたように思うが」

「そうです」

彼はまたもや私をじっと見て、なにかを決心したようだ。「アストロノートという男。さっきも話したが、物腰は柔らかい。礼儀正しい。ただ、労働者風のベルトに、長い銃身の拳銃と、鋸歯《のこぎりば》のバックナイフと、釘抜き付き金づちを差しておった」

アトリーの表情は硬く真剣だ。ひやりとするものが雪みたいに全身にまとわりつく。

「あの男はベルトをはずさなかった。それを一度も使わなかった。だが、そこにあった。あのグループのリーダーは、そういう男だった。物静かだが、いつも片手をベルトに置いていた」

　出てくる途中で、物好きにも小屋の裏の泥だらけの場所にまだいるフーディーニを見かける。ごろごろ転がってから、ぐったりと頭を傾けてぐっすり眠っていた。そばの固い地面で、アーミッシュの子ども二、三人がボール遊びをしている。フーディーニは喜ぶだろう。目を覚ましたときに、子どもたちの笑い声が聞こえたらうれしいだろう。アトリーが言っていたのと同じことが起きた。一瞬何かが弾けて――犬に声をかけない。犬を起こすほど近寄りもしない。私はうつむいて足早に通りすぎる。一度振り返るけれど、そのまま進む。

　ためらいがないとはいえない。フーディーニはおとなしい犬だし、私になついているし、私も大好きだ。けれども、動物と草のにおいがする緑あふれるこの広大な土地と、少なくとも私の知るかぎり、古きよき時代のやりかたでかわいがってくれる人々にまかせることにする。

「待ってください」

　少女の声がする。かろうじて聞こえる程度の大きさ。足を止めて振り向くと、ルースがいる。みんなが祈っているときにずるをしていた、大きな青い目と赤みがかったブロンドをおさげにした女の子。よく笑う年頃の女の子たちのうちで最年長だろうが、今は笑っていない。まじめな顔をして、走ってきたからか頬を赤らめ、簡素な黒いワンピースのへりに土埃がついている。呼びとめられたのは、農場から道路へ出る曲がり角だ。一心に私を見つめ、必死になった指が私の袖をつかんでいる。

「お願いです。どうしても訊きたいことがあるの」一度、不安そうに母屋を振り返る。私は「何を訊きたいの？」と言いそうになるが、時間の無駄だろう。その子が何を訊くつもりなのか、はっきりわかっている。

納屋にあったラジオ。月が昇る深夜、屋根裏の暗がりで、無邪気な子どもが一人、毎日の雑用や兄弟の世話のあいまに、親の目から離れてめったにない自由な空気を吸いながら、禁じられた音楽を聴いていると、不可解なニュースが飛びこんでくる。最初はなんのことかわからないけれど、そのうち、すべての意味がゆっくりと飲みこめてくる。

そのあと偽《いつわ》る。その振りをする。かわいそうにまだ若いルースはマイアのことを知っている。祖父と同じく。けれども、祖父には話していない。自分が知っていることを祖父に知られたくない。祖父が隠していることを自分は知っていると、祖父に知られたくない。世界の終わりのかくれんぼ。

ところが、その子がここにいる。立って、私を見ている。彼女の指が私をしっかりつかんでいる。「あとどれだけ？」

「ルース」私は声をかける。「残念だ」

私の袖を握る手に力がこもる。「あとどれだけ？」

その場しのぎをしてもよかった。じつは、ある計画が進行中だ。国防省宇宙軍団が解決法を考案した。スタンドオフ・バースト。小惑星の半径分の距離で核爆発を起こし、高エネルギーのX線を放射させて、小惑星表面の一部を蒸発させる……きっとうまくいくだろう。

しかし、私にそんなことは言えないので、できるかぎり素早くやる。バンドエイドをはがすときみたいに。「あと三日」すると彼女ははっと息を飲んで、勇ましくうなずくものの、よろめいて私の腕に飛びこむ。私は彼女を受けとめて、胸で小さな身体をささえ、頭の上にそっとキスをする。

コルテスの一本調子の話しぶりが聞こえてくる。

〝あんたは何を見ても妹を思い出す〟

「残念だ」私は彼女に言う。「本当に残念だ」

でも、言葉だけ。ごく小さな言葉の集まりだけ。

第4部

さっさと仕事をしろ

10月1日月曜日

赤経	16 49 50.3
赤緯	−75 08 48
離隔	81.1
距離	0.142 AU

何もかもが、まったく同じだった。

ロータリー警察署は、薄暗い埠頭《ふとう》に係留されている灰色の小型船みたいだ。馬蹄形の車回しの荒れた砂利道。二本の旗ざお、巻きついた二枚の旗。朝焼けの静けさに包まれて、私は、砂利を踏みしめて近づく。大自然のなかで暮らしていた山男が久々に文明生活に戻ってきたら、文明そのものが消えていたみたいに。見ばえのしない公営施設である警察署は、伸びすぎた芝生の中心部にそびえる遺跡のようだ。また雨が降っている。一晩じゅう、雨は降ったりやんだりだった。


深夜に五時間ほど、またあの〝あなたの現在地〟のサービスエリアで寝た。上着をきちんと畳んで枕にし、署支給の拳銃をかかえて。

今は朝だ。道路から草地に足を踏みいれたとき、彼らに気づく。彼らが感じられる——足の下の地下の隠れ家を。彼らが掘って荷物を運びいれた地下の巣を。占拠した迷路を嗅ぎまわっている彼らの声が聞こえる。私の頭は、彼ら全員の物語を勝手に書きあげ、彼らの名前を邪悪なオーラで包む。ティック、面長の顔で変わり者。ひどく痩せた黒い肌の女、気まぐれで残酷。ふさふさの黒い髪の毛とベルトに武器を差したアストロノート。彼ら全員の名が、私の青いノートに黒ペンで記載されている。容疑者。証人——なんの証人かはまだわからないが。全員がそこで、クモのように走りまわっている。そして、妹は彼らの手のなかにある。

きょうは月曜日だ。カシオによれば、月曜の朝九時十七分。署の玄関のそばまで来たとき、こすったような鋭い音が上から聞こえた。屋上。私はドアからぱっと離れて、銃を抜き、「警察だ！」と叫ぶ。

むかしの癖。いまだに抜けない。心臓が激しく打つ。静寂――十秒――二十秒――ゆっくりと、大きな歩幅で一歩ずつあとずさりして、上が見える場所へ行こうとする。

そのとき、また音がする。こすれる音とさらさらいう音。そしてまた静かになる。

こんどは、もっと大きな声を張りあげる。「だれかそこにいるなら、すぐに姿を見せろ」そのあと、なんと言えばいい？　〝こっちは銃を持っているんだぞ〟銃なんて、いまどきだれでも持ってる。

「警察だ」私はもう一度言う。すると、石ころと土が雨のように降ってきて顔と頭にあたる。頭皮で小石が跳ね、砂が目にはいる。

私はうなって口にはいった破片を吐きだしてから、上を見あげる。

「ああ、まさか！　刑事さんじゃないか！」コルテスだ。大きくて醜くていやらしい彼の顔が、建物のへりから突きだしている。「見えなかったんだよ！」

高笑いする彼を見て、私は銃をおろす。咳きばらいして、土のかたまりを芝生に吐きだす。底意地の悪い手口だ。子どもじみている。なんとなくこの男らしくない。私からは、コルテスの上半身しか見えない。建物の屋上に腹ばいになって、胴体を突きだし、大きな両手をぶらぶらさせている。土と小石を投げたばかりの右手をひらいて、手のひらを見せている。もう片方の手は、固く握りしめられている。彼の背後の空は一面、どんよりした灰色の雲だ。

「そこで何してる？」

コルテスは肩をすくめる。「時間つぶし。ぶらぶらと。調査。ちなみに、ここにソーラーパネルがあったぞ。バッテリー充電器につながれてる。あんたの妹と遊び仲間が地下に何を持ちこんだにしろ、完全に充電されてる」

私は、指で口髭についた土を落としながらうなずく。そういえば、アトリーが言っていた。重そうな木箱がいくつかあって、階段を一段ずつおろさないとならなかったと。中身はなんだったのか？　そして、それが別の疑問に火をつける。私には答えられない疑問、けれども忘れられない疑問。彼らはどこでヘリコプターを手に入れたのか？

私はその疑問を振り払い、考えないでおこうと心に誓う。目標を見失うな。

「コルテス、下におりてきてくれないか？　やることがある」

彼はその場を動かず、夏の日に芝生で寝転がっているみたいに片手に顔をのせる。「コルテス、彼らは下にいるんだ。楔を打ちこんだ男と話した。聞いた感じでは、これはバックアップ、第二計画だった。彼らは、科学者やスタンドオフ・バーストなど全部が作り話だったと気づいた。だから地下へおりたんだ」

「へええ。面白い話だ」

コルテスは別の手をひらいて、私の顔に小石と土の新たな雨を降らせる。小さな鋭いかけらが、目の端にあたる。

「おい」と言いかけたとき、屋上から飛び降りたコルテスが、巨大コウモリみたいに私の上に落ちてくる。そして、私の後頭部の髪の毛をつかんで首をねじまげ、ぬかるんだ地面に顔を押しつける。コルテスは腕っぷしが強い。見かけよりずっと力持ちだ。固く巻いた針金のコイル。私は身体を転がし、地面から口元を持ちあげて「やめろ」と言おうとするが、のしかかられて背中を膝で押さえつけられている。何が起きているのか、私にはわからない。子どもじみたプロレスごっこなのか、本気で私の背骨を折ろうとしているのか。

「上にバケツも用意してあったんだぞ」怒りの声でコルテスが言う。「ションベンを溜めたバケツを。おまえの腹立たしい警察頭にぶちまけてやるつもりだったが、こっちのほうがいい」私の首が片側にひねられて、もっと深く泥に押しこまれる。「ずっと心がこもってる」

私はうつ伏せになってぺっぺっと唾を吐きながら、慌てる側ではなく、ときには人を慌てさせる側になるスキルを養うには、警察官としての修業があと何年必要なんだろうと考えている。〈ネクストタイム・アラウンド〉では、クリスマスツリーみたいに武器を飾りつけたアビゲイルのなすがままだった。アトリーには、うしろで手を縛られて畑を歩かされた。ロータリーの町でコンクリート製防爆壁の奥から機関銃を突きだしてきた姿の見えない男。ジョークみたい。自分がアニメのキャラクターに思えてくる。だれもがヘンリー・パレス刑事を出し抜く！

「友だちだと思ってたのに」コルテスがうなる。「おれたちゃ友だちだろ？」

「そうだ」

私はなんとか身をよじって仰向けになり、彼に顔を向けたが、いまや彼は片手で私の顔をつかんでいる。アイスホッケー用マスクみたいに、私の顎と頬に彼の指が張りついている。いまも喉の奥に泥と砂が詰まっている。

「コルテス――」彼の指のあいだからやっとのことで声を出すと、彼は指に力をこめて締めつける。

「おれたちはパ、ー、ト、ナ、ーだと思ってたのに」

はっと気づく。彼がなんのことを言っているのかわかった。「悪かった」私は謝る。

あの女性、留置室、鍵。すべてが、はるか昔のことに思える。あのとき、ふと思いついて、彼女がいた牢屋に錠をかけ、なかに鍵を投げいれた。その後の日々はきりきり舞いだった。

「反省してるよ、コルテス」燃える怒りで彼は目を細めている。マスクを切り取った穴。「すまなかった」

「あんたは、自分が正しいと思ったことをやるだけ、そうだろ?」顔に固く巻きつけられた触手のような彼の指が許すかぎり、私はうなずく。彼は手の力を強める。「あんたは、自分が正しいと思うことをいつもする。それがあんたのやりかただ。だな?」

「そうだ」聞こえてきた私の声は、くぐもってひずんでいる。「そのとおり」

「オエーだな。刑事さん」

　呪いみたいに、わざと侮辱するみたいに、その言葉――刑事さん――を吐き捨てるように口にするが、突然彼が手を放し、笑いながら立ちあがる。いじめっ子の高らかな勝利の笑い。彼が背を向けたのは、話はついたと思ったからだが、ところがどっこい、身体を起こして四つ這いになった私は、レスラーみたいに彼の膝に組みついて、木のようになぎ倒し、こんどは私が、いとも簡単にコルテスの上にのしかかり、その顔にパンチを繰りだす。

「ううっ」彼が言う。「くそっ」

「どうしてわかった?」私は言って、彼の汚いTシャツの前を引き寄せる。殴ったせいで手が痛い。きつく握った拳の内側で手のひらが焼けつくように熱く、悲鳴をあげている。

「どうしてわかったかって?」彼がにやりと笑い、下唇から噴きだす血を舐める。私の言っている意味がわかっているのだ。

「留置室のドアに錠をかけたのがどうしてわかった?」彼が横目で見てくる。私は顔を近づける。「なんでだ?」

　にやにや笑いが大きく広がって、ねじれた歯並びがむきだしになってから、突然すべて見えなくなる。顔が真剣になって――告白しようとしている。彼は私にのしかかられたまま、身動きできない。「寂しかったんだ」彼は言う。「すごく寂しかった。それに、時間はどんどんなくなっていくし」彼の声はぞっとするほど低い。両目は凍りついた水たまりだ。「あそこで愉快にやろうと思ったのさ。彼女とおれで」そこで唇を舐める。「あんただって、同じことをしたよ」

「しない」

「したさ、ヘンリー坊や。孤独な少年。心の内をのぞいてみろ」

「しない」私は答え、顔を引いて離したのに、彼が頭を持ちあげて、私の耳元でささやく。「おい。ばかものめ。彼女は起きてるぞ」

　私はコルテスを放して、ぱっと立ちあがって駆けだす。ああ、そんな。まさか。彼は地面に寝そべったまま笑っている。玄関めざして走る私の背中に向かって、死ぬほど笑いこけながらわめいている。「きのうの夜だ。彼女の悲鳴で目が覚めちまったってのに、おれをなかにいれてくれない！」彼の声は上機嫌で、とても楽しそうだ。私はドアの取っ手をつかんで、ぐいと引きあける。「彼女はパニくってるぞ、ヘンリー坊や。気が動転してる」彼は、焦って走る私を見て大喜びして、大声でわめいてくる。「あんたに殴られたなんて信じられないよ！」

　リリーが留置室の奥の壁ぎわに立っている。両腕を身体にしっかり巻きつけて、身体を震わせている。前腕から、彼女が引き抜いた点滴の短いチューブがぶらさがっている。喉にあててあったガーゼもはがしてあり、ピンクの生々しい傷口が、グロテスクなエイリアンのアクセサリーみたいにぬめぬめと光っている。

「あんたはだれ？」と怒鳴り声で訊くので、私は答える。「私の名はヘンリー。警察官だ」すると彼女は吠えるように言う。「あたしに何をしたの？　あんたは何をしたの？」

「何も。何もしていない」

　彼女が病気の動物で、自分を殺しにやってきた人間を見るみたいに、怯えて挑戦的に私を見つめる。震える指で、私のうしろの天井からぶらさがる点滴袋を示す。「それは何？」

「生理食塩水だ。塩化ナトリウム〇・九パーセント」私は答えてから、彼女の目に浮かぶ不信と恐怖に気づいて言いなおす。「水だよ、リリー。ただの食塩水。きみは脱水状態だった。水分が必要だったんだ」

「リリーって？」

「ああ、そうだった、じつは……」どうしてそう呼んでいたのか？　どうしてその名前にしたのか？　思い出せない。どうだっていいか。彼女はあっけにとられて私を見ている。まごつき、ひどく動揺している。鉄格子を握る私の指は真っ白だ。

「おしっこした」いきなり彼女が言う。

「そうか、それはよかった。きみにとっては」赤ん坊に話しかけているみたいに、単語を並べるだけ。「快方に向かっている証拠だよ」なだめようとする。落ち着かせておくのだ。「私がきみをここへ入れたんだ。きみはぐっすり眠っていた。でも、きみは安全だ。心配ない。順調によくなるよ」

　それは本当ではない――本当ではないことを彼女は知っている――すべては順調にいかない――そうはならない。絶対に。彼女は死人のように青ざめ、激しく身を震わせている。恐怖と驚きが混在する哀れな顔。

「何があったの？」

「わからない。突きとめようとしているところだ」

「ここはどこ？」彼女は乾ききった唇を舐めて、あたりを見まわす。どこから話せばいいのかわからない。〝ここは警察署だ。マスキンガム川流域。きみは地球にいる〟。彼女はどこまで知っているのか。彼女の目に、私はどう映っているのだろう。鬚が剃《そ》ってあればいいのに。もっと小柄だったらいいのに。土と火のにおいがする自分。

「きみは上にいる」結局そう言う。

「ほかのみんなはどこ？」

首筋がぞくぞくする。ほかのみんな。ティックとアストロノートと黒人女性と真っ青なスニーカーの若造。

「知らない」

「あなたはだれ？」

「私はヘンリー・パレス」

「ヘンリー」そして「パレス」とつぶやいてから、私を見る。目を大きく見ひらいて、私の顔をまじまじと見る。

「ヘンリー、ヘンリー」と口にしてから、私を、私の目をまっすぐに見つめてくる。「妹はいる？」


前回は、私が犬を追いかけ、コルテスが私を追いかけた。空き地に横たわる女性に向かって走る二人と一匹。けれども今、リリー——彼女の本名ではない——のうしろを急ぐのは私だけだ。私は枝や低木を折りながら、復讐心に燃えた霊みたいに私を捕まえてひっくり返そうとするイバラにズボンを引き裂かれながら、偏平足で地面を踏みしめる。前回と同じ——同じ道のりを——警察署の西側の斜面をくだって、小川に沿って進む——が、そのあとリリーは左に折れて、小さな吊り橋を揺らして渡る。私はどこまでもついていく。

かくれんぼ。森を抜けて。雨が降っている。私の心臓は全速力で打ち、胸の前に飛びださんばかりだ。

これはいい、と辻褄《つじつま》のあわないことを考える。しばらくは、ただ走るだけ。どこへ行くにしろ、そこに行きつくまでの道のり。脈は、耳のなかで激しく打ち寄せる波となる。分厚い雨雲にはばまれて、太陽は淡い黄色の円となる。永遠に走っていよう。なぜなら、私にはわかるからだ。ああ、そういう気がする——このあとの展開が見える。

低い茂みのところで、不意にリリーが止まる。背中をこわばらせて、頭をやや左、そのあと下に向ける。何を見ているにしろ、それを見る彼女の全身が恐れをなしている。しかし、私にはその正体がわかっている。

もう知っている。ベルトを巻かれて締めあげられたように、胸が窮屈だ。走ったせいで肺が痛い。もう知っている。

私はスローモーションで動く。立ちすくむリリーを通りすぎ、背の低い茂みを抜けて小さな草地へ、木々のあいだにひらけた場所へ進む。

その空き地の中央に人が倒れている。私は木の根に足を引っかけてよろめき、ばかなことに自分の足でつまずく。前のめりになって倒れ、身体を起こしてからしゃがむ。息を切らして、そのそばに。

彼女だ。それはわかっている。顔を下向けているが、彼女だ。

リリーは私の背後の草地の端にいて、うめくような音を立てている。身体を引っくり返すと、やっぱり彼女だ。私は一瞬も疑わない。ほんのわずかも躊躇《ちゅうちょ》しない。即座に、間違いなくニコの顔だとわかる。ジーンズ、長袖のTシャツ、リリーが履いているのに似た薄茶色のサンダル。殺される前に、抵抗してもいる。片目の下のあざ、頬と額のかすり傷、鼻の下に変色した細い血の跡。酒場のけんか程度で大した怪我ではない。ただ、もう少し下に視線をおろすと、喉元に大きく切り裂かれた、ピンクと赤と黒の醜悪な傷がある——が、それにはいっさい構わず、私は手を伸ばして脈を見る——ばかげている。冷たく青白いのだから。それでも私は、下顎のすぐ下、残忍な赤い線のすぐ上のくぼんだ柔らかい個所に二本の指をあてる。そこに指を置いて、カシオで一分間計る。脈はない。死んでいるのだから。

まるで眠っているように、顔を穏やかに傾けて、目を閉じている。安らかだ、と彼らは言うだろう。人はいつもそういうことを言う。けれども、それは間違った言い草だ——私の頭のなかで、いろいろな思いがすさまじい音を立てて轟き、こみあげてくる悲しみが喉で詰まる——この子は安らかなんかじゃない、死んでるんだ。この子が安らかだったのは、だれかが口にした気のきいた台詞を笑っているとき。ソニック・ユースを聴きながら煙草を吸っていたとき。八〇年代九〇年代の曲、大学の校内放送でかかるような曲がお気に入りだった。ハスカードゥ、ピクシーズ。こざかしいリプレイスメンツがフライトアテンダントのことを歌っている曲。

頬に土がついている。私は親指でそれを擦《こす》りとる。額に張りついた幾筋かの髪の毛が、きめの細かいひび割れに見える。生まれてこのかた、ニコはとても可愛かったのに、いつもそうでないふりをしようとしていた。とてもかわいいのに、それをいやがっていた。

私は空を見あげて、ちらつく灰色の太陽を、そしてそのかなたを飛ぶ2011GV[1]を想像する。いまは、約三百万キロメートル離れているだけの、すぐ近くのお隣さんだ。最後の数晩は肉眼で見えると言われている。新しい星、真っ黒な天に金色のピン。衝突の直前、太陽が殻を破って飛びだしたかのように、空はまばゆく光るだろう、そのあと私たちをそれを感じるだろう、地球の裏側にいてもそれがわかるだろう、衝撃で全世界が揺れ動くだろうと言われている。衝突地点からの噴出物が、数時間のうちに地球全体を覆うだろうと言われている。

私は立ちあがってよろよろと離れ、両手で額をぎゅっとつかんでから、顔をかきむしりながらゆっくりと指をおろしてくる。目のくぼみに突っこみ、頬をえぐり、警察官気どりのばかばかしい口髭にもぐらせ、唇と口をねじまげ、怒りの皺を顎まで深く刻みつける。近くの木で、鳥たちがおしゃべりしている。リリー、名前も知らないがあの女の子が、空き地のはずれに立ったまま、無言で泣きじゃくり、意味不明の耳触りなうめき声をあげている。

〝さあ取りかかれ、刑事〟と、カルバーソン刑事が、慰めるように、だが断固とした口調でうながす。〝さっさと仕事をしろ〟

私は振り向いて、その近くへ戻る。自分を励まして、他人の遺体のようにその遺体を見る。ほかの犯罪現場のようにこの犯罪現場を眺める。

喉は切り裂かれている。リリーと同じ。顔には、かすり傷とわずかな打撲。リリーと同じ。うなじのすぐ上から後頭部の髪の毛がごっそりなくなっている。ここ数年、あの子のカットは——パンク、ショート、不ぞろいででこぼこ——ひどかったから、はっきりしたことは言えない。とはいえ、ざっくり切り落とされたのだと私は思う。私は首を振り、自分の短い髪の毛を手ですく。所見の概要は、ニューハンプシャー州主任検屍官アリス・フェントン医師の声で返ってくる。彼女も古くからの知りあいだ。〝白人女性、二十一歳、指、手のひら、前腕の切り傷を含めて争った形跡あり。死因は、それを意図した加害者の手によってナイフまたは鋭利な刃物で加えられた咽喉部の組織に達する裂傷からの大量失血〟

私は唇を噛む。彼女の顔、閉じられた目を見る。ほかには？

この空き地は、最初の被害者、つまり生存者を発見した空き地よりは狭い。あの空き地は、こぢんまりした円形で、松林に取り巻かれていた。ここは、周囲の起伏がもっと激しく、狭く、でこぼこしていて、樹木というよりは、丈の低いイバラなどトゲのある茂みで囲まれている。

ただし、証拠をさがすとなると、ここもあそこと同じく、分厚い泥に覆われた地面だから役に立たない。足跡など、とうてい見込めない。

私はふたたび立ちあがる。目がまわって、星が散った。最小限の円を描いて歩く。ほかには？

〝時間をかけろ、パレス〟とカルバーソン刑事が言う。

〝ゆっくりやるのよ〟とマコネル巡査が言う。ゴーストたちに黙ってろと言いつける。少しのあいだ静かにしてろと言う。なぜなら、ゆっくりしていられないから。そのつもりはない――時間がないのだ。

リリーはさっきと同じ空き地の端で、身を震わせて嗚咽《おえつ》している。

「ねえ」私は声をかける。足早に歩きながら。「ねえ。大丈夫かい？」

彼女は首を振り、片袖の裏で口元をぬぐう。歩を進めて、少し近づいた私に、彼女が言うのが聞こえる。

「何があったのかわからない」

「どういう意味かな、わからないって？」

「走って逃げたのは憶えてる。森のなかを」

「何から逃げたの？」

「ただ――憶えてるのはそれだけ。走って逃げた」

「だれから逃げた？」

彼女は話そうとするが、話せない。口があき、顎が震えているのに、言葉が出てこない。

「だれから逃げたんだ、リリー？」

「憶えてない」彼女の両手が、口の前まであがってくる。「そうしなくちゃいけなかった。どうしようもなかった。どうしようも。とにかく……逃げた」言葉が一つ一つ、両手の壁の奥から出てくる。小さな泡《あぶく》に包まれた短い単語が。「逃げた……逃げた……逃げた」

私はもう一度尋ねる――だれから――何から――どんな理由で逃げたのか。ところが、話は終わる。彼女は急に止まってしまった。時計みたいにぴたりと。その両手がさがって、凍りついた口から離れる。まったくの無表情な顔で、前を見つめている。私は、小さな窓のような目をのぞきこむ。熱心にのぞけば、その奥にある意識という暗いスクリーンを、リリーの脳裏に映しだされている妹の登場場面を見られるとでもいうように。

彼女はリリーという名前ではない。私はまだ彼女の本名を知らない。それを聞かなければならない。

すべてを知らなければならない。

加害者となる人間が、簡易キッチンで二人の女性を見つける。

二人を追いつめ、被害者その一に深手を負わせる。死んだと思いこみ、別の一人、被害者その二を追い、森へはいっていく。そのとき、私はつい、お人好しビリーのことを思い浮かべる。RVの後部で、血で汚れたエプロンをかけて、つぶされる運命にあるニワトリの首をつかむビリー。

一方、被害者その一は傷を負ったもののまだ生きており、よろよろ歩いてそこを出て、血を垂らしながら廊下を進む。

犯人は、被害者その二相手にもっとうまくやる。ここで彼女に追いつく。喉元を気管まで切り裂き、彼女は確かに死ぬ。その間、被害者その一はよろめきながら逃げて、この血なまぐさい森のもう一ヵ所の空き地で倒れる。

ゆっくり戻ってきた犯人は、息を切らし、ナイフから血を滴らせて、廊下を歩いて簡易キッチンへ行き、そのあと——姿を消す。

地下室。あの地下室へおりなくてはならない。

あそこに戻ってコルテスをさがし、仕事に取りかかろうと振り向くが、そこで動きが止まる。

〝入口と出口だ〟、とカルバーソンがつぶやく。〝現場の調べを終えろ〟

彼の言うことは正しい。ただし、正しいのは彼ではなくて私だと、驚くほどはっきりとわかっている。入口と出口を確認せずに犯罪現場を片づけるのは新米のやることだという指摘を思い出したのは、この私だ。聞こえたのは彼の声だが、その正体は私——私にあれをしろこれをしろと指示するのは決まって、カルバーソンのやさしい声か、母か父かフェントンかトリッシュ・マコネルの声だ。いつか、そこには自分しかいないことを認めなければならない。

いま私は、犯罪現場の周囲をゆっくりと、雨に打たれて歩いている。さがしているのは、被害者か殺人犯が茂みを押しつぶして出入りした個所か、第三者がいたという証拠だ。ところが見つかったのは、空き地の反対側の低木のそばに何気なく落ちていたバットマンのロゴのついたリュックサックだった。

驚いて、そのバッグを二、三秒じっと見てから、土を蹴って走り、かがんでそれを拾う。その重み、ストラップの感触がすぐによみがえる。安心感も。私が子どものときに使っていたリュックサックだ。四年生から五年生のとき。どうやらニコがいつのまにか勝手に持ちだし、どこへ行くにもそれを持っていって使っていたのだろう。とはいえ、動揺し悲嘆に暮れる私は、不可解なマジックを見ているような錯覚をおぼえる。九歳の夏の始めころにタイムマシンに入れた物が、妹の遺体を見つけた日のその時刻に、この森に突然現われたような。まさか、消しゴムのかす、ボローニャソーセージのサンドイッチ、こすると香る絵のにおいはしないだろうと思いながら、それを恐る恐る鼻先に持ちあげる。

しない。土と森のにおいがする。バッグは軽く、ところどころ膨らんでいる。ジッパーをあけると、ポップコーンやチップスやチョコレート菓子の袋が次々と飛びだす。レイズにチートスにキットカットにグラノラバー。

「やっぱりな」私はニコに言う。遺体を、あの子の遺体をちらっと見て、首を振る。「おまえだと思ってたよ」

自動販売機のありったけの中身を取ってきたのだ。だれも欲しがりもしなかった、小さくて足しにならない、ネッコ社のウエハースやミントやリグレーの薄っぺらいガムまで。取り残さないようにハンガーで引っかけ鉤《かぎ》をこしらえてから、自販機のなかに細い腕をくねらせて何度も突っこむあの子が目に浮かぶ。大昔から使ってきた手だ。〝感謝しろよ、デブども!〟

チョコレートやチップスの下に、ニコの持ち物が埋もれている。ショートパンツとシャツ。ピストル二挺、スコッチテープの切れ端で留めた銃弾入りの箱。トランシーバー一組——一つではなくて二つ。下着のパンツとブラ。『動物農場』一冊。小さく畳んで丸め、ゴムバンドを巻いたレインコート。赤いプラスチックの懐中電灯、ためしにつけてから消す。大昔のバットマンのリュックサックの底にダクトテープが何重にも貼られ、底が抜けて荷物が落ちないようにしてある。

私は手の甲で目から流れる涙をぬぐう。

あの子は出ていこうとしたのだ。

このお笑いぐさクラブのほかの連中は、お笑いぐさな基本計画をようやくあきらめた。残り一週間となってやっと、不良科学者は死んだか、まだ拘置されたままか、でなければ雲隠れしたことを認めたのだ。結局ゴドーは来なかった。

しかし、ニコはちがった。闘魂のかたまりのような私の妹はちがった。自明のことを認めようとしなかった。

〝状況が状況だから〟とアストロノートが言うと、妹は〝あたしは納得できない〟と反論した。

ほかの連中が第二計画、つまり地下室へおりて、みずからを閉じこめ、耳をふさぐ計画の準備をしているときでさえ、言いだしたら聞かない頑固な妹は、ジャンクフード満杯のリュックサックを持って抜けだし、雪男なみに悪名高いハンス‐マイケル・パリーを見つけて締めあげ、意のままに動かすつもりで、六百キロ以上離れた軍施設に向かったのだ。

あの子は、たった一人で世界を救うために出発したのだ。それが自分の務めだから。

私は、ほんの少しだけ、ごく短い笑い声を洩らす。というのは、妹の計画は頓挫《とんざ》したから。妹を行かせたくない人物がいたから。その人物は妹とリリーを追いかけ、二人の喉を掻き切って放置した。

バットマンのリュックサックを肩にかけたとき、もう一つ証拠を見つける。あの子の遺体のすぐわきの泥から突きだしていた黒いプラスチックの細い棒。一方の端はカーブしていて、もう一方は、折れたようにぎざぎざになっている。

サングラスの蔓《つる》だ。泥から引き抜く。しばらくのあいだ手のひらにのせて眺めたあと、そっとポケットにしまう。雨が、私の顔をぽたぽたと流れ落ちる。

私はまだ何もわかっていない。ニコの身に起きたことをほとんど何も知らない。

けれども、この、このプラスチックの破片が何を意味するかはわかっている。

「失ったことを認めて受けいれることは、最終目標ではありません――それは旅なのです」

私は、死別専門カウンセラーからこのような説明を受けた。愛する家族の突然の死から立ち直ることは、〝ある特定の時間に独立して起きることではなく〟、人生という長い年月を通してゆっくりと明らかになる〝過程〟なのだと。十代のころ、そうしたカウンセラーに次から次へと会わされた。ヒーリング業界を代表する有能な人々に。死別専門カウンセラー、セラピスト、児童心理学者などいろいろ。祖父は私を連れていくと、待合室にいらだちを全開させて座り、クロスワードパズルをする。次に吸うアメリカンスピリットを耳の上に差して。祖父の懐疑的な態度は、様子のおかしい私を治すためのあらゆる努力に、明らかに暗い影を落としていた。

「悲しみが癒えるには時間がかかるものです」専門家はいつも、もったいぶって述べたものだ。両親が死んだ。二人とも。私の一部がえぐり取られた。「時間がたてば、回復するでしょう」

もう、その時間はない。私の悲しみは癒えない。回復しない。

私はニコをかかえあげ、きつく抱きしめてから、森を抜けて警察署に戻ろうとする。「さあ」私はリリーに、名前はどうあれあの若い女にやさしく声をかける。「さあ、行こう」

8 月22日水曜日

赤経	18 26 55.9
赤緯	−70 52 35
離隔	112.7
距離	0.618 AU

「つまり収容施設なのね」

「そうなんだが、そうじゃないんだ。えーと——収容施設というと、犯罪者とか麻薬常用者のためのものに聞こえるが」私は説明する。「そこは警察官たちの場所なんだ」

アビゲイルは怪しんでいる。アレルギー用マスクの上からのぞく両目を動かしながら、その説明を一分ほど咀嚼《そしゃく》する。まだ完全には納得していないが、私が彼女の頭に銃弾をぶちこもうとしているという考えは引っこめたらしい。その件について話はついたと私は結論をくだす。

「みんな、あたしを嫌わないかな？」

「だれもきみを嫌ったりしないよ」

自分が述べた意見を考えなおす。何人かは嫌うだろう。カーステアズ巡査は、この女は警官ではないという理由で嫌うだろう。メルウィン巡査は、私が連れてきたからという理由で嫌うだろう。一晩じゅうポーチにランタンを置きっぱなしにした彼に、私ががみがみ文句を言ったからだ。カッツ巡査は、若くてかわいい彼女を好きになるだろう。ほかの多くは彼女を嫌わないにしても、部外者だし、どう見ても頭がおかしいから、彼女を警戒するだろう。とはいえ、現時点ではほとんどの人間は頭がおかしくなっている、いろんな意味で。

「大丈夫だよ」私は言う。「私が出ていくから、きみの居場所はある。細かいことは、ナイトバードがなんとかしてくれる」

「ナイトバード?」

「すごくいい人だ。行けばわかる」

ようやく立ちあがったアビゲイルは、ものすごく大きな黒いゴミ袋を上下逆さに振って、中身を出す。衣類、銃、本、ヘアブラシ、寝袋。身につけている各種武器をはずして、ふくらはぎにつけたケース入り拳銃だけ残し、ほかは全部、キャスターつきスーツケースに詰める。

彼女が荷造りをしているあいだ、オハイオ州ロータリーまでの地図と一緒にアビゲイルがくれた四、五十ページの書類をぱらぱらめくる。スーツケースの二重底から取りだされ、映画で見るみたいに〝最高機密〟と赤いスタンプが押してある書類。理解不能な細目とギリシア文字だらけの複雑な方程式がぎっしり書かれた文章をざっと目で追う。最適軌道距離、衝突速度(km/s)と運動エネルギー(GJ)との関係、エネルギー収量(kt)と質量の速度および初期密度との関係、目標の中心に対する重心運動。

最後から二ページめ――〈結論〉。最後のページ――〈プロトコル〉。私には何一つ理解できない。

〈最高機密〉書類の白紙の裏表紙に、アビゲイルからなんとか聞きだしたできごとを整理して時系列に書きとめる。七月中旬、ハンス - マイケル・パリー、別名レゾルーションが、インディアナ州ゲーリーで見つかったと、ジョーダンがアビゲイルに話す。ジョーダンによれば、複数の〝チーム〟がオハイオ州のローターという小さな町の警察署に、まもなく集合することになっている。しかし、七月二十一日以降のあるとき――ジョーダンがニコをあのヘリコプターに乗せ、ニコともう一人の女がUNHのバトラー・フィールドから飛び去ったあと――ジョーダンは、新たな指示を受けとったとアビゲイルに告げた。二人は〝予備チーム〟となり、コンコードで待機することになる。

その後、八月十三日の朝、突然ジョーダンがいなくなる。裏切った形跡はないが、書き置きも新たな命令も残さなかった。彼はただ〝いなくなった〟とアビゲイルは言う。ロータリーへ行ったのか、新しい冒険へと旅立ったのかはわからない。

彼はただ姿を消した。それ以来、彼女は、地球の自転を内耳に感じ、コズミックダストにむせながら、部屋の隅をじっと見つめて独りぼっちでここにいた。

いまの彼女は目がずっと澄んで、さっきより落ち着いているようだ。どこへ行くかはっきり決まったことによって、彼女だけのでこぼこした世界でしっかりと歩けるようになったみたいに。そして、店のドアへつかつかと歩いていき、うしろを振り向かない。

出ていくときに、化粧台のいちばん上の棚に置かれたレイバンのサングラスに気づく。前に見たことがある――UNHで初めてジョーダンに会ったときに、彼がかけていたのと同じダサいやつ。

私はそれを手に取り、ぼんやりと指でもてあそぶ。

「ジョーダンがサングラスを忘れてった」私が言う。

「それ？」アビゲイルが言ってせせら笑う。「マジで言ってんの？　そんな安物、彼は数えきれないくらい持ってたわ」

第5部

イシス

10月1日月曜日

赤経	16 49 50.3
赤緯	−75 08 48
離隔	81.1
距離	0.142 AU

1

「コーヒーをいれたんだ。飲むかい？」

「いらない」

「ほんとに？　凝ったものじゃないけど、コーヒーはコーヒーだ。かなりのもんだよ」

「いいえ、結構です」女は顔をあげ、ちらっと私を見てから、またすばやくうつむく。おびえた雛鳥《ひなどり》。「紅茶はある？」

「おっと、そう来たか。ないんだ。ごめんね。コーヒーだけ」

リリーはほかに何も言わない。留置室の薄いマットレスの端に座って、膝の上で組みあわせた手を見つめている。いまの私の親切心と忍耐、落ち着いていて、気さくとすらいえる態度はすべて策略、目的を達成するための作戦だ。自分のなかの感情は、破裂してしまった――長いあいだ私を特徴づけてきたものすべて、私の習慣や思い出や性癖などすべて、自分の芯《しん》のまわりに作りあげてきたものすべて、それ全部がしっくいで塗り固めてあったことが判明した。それが吹き飛ばされてしまったあと、その粒子が空気中を漂い、ゆっくりと地上に降り積もるのを私は眺めている。今わからないのは、そのすべての下に何かあるのか、何かあったのか、それとも、私はこれまでずっと、パレードの見世物のドラゴンの頭、外側の飾りだけで中身は空っぽの張り子だったのかということだ。何かしら残っていると思う。たき火をしたあとの地面で見つかる硬く温かい石のようなものが。でも、自信がない。私にはわからない。

私は、留置室の奥、鉄格子の善玉側の壁にもたれて、過度の落ち着きを見せながらサーモスのコーヒーを飲んでいる。車庫にいるコルテスが、ディーゼル燃料式削岩機でコンクリートの楔を削る爆発音が、廊下を通してときどき聞こえてくる。妹の遺体は、しわくちゃのブルーシートにくるんで通信室に置いてある。

「じゃあ、きみの名前から始めようじゃないか」私は言う。「リリーでないことはわかってる」少し笑い声をあげるものの、しらじらしく聞こえたのでやめる。

女は自分の手を見つめている。廊下から、削岩機の腹に響く音がまた聞こえてくる。今のところ、取り調べは不調だ。

「できれば、きみを独りにしてあげたい。本心からそう思う」私はゆっくりと話す。できるかぎり、最大限にゆっくりと。「いろんなことがあったからね」

「そうなの?」彼女は顔をあげて本気で尋ねてから、指で喉元をなぞる。私が包帯を巻きなおしたところを。

「そうみたいね」

ストロボの光で浮かびあがる脳裏の写真。女の子が二人、恐怖にかられて必死になっている。落ち葉で滑る薄茶色のサンダル。うしろから猛然と進んでくる足音。顔を下向けたニコ、首からどくどく血を流している。私は目をぱちぱちさせて、咳きばらいする。ひどくゆっくりと話す。「きみの意識はトラウマを処理してるんだ。つらいだろう。でも、問題は、私たちが厳しい立場にあることだ、つまり、時間的に」

彼女は少しうなずく。小さな頭が不安げに上下し、膝に置いた両手がぴくりと動く。「じつは」彼女が小さな声で言う。「できれば——今、時間のことを言ったけど……」彼女は私をちらっと見て、また目をそらす。「あとどれだけ?」

「ああ、そうか」彼女はどれくらい意識を失っていたのか知らないのだ。彼女は知らない。「今日は十月一日月曜日の朝」私は教えてやる。「あと二日」

「わかった」彼女は言う。「わかった」びくびくしながら唇を舐め、ほつれた黒い髪の毛を小さな耳のうしろにかける。その簡単なしぐさが、彼女が十代後半から二十代前半の女の子であることを思い出させる。悲惨で不可解なできごとに巻きこまれて途方に暮れる若者。

「で、何が……」私はもう一度微笑む。人間らしい笑顔に見せようと努める。「何があったか、心から知りたいと思ってる」

「でも、あたしは知らない。憶えてないの。こうなってたの――わからない」ちらっと私を見て、怯え、喉元の分厚いガーゼに触れる。「真っ暗よ」

「でも、全部じゃないよね？」

彼女はかすかに首を振る。小さく。

「きみの過去は？」

「ええ」ちらっとこちらを見て、どうにか答える。

「過去はそのまま」

「よし、それなら、きみが憶えていることから始めよう、いいね？」

「いいわ」彼女がささやく。

よくない。本当は。彼女を持ちあげて逆さにし、ポケットのコインみたいに事実が飛びだすまで揺さぶりたい。それでうまくいくなら、そうしたい。しかし、事はこうして進む。ゆっくりと。今、過去の特定部分を思い出せないのは、文字どおり記憶喪失のせいか、彼女が経験した恐ろしいできごとによって先祖返りの恐怖がよみがえったせいかはわからない。どちらにしても、必要なのは我慢だろう。真実めざして、少しずつ確実に霧のなかを進むこと。信頼を築く。私たちはこれこれこういうことを知っているね。これこれこういうことを話そうね。導いてやる。なだめてやる。数時間かかるかもしれない。数日かも。

鉄格子からするりとなかにはいって、床にそっとコーヒーカップを置き、プロポーズしようとするみたいに膝をつく。

「きみのポケットに、このブレスレットがはいっていた。チャームがついている。百合《リリー》の花の。だから、きみをリリーと呼んだんだ」彼女は、私の手からそれをためらいがちに持ちあげて、自分の手のひらに押しつけ、固く握りしめる。

「両親がくれたの」

「ほう」

「あたしが小さいとき」

「そうか。かわいいね。それで――きみの名前は？」

彼女が何か言う。喉の奥で、私に聞こえないくらい小さな声で。

「ごめん、聞こえなかった」

「タペストリー」

「タペストリー？」

彼女がうなずく。少し鼻をすすって、片方の目の縁から涙をぬぐう。私たちのあいだに広がる暗闇にぼんやりと光る事実を感じる。クリスマスの電飾となって輝く涙形の電球の最初の一個。

「タペストリーというのはあだ名？」私が訊く。「コードネーム？」

「そう」彼女が顔をあげて、弱々しく微笑む。「その両方、って感じ。あたしたちみんな持ってる」

「なるほど」

彼女たち全員に名前がついている。タペストリー。ティック。アストロノート。ジョーダンにも、あだ名／コードネームがあるのだろうか？　アビゲイルは？　タペストリーの黒い目が、ほんのわずかだけ回復してきたことに気づく。あざも黒っぽい紫色が薄れて薄いピンクに変わっている。歳は――いくつだろう？　十九？　たぶん二十歳。この娘はハチドリみたいだ。見ていると、なんとなくハチドリを思い出す。

「アストロノートがコードネームを決めたのかな？　アストロノートが――」

〝リーダーなんだろう？〟と訊くつもりだったのに、そこに行く前に、彼女ははっと息を飲み、窓のブラインドみたいにまぶたが閉じられる。

「どうした」立ちあがりつつ声をかける。足を半歩前に出す。「おーい」

彼女は黙って座っている。私には見える、というか見えるように思える。カーテンの奥のダンサーみたいに、まぶたの奥で動く目玉が。ゆっくりだ、刑事、もっとゆっくり。信頼関係を築け。話を続けろ。このことは、文献で徹底的に論じられている。FBIの標準的証人接触ガイドラインで。ファーリーとレナード共著の『犯罪捜査』でも。自宅の棚に置かれたその本が見える。きちんと並んだ背表紙。焼け落ちたコンコードの家。突然、廊下の向こうから、削岩機のダダダ、ダダダ、ダダダという断固とした爆発音が響いてきて、そのあとに大きなバックファイアと腹を立てたコルテスのわめき声が続いた。「ええい、ちくしょう！　おれを舐めんなよ！　くそっ！」すると、驚いた女の子が顔をあげて笑いだしたので、私も機を逃さずにくすくす笑い、身をのりだして、面白がって首を振る。

「ところで」ほっと息を吐いてから、私は言う。「私の名はヘンリー。さっき言ったかな？」

「言ったわ。ええ。ヘンリー・パレス。あたしの本名はジーン」彼女が言う。「それで、えーと――」彼女が私を見て、血走った目をこする。「じつは、できれば――お水はある？　だいじょうぶ？」

「もちろんだ、ジーン」私は答える。「もちろんいいよ」

削岩機は、アトリー・ミラーの所有物だ。農場が幹線道路と接するあたりの農作物直売所に隠されていた。この軽量の機械は、ミラーの家族に厄介な疑問をいだかせてしまいそうな特殊機器と一緒にそこにしまってあった。たとえば高性能無線機とか、大口径の銃とか。

それらの品々を監視していたビシャルという名の真面目な若者と緊迫した一瞬のやりとりのあと、アトリーから教えてもらった合言葉を口にし、彼のサインが書かれたノートを見せた。

　削岩機は〝老犬〟だから気をつけろとアトリーから注意されたが、うまくなだめすかせば動くとも保証してくれた。エンストしたときに〝おれを舐めんなよ〟と叫ぶことが、うまくなだめすかすことだとは言わなかったけれど、コルテスに任せておけば安心だ。彼はきちんと理解して、あそこでこつこつ掘削している。口論を過去のものとして、それぞれの調査にいそしみながら平行線を歩む私たち二人。掘り進む二人――彼は硬いコンクリートを、私はこの哀れな娘《こ》の傷ついた精神を。

　口をひらいたジーンはしばらく話す。ときには長々と話すものの、たいていは早口で不安げに一気にまくしたてたと思うと、ところどころ口をつぐんではまた話しだし、余計なことまで話しすぎないように、間違ったことを口走るのを恐れているかのように、途中でつっかえる。切れ切れの断片。話し方も見かけも、ニコとはほど遠い――おどおどして煮えきらない彼女と、図太くてストレートな妹――とはいっても、ときどき、本当の彼女、世界の終わりを迎えた鏡の国に引きずりこまれた大学生世代の若者の素顔がかいま見えることがある。すると妹を思い出すので、その瞬間話すのをやめて口を閉じる。でないと、すべてぶち壊してしまいそうだ。

「ミシガンにいたの」なまぬるい水のはいった紙コップを握りしめて、ジーンは語る。「大学ね。そこの出身よ。ミシガン州出身。両親は台湾生まれ。名字はウァン。両親はあたしに帰ってこいって言った。あれが――あれが始まったとき。ミシガンの家へ。台湾じゃなくて。学校を辞めて実家に帰ってきて祈れって。うちはカトリックなの。あたしはランシングで生まれた」

私はこの話を書きとめていない。ノートはもう書くところがないし、とにかく書かないほうがいい。これはふつうの会話ではないという事実に、彼女の注意を向けないほうがいい。私が話を聞いているのは、共感を示して信頼を得なければならないからであって、彼女の家系や信仰や家族にまったく興味はない。私は、答えを求めてつけられたクエスチョンマークだ。

「でも、いやだった、とにかく——家に帰るのは。祈るのも。何をしたかったかは——」彼女は肩をすくめて唇を噛む。「わかんないけど」

ミシガン大学は、一月中旬に本館前で全校集会をひらいて応援歌を歌い、ラテン語で乾杯したのを最後に、その存在を終えた。けれどもジーン・ウァンは春の初めころまでキャンパスに残って、ぶらぶらしていた。両親と教会へ行って、中国語で聖歌を歌う気にはなれなかったし、元クラスメートたちが検討していた最後の日々の過ごし方のどれにも興味を惹かれなかった。ドラム同好会、〝セックス実験〟、麻薬と学生食堂から盗んだ朝食シリアルを詰めた枕カバーをのせて、南のメキシコ湾をめざすバス・キャラバン。あのころはいつも腹を立てていた、と彼女は言う、どうしていいかわかんなかった。

「あたしがしたかったのは——わかんない」

私はやさしく言う。「きみは何かしたかったんだね」

「そうなの」彼女は顔をあげて、あざけるように繰り返す。「何かしたかった。なんてバカだったんだろう。いま考えると。振り返ってみると」

ジーンはしばらく、大学のあるアナーバーの街をうろつく。磁石を適切に配列すれば地球の極性を転換できると主張する、若くエネルギッシュな起業家にしつこく勧められて、ごく短期間だけ北極計画に加わる。それが潰れると、衝突後にそなえて、大量の保存食を準備するため〝酢漬けと缶詰協同組合〟を立ちあげようとしていた人々と交流する。けれども、これが実情にあっているとは思えない。役に立っていると感じられない。最終的にジーンは、パテンギルにあるタウンハウスの地下室で行なわれたホームパーティ兼政治集会に参加する。バスタブで醸造したワインをプラスチックの赤いコップで飲みながら、男がコーヒーテーブルの上に立って、すべてが〝いかさま〟であり〝でっちあげ〟だとか、政府は〝やりたければあれを止められる〟とかの根拠を説明するのを聞いている。

コーヒーテーブルの男が指を鳴らしたのを真似て、ジーンが指を鳴らすと、私は意識の裏で、それと同じ話をもっともらしく私に語りながら指をぱちんと鳴らすニコを眺めている。あの子は死んでいて、廊下の先の通信室でシートにくるまれているのがわかっているのに、この部屋で一緒にいるように感じられ、強調するときの口調を聞いているような気がしてきて、気持ちが沈んでいく。

パテンギルのパーティでコーヒーテーブルにあがった男は、〝くるくるの巻き毛〟と真っ青な靴の若い男だった。黄色く光る星をちりばめたマントのようなものをはおっていた。彼はデライテッド《大喜び》と呼ばれた――ひとつきりの名前を、ジーンは静かに口にする。マドンナみたいに。ボノみたいに。

「パーティのあとも、あたしたちは彼と話したの。あたしとアリスって子。ほかのことをやってくるときに会った子よ。酢漬けのとき。結局――じつは、彼と一緒に住むことになった。あたしと彼女とほか数人」彼女は唇を噛む。ほか数人のなかにアストロノートがいたかどうか、柔らかい物腰で武器をベルトに差した男のことは尋ねない。また、まぶたをぴしゃりと閉じさせたくないからだ。

そっちではなく、彼女と新しい同居人たちが行なったさまざまな活動に話を向ける。もっとパーティをひらいたり、もっと演説したり、政府は小惑星の危機について嘘をついていると人々に知らしめるためにパンフレットを印刷したり。ジーンはそれだけしか言わないけれど、そのあとこの中西部北支部はおそらく、ニューイングランドのニコたちと同じ第二種のいたずらに手を出したのだろう。街中で破壊行為をする。ピストルなどの小火器を集め、ダッフルバッグに入れて持ち歩く。やがて、ニューハンプシャー州軍基地に拘束されたニコの夫デレクの脱走計画のような、軍基地の不法侵入へとエスカレートする。

私がわからなかったのは、このグループの地理的勢力範囲だ。この組織には〝中西部支部〟があるとニコが言ったとき、また大ぼら吹いている、でたらめだと片づけた。ニコはだまされている、もしくは私をだまそうとしていると思った。ところが今、ジーンは、ミシガン大学の地下のホームパーティでこのグループに勧誘されたことを認めた。ニューハンプシャー州中部で参加したニコとは、時間にして数カ月、距離にして数百キロ離れている。ある程度の能力があることを示す、そして、コンコードの古着屋で革命ごっこを楽しむニコと能なしの仲間という私の頭に焼きついた写真とはそぐわない作戦の規模を示す一面だ。

この情報を手にしたはいいが、どうすればいいかわからない。どう利用すべきかわからない。

「ジーン」だしぬけに言う。「飛ばして先へ進んでくれ」

「え?」

「やがて、ある計画が持ちあがる。小惑星の軌道を変える計画があると主張するハンス＝マイケル・パリーという元アメリカ合衆国宇宙軍団の科学者の行方を追うことだ。そうだね?」

「そう」彼女はびっくりしている。私は話を進める。

「きみのグループまたは系列のグループがパリーを見つけて助けだし、スタンドオフ・バーストを調整できるイギリスへ送ることになっていた。そうだね？」

啞然とした沈黙のあと、静かな「そうよ」の答え。彼女は口の端まで小指を持ちあげて、爪を嚙み切る。自信のない子どもみたいに。

「そして、彼は見つかった、だね？　インディアナ州ゲーリーで。そして、全員がここロータリーに集合して、彼の到着を待った」

「ろくでもないことばっかりだった」彼女がそう言うのはこれで二度めだ。いま、彼女の目は、あまりの馬鹿さ加減に対する怒りでらんらんと光っている。「あたしたちはここでじっとしてた。で、待ってた、じっと――待ってただけ」

彼女はそこで話をやめる。そして、無意識に手が喉元の傷に戻っていって、指で包帯の端を引っぱるのを私は見つめる。私たちの話が核心に、九月二十六日水曜日のできごと――泥、ナイフ、森の中の凶行――に近づいているのを感じたかのように。そして、それとの近さが、ブラックホールみたいに、彼女を引き寄せては押し戻すかのように。

私は、感じよくゆっくりやれ、相手の調子にあわせろと自分に命じる。一緒にいた人たちのことを尋ねると、彼女は、くだらないコードネームを次々と登場させる。いたのはデライテッドだけじゃなかった。いつのまにかセイラーになっていたアリス。〝いつもにこにこしてたすごく若い男の子がいて、キングフィッシャーと呼ばれてた〟。サプライズという女の子。リトルマンと呼ばれていた男は、〝じつはどでかかった〟からジョークよね。ははは。彼らはみな、ミシガン州からあちこち寄り道しながらドライブしてやっとここに到着した。途中、カラマズーまで行って二人を乗せ、そのあとまたオハイオ州トリードの西のウォーシオンまで戻って、そこの倉庫から梱包した大量の箱を積んだ。

私は身をのりだす。

「箱の中身はなんだった？」

「知らない。あたし――見なかった。彼が言ったの――見ちゃだめって」

「だれが言ったの？」

答えはない。彼の名を口にする気はないのだ。それを考える気にすらならないのだ。見ていると、彼女の顔に、またもやそれが現われてなかなか消えないのがわかった。その男、リーダーを明らかに恐れている。

「気にしないで」私は告げる。「話を続けよう」すると、彼女は話しだす。彼女たちのグループに、七月下旬、ほかのグループが合流した。ニコのグループだ。人が来ては出ていった。思わせぶりな科学者を待っていたこの二カ月間の警察署前の芝生広場の雰囲気を説明するとき、ジーンの顔は明るく輝き、見るからに全身の緊張がゆるんでいた。ガーデンパーティについて話しているみたいに。小惑星陰謀団の昼間キャンプか何かみたいに。だれもがぶらぶらして、煙草を吸い、ホットドッグをこしらえて、いちゃつくキャンプ。

いきなり彼女が言いだす。ある男がニコに〝ベタぼれ〟だった。

「ほう」突然私は気が変わって、いつものノートがあればいいのにと思う。ノート、何か書くもの。「どんな男？」

「ティックよ」

「ティック」奇妙な見かけのおどおどした男。「彼女は応じたのかな？」

「げえっ。まさか」ジーンは顔をしかめて、いかにもな女子大生らしい軽い笑い声をあげる。「興味ないわよ。彼って――馬みたいな顔してるんだもの。それに、彼にはほかに女の子がいたっていうか。バレンタインよ。でも、いつもニコを冗談のネタにしてた」

「バレンタイン？」

「コードネームよ。例の。とてもかわいかった。黒い肌をしてて、すごく背が高いの」

アトリーが見た彼女だ。私が知っている彼女だ。これで人相書に名前を書き入れられる。すごく不思議なことに、その人々を知っているような、妹が死ぬ前に暮らした最後の世界を知っているような気がしてくる。

「ティックはどんな冗談を言ったのかな?」

「ああ、ひどいなんてもんじゃないわ。アダムとイブ?　わかるでしょ。計画がうまく行かなかったら。地下に潜らなくちゃいけなくなったら。彼とニコがアダムとイブになるんだって。気持ち――わりい」

「気持ちわりい」私は言う。私はぎゅっと目を閉じて、その話を保存しようと、すべてを残しておこうとする。

「そういや訊きたいことがあるんだ。ニコにコードネームはあったのかい?」

「その話ね」ジーンは言って笑う。「あんまり使ってなかった。バカじゃないのとか思ってたんじゃない?コードネームはイシスだったわ」

「イシス?」私はぱっと目を見ひらく。「ボブ・ディランの歌の?」

「さあ。知らない。そこから取ったの?」

「うん。そこから取ったんだ」

一瞬、その刹那《せつな》、この小さなうれしい事実を味わってから、困難な部分に突入する。荒れるだろうが、避けては通れない。時間は過ぎていく。この会話を前に進めるしかない。

「では、ジーン」私は言う。「ハンス-マイケル・パリーは現われなかった。そして、ある決定がなされた」私は彼女の目をのぞきこむ。「アストロノートは決断した」

「疲れた」ジーンが言う。さっと下に置いたコップが倒れて、水がこぼれる。「もうやめたい」

「だめだ」私が言うと、彼女は身をすくめる。「聞いてくれ。聞いて。パリーは現われなかった。そして、計画の失敗を全員が悟るやいなや、アストロノートが地下への移動を決断する。全部を地下へおろすことを。

ジーン？」

　彼女は答えようと口をひらくが、削岩機の轟音がいきなり廊下で響く。彼女の顔は恐怖で締めつけられ、機械が静かになると同時に口を閉じる。

「ジーン？　それが彼の計画だったのか？」

「彼の計画」そうつぶやいて、彼女は身を震わせる。身を震わせる演技みたいに大きくゆっくりと。顔から首、そして背中、上半身へと全身を這いおりてゆく嫌悪の波。「彼の計画」

「リリー？」

「名前がちがうわ」彼女が言う。

「しまった、ジーン。すまない」

「彼女に行ってほしくなかった。行かないでって言ったのに」

「なんだって？」

「ニコよ。おりるとき。荷物運びが終わるころに、彼女が行くって。出てくって。『あたしが行ってくる』

「パリーをさがしにか？」

「そう」ジーンが答える。「そのとおり」

「それは何時ごろ？」

　彼女がまごついて顔をあげる。「何時って？」

　ニコとアストロノートが廊下で口論したあと、五時半にアトリーが床に蓋をする前だ。「五時ごろかな？」

「わからない」

「じゃあ五時ということにしよう。妹から出ていくと言われて、きみはどうした？」

「だから、頭がどうかしたのって言った」彼女は首を振る。そしてほんの一瞬、彼女の目に映った不信のいらだちに私は気づく。いつもニコに説教するとき感じたのと同じもの。「とにかく――無駄よ、って言った。なんの意味もないし、独りぼっちになってしまうのにどうして行くの、みんなで一緒にいられるのに？　せめてそれでしょ？　一緒にいられる」

「しかし、彼女は出ていった」

「出ていった。あたしたちは全部運びおろした。彼女がほんとに出ていくとは思ってなかった。けど、みんなみたいに――彼女は出てった。出てってしまった」

「で、きみは追いかけたの？」

「あたし――」言うのをやめる。眉間に皺を寄せる。目から混乱がほとばしる。「あたし――した」

私は立ちあがる。「ジーン？　きみはあとを追ったんだな」

「そうよ。そうするしかなかった、わかる？　そうしなくちゃならなかった。友だちだもの」

私は、この記憶のできるかぎり奥へ彼女を連れていく。彼女の手を引いて、滑りやすい岩の上を危険な水域に向かっている。「きみは、彼女が出ていくのを止めようとした。だがそのとき、だれかほかの人間がいた。だれかがきみを追ってきた。ジーン？」

「憶えてない」

「いや、きみは憶えているよ、ジーン。憶えている」

彼女の口がぽかんとあいて、目が大きく見ひらかれてから、彼女はまた首を振る。私たちのあいだの宙をまっすぐ見つめながら。「憶えてない」

彼女は憶えている、何か――何者か――を見ているのが、彼女の目から読みとれる。私は前にかがんで彼女をつかむが、彼女は身をよじって逃げる。「ジーン、話してくれ。ジーン、やめないでくれ。きみは彼女を引き留めにいったのに、だれかがきみたちを追ってきた」

けれども、彼女は遠くへ行ってしまう。話は終わる。彼女はマットレスに倒れこんで、両手を顔の前に持ちあげる。私は続ける。「ジーン！　ジーン。警察署の外で、いきなりだれかがきみに襲いかかった。ナイフで」

彼女は小さく悲鳴をあげる。空気を一気に吐きだしてから、片手を唇に押しあてる。私は再度彼女をつかむ。両肩をしっかり握って、彼女を起こす。私の冷静な見せかけ、警察官風のまやかしの落ち着きが熱で焼かれて消えていく。もう我慢できない。どうしても知りたい。

「何者かがきみを追いかけてきて、ナイフで切りつけた。そして彼らは私の妹を殺した」

彼女は激しく首を振る。口元を片手でおおったまま。そこに悪魔がいるみたいに。するりと逃れて、世界を破滅させようとするものがいるみたいに。

「アストロノートだったのか？」

目は固く閉じられ、身体は震えている。

「それとも他所《よそ》の人間？　サングラスの小柄な男？　野球帽？」

彼女は身体の向きを変えて、私に背を向ける。できるものなら、あいつの写真を取りだして――マットレスの上に置きたい。みっともないレイバンをかけてにやにや笑うジョーダンの写真を見るジーンの顔を見てみたい。しかし、時すでに遅し。彼女は存在を消した。いなくなってしまった。見たくないものに心を閉ざした。手で口を押さえつけ、身体を横向きにして薄いマットレスに寝そべり、無言で、怯えて、使い物にならない。

「なあ、頼む」私は言う。

マットレスを蹴飛ばすと、その上で彼女が弾む。

「起きてくれよ、起きろ、起きるんだ」

2

いうまでもなく〝イシス〟とは、一九七六年にリリースされたアルバム『欲望』の二曲め、私が十五か十六歳の一時期、ボブ・ディランの歌のなかでいちばんのお気に入りだった曲だ。ちょうどそのころ、ディランのナンバーで好きな二十曲を選びだし、制作年と参加したミュージシャンをきちんと書いておいたノートをニコが見つけた。ニコは、こんな私の几帳面さをひどく滑稽《こっけい》に思って死ぬほど笑い、チンパンジーみたいに一人でノートを放りあげながら、家じゅうを走りまわったものだ。

いま思い返すと、あのころの自分を考えると、ディランの曲のうちでいちばん『イシス』が好きだったときがあったと思うと、何かぴんと来ない。今はたぶん、『欲望』のアルバムに限っても好きな曲とはいえない。けれども、ニコがそのことを知っていたはずがない。ひょっとして、もしかすると、あの子がそれをコードネームにしたのは、なんとなく、いつか私がそれに行き着くことがわかっていたからではないか。自動販売機の中で反り返ったフォークやアメリカンスピリットの吸殻といったパンくずではなく、つまり目印ではなく、一種の置き土産《みやげ》としてそれを残したのではないか。であなければ、ただ面白かったからそうしただけ。あの子は私の性格のあれやこれやを面白がっていたが、今となっては、それも置き土産だ。

私は、留置室からアーマ・ラスル刑事の手狭なオフィスまで廊下を歩いていって、彼女の厚い革装日誌を裏返し、紙を十六枚ちぎりとり、それを丁寧に折って本のような体裁にしてから、たっぷり半時間かけて、ジーンが窓を閉じる前に、混乱して背を向ける前に話したことすべてを書きつける。彼女がグループに参加するようになったいきさつ。仲間や共謀者の名前と年齢と特徴。アストロノートの名を出したときに顔が曇ったことや激しい反応を見せたこと。ニコが出ていったことに気づくまでの流れ、ニコを走って追いかけたこと……

　最後に越えられない壁ができたことまで詳しく書く。書き終えてから、廊下を戻って通信室へ行き、ニコの横に腰をおろす。ニコなら、こんなことをしている私を見て笑うだろう。気楽にやんなよ、帰って気ままなやつらとビールでも飲んで、チキンを食べなよと言うだろう。

　防災無線の電源スイッチを押すと、祈りの声が室内に広がる。約束の地について歌う何層ものハーモニーが重なるゴスペルが、六〇〇メガヘルツで送信され、天上の神に届けられる。私はどこかの教会を思い浮かべる。バリケードでふさがれたドア、黒いカーテンのかかった窓、その日が来るまで歌いつづける腹を空かせた幸せそうな会衆。約束の地まで。〈スキャン《さがす》〉ボタンを押して、アメリカ合衆国大統領を名乗る人物が、今回の事件はアメリカ国民の回復力をテストするためであり——喜ばしい知らせだが——我々はそのテストに合格したと宣言している周波数を見つける。でも、もう大丈夫です、みなさん。何も心配ありません。

　私は局を変える。また変える。いろいろな声の断片、雑音。「マスキンガム川流域の水を飲んではいけない」そのあと、麻薬でほろ酔い気分のティーンエイジャーの声。「おまえらくそったれどもがどこにいるか知らないけど、おれたちくそったれ野郎はみんな、ケンタッキー州クレストビューヒルズのクレストビューヒルズ・モールのベリゾンの店にいるぞ、こんちくしょう！　パーティに来たいなら、七十五号線で……」

　見知らぬ人の声を聞いていても意味はない。バッテリーを浪費するな。自分の時間を浪費するな。〈スキャン〉ボタンをあと一度だけ、これで最後と押して、差し迫った小さな声に行きあたる。耳を近づけないと聞こえない。

「繰り返す、おれは車で高速四十号線を南へ走っている。これを聞いていて、まだおれを愛しているなら、おれは明日の五時ごろにはノーマンに着く。明日だぞ……繰り返す、おれは車だ、高速を走ってる。おまえを愛してるんだ。おれは……」

高速道路の風の音が大きくなり、声が消されて聞こえなくなる。息を殺して少し待ってからスイッチを消したとき、ついに、削岩機がふたたび動きだし、車庫のほうから力強く安定した音が響いてくる。直ったのだ。コルテスは修理に成功した。

ここまできても、まだ納得できない。信じられない。こんな世界になってしまったことが。私が生まれ、警察官になるのは、どんな世界でも、いつの時代でもよかったのに、よりによってこの世界、この時代だったとは。

「おれたちはだまされたんだよ、ニコ」妹のところまで歩いていって、顔を、喉元のむごたらしい傷をまた見つめる。「おれたちはだまされたんだ」

シートを顔にかけようとして、手が止まる。毛布みたいにかけなおす。

傷。妹の喉。

森では、よく見ていなかったのかもしれない。取り乱していたのかもしれない。半時間ほどジーンを見つめて座り、話すジーンを眺め、彼女の喉元をなんとなく見ていたからこそ言えるのかもしれない。あの森で最初に見たとき、二つの傷は同じだと思いこみ、疑いもしなかった。喉を掻き切られた女の子二人。被害者その一とその二。傷その一とその二。

ところがそうではない。ニコの傷のほうが深い――はるかにひどい。言うまでもない。ニコは死に、ジーンは死んでいないのだから。私は顔を近づけて、線状の切り口を指先でたどる。目を凝らして、切り傷は一つではなく、多数の切り傷、重なりあう切創の集合体が、被害者の顎の下でV字に似た形を描いていていて、二辺の交わる点が下を向いていることを見てとる。被害者その一の傷は血が出ていて、断裂した生々しいピンクの筋肉が露出していたが、被害者その二の傷は、それより深い――咽喉部の血や切断された喉の組織の層、貝殻色の骨やオフホワイトの気管まで見えている。傷の深さとつぶれ具合からして、終始被害者は抵抗し、あがき、自分を守って逃げようとしたと思われる。

私はまばたきしてジーンの傷を脳裏に描きだす。彼女がつかえながら話しているあいだじゅう、私が見ていた傷を。それほどつぶれていない傷口は――顔のあざと裂傷に反して、彼女がほとんど、あるいはまったく抵抗しなかったことを示している。

だから――つまり――したがって――私は立ちあがって、その場で小さな円を描いて歩く――だから、彼女は抵抗した。ジーンは抵抗するが捕まって服従させられる。加害者は何か――薬を一、二粒かも――を彼女の口に押しこみ、手で鼻をふさいで、それを飲みこませる。

いや――待て――そこでやめて、手のひらで壁をぴしゃりと叩く。もっと考えを進めろ、パレス、もっとよく考えろ。これは展開の速いシナリオだ。被害者その二――ニコ――はすでに森に逃げこんだ。私が殺人犯だとする。彼女を捕まえなければならない、逃がすわけにはいかない。彼女を何かで殴って倒す。ジーンは地面に倒れている――意識不明？――その喉でなめらかに素早く一度刃を滑らせてから、私は走って被害者その二を追いかける。サンダルで森を全速力で走るニコ・パレスを追う。

しかし私は、ジーンが眠っているあいだ、まだリリーだったときに、彼女の身体を調べた。鈍器による頭部の外傷を調べた。確かに私は調べた。

彼女は静止していた。錠剤か注射か、側頭部をハンマーで一撃されたかして、動いていないときに喉を切られた。いっぽうニコは動いていた。

気づくと私は息を切らし、せかせか歩きながら、背筋に冷たいものを感じている。そこにある。あの上にある。空の暗い心臓部が急速に近づいてくる。

集中しろ、パレス。でも、できない。でも、そうしなくては。手を休めるな。

殺人鬼は、二つめの空き地でかわいそうなニコに追いつき、上からのしかかって身体を押さえつける。ニコは怯える。意識はある。身をよじる。彼はニコの背後から、喉を深々と掻き切る。

私は震えている。そこにいるみたいに、現場にいるみたいに、自分が切ったか切られたかしたみたいに。

ほかにも何かある。私は向きを変え、窓から離れて、もう一度あの子を見る。目の涙をぬぐい、手のナイフを握ってからゆるめる。ほかにも何かある。

潰れてずたずたになり血がかたまった傷口に、何かがある——私はしゃがむ——前にかがんで巻き尺を取りだし、こんなに苦しんだニコに小さな声で詫びて、「なんとまあ」とか「ちくしょう」とつぶやきながら、切り裂かれた皮膚を一ミリずつはがしていくと、だんだん明らかになってくる——大きな傷のなかにそれより小さな傷、昆虫の足ほどの小さな線がある。喉に沿って虫眼鏡を動かし、小さいほうの傷が、切り口全体に規則正しく五ミリ間隔で並んでいることを確認する。

切り口の上下の縁の皮膚の表面に、平行な切りこみがある。フェントン医師なら、確実なものは何もない、確実というのは学童かマジシャンのための言葉だとのたまうだろうが、切り口の上下の縁の皮膚の表面に平行して走る切りこみは、鋸歯の凶器だったことを強く示唆している。

私は通信室から駆けだして、廊下を走る。両手を翼みたいに両側に広げて、流し台の奥の棚にかかっていたナイフの記憶の断片を確認しにキッチンへ飛んでいく。肉切りナイフ、果物ナイフ、大型ナイフ。鋸歯はない。

　通信室へ戻って、ニコに傷のことを、皮膚の表面に平行して走る切りこみとその意味を説明する。この事件の調査において、私が知っている鋸歯状の刃は、アストリー・ミラーが目撃した、アストロノートのベルトから吊るされていたバックナイフだけだ。

「刑事さんよ」

「なんだ」

「大丈夫か?」

　コルテス。おずおずした表情、細めた目。大丈夫とは思えないと言いたげに私を見ている。

　私は咳きばらいする。「私ならなんともない。割れたか?」

「どう見ても変だぜ」

「平気だ。下へおりたか?」

　彼は答えない。シートを見ている。「彼女なのか?」

「パレス」彼が言う。

「ああ」私は答える。「そうだ」

　私はざっと説明する。簡潔なあらましだけ。「眠る女の名はジーン・ウァン、ミシガン州ランシング出身――事件の記憶にばらつきがある。基本的に何も憶えていないが、まっすぐ森の空き地に案内してくれて、そこで遺体を発見した。死因は、鋸歯状の刃物で喉を深く切られたこと。だいたい――だいたいそんなところだ。で」

　不意に話をやめる。こういう話し方をして自分が何をしているのか、私は正確にわかっている。明瞭な警察用語を歯切れよくまくしたてて、悲しみのまわりに言葉を並べ、立ち入り禁止テープを張っているのだ。

　コルテスが厳粛にうなずいて、ポニーテールを整える。私は、もう一度大丈夫かと訊かれるのを待つ。訊かれたら、ああと答えて、次の段階に進む。

「死か」予想外のことを彼が言う。「最低最悪だな」

「おりられるようになったか?」

「ああ。なった」

「よし。いいぞ、上出来だ」

彼は身体の向きを変えず、そのままうしろ向きで部屋を出る。立ちあがった私は、どうしてかナイフを持ってきたことに気づく。簡易キッチンにあった血のついた肉切りナイフ。私はその柄をしっかりと握りしめている。少しそれを見てから、ベルトの内側に、太腿《ふともも》の近くに滑りこませる。狩人のように。

3

グループは地下へおりるが、ニコはずらかり、ジーンがそれを追い、アストロノートが二人を追いかけて捕まえ、一人ずつ殺す。

それが先週の水曜日、午後四時半以降、おそらく五時近くだ。私と犬と用心棒は、木曜日の朝三時ごろに自転車でやってきた。十時間。わずか十時間の差。そのことが頭から離れない。忘れることは決してないだろう。

アストロノートのナイフを使うのは、アストロノートかジョーダン。

それともティックかバレンタイン。または、そのだれでもない。

通常なら、十中八九、殺しの犯人は見知らぬ他人ではなく、友人か家族、夫か妻である。例外はある――私の母がそうだった――が、今は通常ではない。いま私たちは、オオカミだらけの世界、ブルータウン、レッドタウン、安全な場所や愛情や手軽なスリルを求めて田園地帯を放浪する人々の世界に生きている。ごろつき集団から無傷で逃げだしたニコとジーンは、あたりをうろついていた極悪人に襲われたのかもしれない。若い女二人の喉を掻き切りたいと願っていた何者かが、千載一遇《せんざいいちぐう》のチャンスを逃さず、そのあと高笑いして森に消えたのかもしれない。サングラスをかけている人間は多い。鋸歯のナイフを携帯している人間は多い。

「用意はいいか、刑事さん?」

「ああ」私はコルテスに言う。「いいぞ」

私たちは並んで立っている。それぞれ、両手を腰にあてて、予想どおり、警察署の車庫の中央から下におりる金属製の階段を見おろしている。外からは見えなかった手ごわいコンクリートの楔は破片の山となり、穴のそばのシートにいびつなピラミッド形に積みあげてある。その作業のせいで彼は大汗をかいており、Tシャツはびしょ濡れ、ポニーテールはばらけて、背中に張りついている。暗い穴をのぞきこんで、彼は唇を舐める。

「よし」彼は言う。「よし、いいぞ、できた。おりて最初の難関は、防爆扉の突破だろうな」

「防爆扉?」

「地下壕を作ったら、次はこうするんだ。トイレと発電機と防爆扉をつける」コルテスはレイオバック製ヘッドランプをつけて、ストラップをしっかり締める。「それに、なんたって一時間近くも削岩機で穴をあけてたんだぜ」

「なのに、だれもあがってこなかった」

「聞こえてないからさ」

「防爆扉があるせいで」

「きみには金星をあげよう、刑事さん」

　彼から渡された二個めのヘッドランプのストラップを頭に巻きつけて耳の上で締めるときに、マジックテープの留め具が額の深い傷にあたり、痛みにひるむ。

「防爆扉を破壊するには、バズーカで核爆弾を撃ちこむしかないが、錠をこじあけりゃすむことだからな」彼のヘッドランプが瞬《またた》く。「ま、おれならできる」

　コルテスは悪魔みたいに歯をむきだして笑いながら、早口でまくしたてている。バカ騒ぎする気満々で目はぎらついている。この男は新たな意欲をみなぎらせている。床に穴をあけた達成感と地下への期待感だ――まるで、これは彼の事件で、彼に手を貸すための付き添いが私みたいだ。彼は地下室に何があるか、次に何が起きるかを知りたくて待ちきれない。階段を見おろして、ヘッドランプの光が届かない暗がりに、目を閉じたニコの顔、黒ずんで赤い喉の無残な傷が見えたとき、私も彼と同じように感じる。どうしても知りたいこと、知らなければならないことがそこにあると。

　コルテスが先におりる。ごついブーツの踵が、金属の階段の最上段にあたって音を立てる。私は、一段あとを行く。細い金属の階段が、私たちの足元で揺れる。

「ねえ」

　おずおずした声。背後からだ。ジーンが、車庫から廊下に通じる戸口に立っている。コルテスと私は同時に足を止めて首をまわし、刑務所破りをさがして動くサーチライトみたいに、ヘッドランプの光が、不安そうな小さな顔の上で交差する。

「下へ行くの？」

「ああ」私は答える。「行く」

「きみがジーンだな」コルテスが言う。「どうぞよろしく」

　戸口に立ったまま、身を震わせ、しっかりと自分を抱きしめたまま、彼女は体重を片足からべつの足に移す。落ちていたニコのリュックで見つけて渡してあった黒いズボンと赤いTシャツを着て、その上から私が予備に持ってきた上着の一枚を、修道僧のローブみたいにはおっている。立ち去りたいのに立ち去れないみたいに、その場でそわそわしている。彼女が亡霊で、捕らわれて車庫の薄暗い隅に押しこまれ、呪いによってそこから離れられないみたいに。

「あたしも行っていい？」

「なんで？」

「あたし――行きたいの」

私はあと戻りして穴から出る。「何か思い出したんだね、ジーン？　話してくれないか？」

「ちがうの」ジーンは首を振りながら答える。「何も思い出さない」彼女は腕を組んで、車庫のどんよりとした空気を吸いこむ。「行きたいだけ」

「そうか」私が言うと同時に、コルテスが口をひらく。「だめだ」私がそちらを見ると、彼は首を振る。「絶対にだめだ」あるのかどうか自分でもわからない反論をまとめる前に、コルテスが拒絶の根拠を早口でささやく。「A、この女性は、多くても体重が四十五キロくらい。B、武器を持っていない。C、どう見ても体調が万全じゃない。おれの言う意味わかるだろ。来てもらう必要はない」

「彼女は地下におりたことがある。案内してくれる」

「ただの穴だぞ。おれたちだけでやれるさ」

ジーンを見ると、ふらつきながら、訴えるような目で見返してくる。独りになりたくないだけなのだ。薄暗がりに立っている彼女は、あまりに青ざめているせいで、ほとんど透明だ。一瞬目をそらしてからまた見ると、彼女は消えているんじゃないか、存在そのものが消えるんじゃないかと思うほど。

「刑事さん、よく聞けよ」コルテスが言う。ささやくのをやめて、下におりる細い階段にじっと視線を注いでいる。「娯楽室にピンポンしにいくんじゃないんだぜ。あんたのために計画したサプライズパーティの準備じゃないんだぜ」

　彼の言うとおりだ。彼が正しいのはわかっている。

「ジーン」私はやさしく声をかける。

「ええ――」彼女が背を向ける。「いいの。わかってる」

「すぐに戻るから」私は言うが、それはでまかせだ。

「きみは心配ない」もちろんそれもでまかせだ。

「全員を救えるわけじゃないんだぞ、あんた」車庫からふらふらと出ていくジーンを見守る私に、コルテスが言う。そのあと彼女は、今となっては家同然の留置室へたぶん戻るか、森へ駆けこむのだろう。壊れた世界が消滅するまで、運にまかせて生きるのだろう。それとも、すべてやった、もう充分だと思っているかもしれない。次に私たちが地上に戻ったときに、あそこで、ピーター・ゼルみたいに目玉を飛びださせ、唇を真っ青にしてベッドシーツでぶらさがる彼女を発見するかもしれない。


　私たちは下へ行く。地下へ。

　コルテスが先におりる。私は彼について暗闇へはいっていく。彼が小さく口笛を吹いている。「ハイホー、ハイホー」その口笛と、金属の階段に彼のブーツの踵があたる音を、私はたどる。ヘッドランプが彼の背中とブーツのうしろ側の一部を照らしつづけるが、それも最下段まで来た彼が足を止めて「へええ」と言うまでだ。

　防爆扉はない。最後の段からコンクリートの床におりたつ。コンクリートの壁。長い地下通路。ひんやりしている。地上よりも優に五度は低いだろう。寒く、暗く、完全な無音状態だ。古びた石のにおい、かびとよどんだ水のにおい、そのほかに、もっと新しいにおい、近くで何かを燃やしたような鼻をつくにおいがする。暗闇に重なりあう黄色い影をヘッドランプで作りながら、がらんとした場所を見てまわる。

　何もない。まったく何もない。そこに立ちすくんで、静かで人けのない長い通路を見つめながら、骨を這いのぼってくる感覚の正体に気づくまでにしばらくかかった。失望だ。気がめいるような失望。というのは、私はどこかで期待していたから。いつのまにか、かすかな希望のあぶくが膨らんで浮かびあがってきていた。いろいろなことをひっくるめて——まさかのヘリコプターだけでなく、その他すべて——ニューイングランド地方から中西部に及ぶグループの勢力、インターネット、石器時代へ急速に退化する世間をよそに、ジョーダンが事もなげにダイアルアップ接続でＦＢＩのデータベースをハッキングしたこと。水曜日の午後、ここに運びおろされたはずの、アトリー・ミラーが目撃した重量のある謎の木箱。

私のなかの大バカな一部は、動きまわる人々でざわざわしている地下を予想していた。怒鳴り声で次々と指示を飛ばす、白衣の政府おかかえ不良科学者。発射準備の最終段階。電子音を鳴らすコンソールと、さまざまな地図が表示されたスクリーン、世界の下の世界がぶーんと音を立て、行動の準備をしている。ジェイムズ・ボンドの映画で見たような、〈スター・ウォーズ〉で見たような世界。何かがあると。

ところが、何もない。寒さ。暗闇。悪臭。クモの巣と土。階段の下にある安っぽい木製のドアをあけると小部屋になっている。ヒューズ箱。モップ数本。冷えて錆びた、黒く丸い窯《かま》。

人々はどこにいる？　私の知りあいのセイラーやティックやデライテッドはどこにいる？　優秀な革命家にして将来の指導者はどこにいる？　悪人たちはどこへ逃げこんだ？

かたやコルテスは動じていないようだ。ヘッドランプの奇妙にちらつく光のなかで、彼が私のほうを向くと、さっきと同じ、熱に浮かされたような不気味な笑みを浮かべている。一度切り刻まれてから、元どおりくっつけられたように見える彼の顔。

「さあな？」私の心を読んで、彼は言う。「ミルクを買いにいったのかも」

目がだんだん暗がりに慣れてきた。私は顔をあげて、通路の先を見渡す。

「さて」私は言う。「どういうふうにしたい？」

「手分けしよう」

「なんだって？」

また彼のほうをさっと向くと、重なりあう二つのライトと、彼の大きく見ひらいた目がきらりと光る。確実に彼に何かが起きている。階段の上にいたときに、私は気づいた。彼の頭のなかで新しい情熱が動きだして、主役に躍りでたのを。

「おれはこっちへ行く」そう言うと、西部劇の保安官みたいに、親指を暗闇に突っこんで動きだす。

「いや」私は言う。「待てよ。どうした？　コルテス」

「大声でわめけ。マルコ・ポーロすりゃいいだろ。心配すんな」

心配すんなだと？　「コルテス？」

こんなのめちゃくちゃだ。おぼつかない足取りで彼を追いかけるが、彼はあっというまに暗闇に飲みこまれてしまう。何かプランがあるのだ。私には見えない星を追っている。腹の奥からパニックが、恐怖の波が、深く埋もれていた不安がどっとこみあげる。幼少期にまでさかのぼる不安が。私はこんなところで独りになりたくない。

「コルテス？」

4

私は、表面がざらついたコンクリートの壁に背中を押しあて、アンコウみたいに顔の前でライトを揺らして、灰色の床を大股で慎重に進む。銃は右手にある。目を慣らしながら、あたりをさぐる。冥界を、写真のネガのなかを、ライトで照らして歩く。天井の梁《はり》や錆びたパイプに交じって、無意味にぶらさがる裸電球数個。むきだしの石の床はでこぼこで、基礎構造に沿って長いひびがはいっている。クモの巣とクモ。

警察署の地下室の配置は、階上の間取りとよく似ている。一本の長い通路に沿ってドアが並んでいるのだ。地下のほうがドアが少ないし、間隔が広い。地下の世界は、階上の世界の死骸。地下の世界は、階上の世界の鏡像が荒廃したもの。署の建物が死んで、この地下に埋められたような。

通路の奥からドアがきしむ音が聞こえる。足音。コンクリートにあたるブーツのスチール製ヒール。もう一つ足音がしてから、ひそかな笑い声。

私は鋭くささやく。「コルテス？」

答えはない。彼だったのか？　ドアがまたきしむ。それとも、さっきとはちがうドアか。ゆっくりと三百六十度まわって、暗闇に広がる半円の光を見つめるが、彼はいない。彼は何を笑っていたのだろう？　何が可笑しい？　まだ通路にいるのか、光のあたらない端にいるのか、それともどれかのドアのなかへはいったか。

頭の上でこするような音がする。小さな動物が、パイプの錆びた内側を小さな爪で引っかいたような音。私はしばらく立ちすくむ。気をつけの姿勢のまま、ネズミかモグラか何かの音に耳を澄まし、ふいごのなかを流れる空気みたいな心臓の鼓動一つ一つを意識し、顔がほてって赤くなるのを感じている。もしかすると、体重が大きく減った——疲れがたまっている——せいかもしれないが、それでも私には感じられる。一つ一つの鼓動を、過ぎゆく一秒一秒を。

通路の端にまとまっているドアは全部で三つ。私の前方左側に二つ、右側に一つ。私は首を振って、指で両まぶたを押さえる。ドア三つ、三部屋。ドアと部屋。いまの私がやるべきことは、上でやったのと同じく、一部屋ずつ順に調べ、一部屋ずつ確認し、考慮の対象から除外することだ。

ドアには案内表示すらつけられている。右側すぐ近くのドアには、真っ赤なスプレー塗料で大きく〝雑貨屋〟と書いてある。反対側の近いほうのドアには、同じ色の塗料で〝女性〟と書いてある。その奥のドアには〝男性〟と書いてあるはずが、文字はなく、鮮やかな青いペンキで男性器の絵が落書きしてあるだけ。幼稚。センスが悪い。彼らの印象とそぐわない。コルテスはこのちゃちな傑作を見て笑ったんだろうと推測するが、彼がその部屋にはいったようには見えない——〝雑貨屋〟と書かれたドアが半開きになっている。そこをのぞいて「マルコ」と声をかける。返事がないので、一瞬、部屋にはいったコルテスが不意を襲われて喉を掻き切られ、真っ赤な血を流して床に倒れ、身をよじって苦しみながら、無残な傷から血がどくどくほとばしる——という絵がまざまざと思い浮かぶ。「ポーロ」遠くから不明瞭な彼の声が聞こえる。私はほっと息を吐く。

私は首を振る。連中はどこだ？　ドアのどれかが別の通路、別の出口につながっているのかもしれない。さらに下におりる階段があるのかもしれない。ここへおりてきた連中は、溶けて一面の埃か影に姿を変え、消えたのかもしれない。

〝女性〟と書かれたドアはロックされている。取っ手を握って、かたかた鳴らす。寝室？　女性用の寝棚？

両方の手のひらで押してみると、薄っぺらい材質でできている。マツ材か合板だろう。蹴飛ばせば破れそうだ。大きく息を吸って、ドアを蹴る用意をする。決意と実行とのあいだで宙ぶらりんになったとき、別の思い出が押し寄せる。母だ。殺害される二年くらい前、母は私にすばらしい話を聞かせてくれた。あなたの人生は、神があなたのために作ってくれた家なのよ、そして神は、どの部屋に何があるか知っておられるけれど、あなたは知らない――それぞれのドアの奥に、発見されるのを待っているものがある。宝物でいっぱいの部屋もあれば、がらくただらけの部屋もあるけど、どの部屋もすべて、神のご意志によるものなの――あれから十数年たった今、人生は、連綿と続く床の揚げ《トラップ》蓋《ドア》といったほうが正確ではないかと思ってしまう。その蓋を抜けて、真っ逆さまに穴を転げ落ちる。そしてまた次の穴へ。

私は、昔ながらの警察官のように銃を胸の高さに持ちあげて、″女性″と書かれたドアを蹴とばす。割れ目ができて、壁ぎわにひびがはいる。二度めの蹴りで、破片が肩に飛んでくる。壁にできた裂け目からライトが照らしだした室内は、死体だらけだ。

時間がかかる。全体像をつかむまで、しばらくかかる。真っ暗な部屋をヘッドランプ一個だけで調べるのだから、箱からパズルのピースを一個一個取りだすみたいに、全体のごく一部しか手にはいらない。首をまわすと、突然男の顔が浮かびあがる。むさくるしい顎鬚、弛緩《しかん》した表情、まっすぐ前を見つめる目。また首をまわすと光も動いて、ワイシャツの袖をめくりあげた片腕、丸まった指、少し離れたところに〈フリントストーン〉のプラスチックカップが転がっている。

私のライトは室内を動きながら、一つずつ照らしていく。部屋の中央に小さな四角いカードテーブルがあって、カップと受け皿が置いてある。お茶の時間みたいに、テーブルのまわりの椅子に死んだ人たちが座っている。角刈りのみにくい面長の男は、市内横断バスで眠りこけているみたいに、顔を上向けている。右手をだらりとぶらさげ、テーブルに置いた左手は、となりに座っている女と手をつないでいる。では、これがティックで、彼と手をつないでいる女がバレンタインか——アフリカ系アメリカ人、真っ黒な肌、長い腕。前のめりになり、片頬はテーブルにぴたりとはりつき、口の端から、液体がクモの巣のように糸を引いている。あと二人がテーブルにつき、全員がコップを手にしている。お茶を飲む四人。

ティックの向かいはデライテッド、目鼻立ちの整ったハンサムな若い男。うしろにもたれ、だらりと首を垂らしている。ジーンが言っていたマントをはおっている。私はしゃがんで、テーブルの下で彼のトレードマークの真っ青なスニーカーを見つける。デライテッドの横に、大きな顔と丸い頬をした巻き毛の女の子——たぶんセイラー、元アリス——少しだけデライテッドに背を向けている。彼に腹をたてたか、彼に何か言われてまごついたみたいに。

私は、ライトでセイラーのコップの中身を照らす。紅茶のようだ。くんくん嗅ぐが、においはない。どんなものにも触らないようにする。ここは犯罪現場だ。

部屋の中央から遠ざかるように歩いていくと、また死体がある——もっとたくさん。だが、なんとか持ちこたえて、支障なくやっている。検眼士みたいに、各人の目にヘッドランプをあてて、拡大した瞳孔を確認する。

手首を持ちあげ、脈を取り、胸元で耳を澄ます。どこにも生きている兆候はない。ここは蠟人形の館だ。

ドアの近くで男が椅子に座り、鬚を生やした顎を大きく厚い胸板にのせている。リトルマン。あれだな? 面白いのよ、じつはどでかかったから。ハハハ。もう一つ死体。これまで話に出なかった男。裸の上半身は筋肉質で、片方の頬に傷跡があり、サーファー風の金髪。その横、テーブルの下から、女性の素足一組が突きだしている。ほっそりした足首の上に重ねたほっそりした足首。なぜだか、これは、セイラーの足だと思ってしまう。それとも全然別のだれかか、四人の女のうちの一人——私の計算が正しければ、アトリー・ミラーが数えたとおり女八人男六人のうちの女四人——私の知らないコードネームの四人のだれかだろう。その女がだれであっても、彼女は自分のサーモスから飲んだ。そのサーモスは、蓋をはずされたまま彼女の膝に置かれている。そのなかをヘッドランプで照らすと、少しだけ残った黒い液体がかすかに見える。

テーブルに戻る。デライテッドになかば背を向けている女の子、その顔を見たことがある。私は会ったことがある。ニコの友だち。ヘリコプターを操縦していた子。

もう一度それを、毒を見る。コップとグラスとサーモスに光をあて、中身が何にしろ、全員が同じものを飲んだことを確認する。何を飲んだのか、私が知ることはない。そんな時代は、完全に終わった。〝鑑識へ送っといてくれ！〟身体に悪いものだった。全員がそれを飲んで死んだ。

書き置きまである。コンクリートの壁に、〝こんなクソは飽き飽きだ〟の黒と緑の落書き文字。

もっと死体が出てきた。眠る猫みたいに丸くなった女の子、その横に金髪のドレッドヘアの女、両腕両脚をありえない方向に広げている。中年にさしかかった年頃の女が、ヨガをしているみたいに壁ぎわで腕と脚を組んでいる。可笑しいのは、自殺者でいっぱいのこの部屋でニコが見つかるんじゃないかと思っていることだ。すでに見つけたにもかかわらず。私が森であの子を見つけたのに。あの子は死んだ。

最後の死体は、奥の隅の床に、顔を下にして横たわっている。ほかよりも一世代上の男。豊かな黒い髪。

暗褐色の目。折りたたみ椅子から滑り落ちたときに顔をコンクリートに打ちつけて、眼鏡の片方のレンズが割れた。私は身をかがめて、ライトをじかに彼の目にあてる。アストロノートだ。口をあけ、舌を突きだし、両目を見ひらいてドアを見つめている。

噂に聞いている例のベルトに手を伸ばすものの、身につけていないので、手と膝をついてしばらく這いまわり、それをさがす。すると、私の手が男の、アストロノートの冷たく生気のない手の肉にあたる。私はふらふらと身体を起こして、ドアへと走る。なぜなら、ここは犯罪現場だから。こんなときにかぎってセイラーかだれかの伸ばした足につまずき、通路に出るやいなや、腰を曲げて床に嘔吐《おうと》する。胃には何もない。コーヒー色の胃液が黒く糸を引き、ヘッドランプの光のなか、足元に溜まっていく。

背筋を伸ばして、シャツの袖で顔をこすってから、とっくりと考える。あの部屋の死者は、女性六人——バレンタインとセイラーほか四人——と男性五人、ティック、アストロノート、リトルマン、デライテッド、サーファーヘアの男。

ニコは、これから逃げだしたのだ。ジーンの顔に現われた原始的な反感の源《みなもと》は、この第二計画だったのだ。

これの初めから、２０１１ＧＶ[1]が初めて登場したときから、大量自殺、集団自殺は風景の一部となってきた。霊的巡礼者たち。絶望した探究者たち。最近ではこんな噂がある。ニューヨークのシティ・フィールドで五万人がいっせいに死んだ。ペルー先住民の一部族が、空を飛んでくる恐ろしい神への一種の生贄《いけにえ》の意味をこめて、砂漠に首まで埋められた。そうした噂は事実でないかもしれない。事実でないと思いたい。あるグループがダラス郊外の貯水池で入水自殺したあと、遺体が数週間水面に浮いたままとなり、そのためにテキサス北東部の断水が早まった。ニューオーリンズで定休日なしで二十四時間営業していた〝ラストコール〟パーティ船会社が、シャンパンとキャビアに加えて、乗客全員がすっかり酔っぱらったころに船体に穴をあけられる量のダイナマイトを積んでポンチャトレーン湖へ次々と船を出航させた、などの話が流布《るふ》している。

そしてここ、ロータリー警察署の地下室のこのむなしさ。地球を救う計画は無に帰し、その第二計画がこれだ。ある狂気に陶酔し、それがだめなら別の狂気に逃げる。最後まで耐え抜こうと主張するものはだれもいない——全員で乾杯、〝こんなクソは飽き飽きだ〟、地下の墓穴で全員が死ぬ。ニコ・パレスを除いて——私は暗がりに立って、胃が落ち着くのを待っている。何も見ていない。黒い通路に浮かぶドアの黒い輪郭を見つめながら、妹のことを考えている——ニコ・パレスは、ありがとう、でもやめておく、と言う。ニコは〝あたしは納得できない〟と言う。状況が状況だからとは思わない。十四歳で酒を飲み、我らの父親はママの死を嘆いて首を吊った意気地なし、〝役立たずの臆病もの〟だと言い放ったニコ、乾杯と死の詰まったサーモスを飲み干すのを拒んだニコ。あの子は第二計画を拒絶して、任務を完遂し地球を救うための最後の一《いち》縷《る》の望みにかけ、スナック菓子を詰めたリュックサックを肩にかけて出発する。

そしてニコを止めるために、楽な手段を取ろう、一瞬で終わらせようと説得するために、ジーンがニコのあとを追う。〝なんの意味もないのになんで行くの〟と問いかける。〝なんの意味もないし、独りぼっちになってしまうのにどうして行くの、みんなで一緒にいられるのに?〟

ジーンがニコにそう話しているときに、何者かが地下の隠れ家から現われる。ホラー映画の最後に墓場から突きでる手みたいに、地面からぬっと出てくる。そのだれかが二人を追いかけ捕まえる。彼女たちが計画から逃げようとしていると思いこみ、二人に参加すべきだと圧力をかける。

　何者だ。アストロノートか。そんな時間があったのか。通路で彼とニコが話していたのが四時半だとしよう。地下の準備はまだ終わっていない。彼に有利なほうに考えるとして、その後急ピッチで進め、四時四十五分には終わった。そしてアストロノートは階段を駆けあがり、ニコとジーンをさがし、追いかけて順に殺してから、また階段をおり、穴は五時半に封印される。

　私は肩ごしに、死体の山ができている部屋をちらりと振り返る。また、あそこにはいろう。必ず。数秒後に。アストロノートのシナリオが時間的に無理なら、それはつまり、この部屋で死んだものは除外される。となると残るは六人めの男。地下におりたのは女八人男六人だった。八人からニコとジーンを引くと、女性室の女六人の死体と数は合う。だが、六人の男からだれを引けば、五人の死体になるのか？

ジョーダンか？　ジョーダンはこの部屋にはいない
――ジョーダンは毒で死んでいない――ジョーダンは
どこにいる？

　けれども、別の疑問、じつは最も重要な疑問、積乱雲のようにひときわ大きな姿を現わした疑問は、動機――理由――だ。そんなことをしてなんの意味がある？　殺人犯がだれにしろ、どうしてそんなことをする？　こんな押し迫ったときになって、ニコがああいうふうに森で血を流し、苦しんで死ぬことがなんの役に立つ？　自殺サークルを逃げだした女たちをさがして連れ戻し、死なせることで、いったいどんな欲求を満たせるというのか？　ドアを背にして立ちすくむ私の頭のなかで〝なぜだ〟という言葉が大聖堂のテナーベルのように鳴り響き、私をまた部屋にはいらせて、もっと証拠を集めさせようとする。

　火薬とスコッチテープを使えば、死体の指紋を採取できる。そのあと、ナイフをさがしだして指紋を取れ

ば、そのナイフを最後につかんだのがアストロノート
だと立証できる、または彼を除外できる。
私は近づいている。手に入れたも同然だ。情報が
次々と集まっている。あとは、それらを選別し、吟味《ぎんみ》
し、よくよく考え抜き、つなぎ合わせるだけだ。星座
になれそうなのに、完全には形をなしていない、かな
たの空でまたたく星々。
「ヘンリー！」
コルテスのうわずった声が鋭く響く。死体を見つけ
たのだ。彼はほかの部屋、人体の一部を落書きしたド
アのなかにいるにちがいない。何か見つけた。
「何も触るなよ」私は叫んで、ドアまで壁を手さぐり
する。「犯罪現場だぞ」
「犯罪現場だと？　ヘンリー、なに言ってるんだ、早
く来い」
声は三つめの部屋から聞こえてくる。〝雑貨屋〟と
記された部屋。私は通路に出て、ライトの延びる先を
目で追い、ひらいたドアから突きだされた彼の顔を見
つける。
「こっちだ」彼が叫ぶ。「おい、刑事さん。これを見
ろ」

5

コルテスは両手をこすりあわせながら、天井まで積みあげられた包装された木箱に囲まれて、部屋の中央に立っている。「いいぞ、あんた」コルテスが言う。躁状態。ラリっている。「いいぞ、いいぞ、いいぞ」

「コルテス？」

「やった、やった、やった」

彼に向けていたライトを周囲に動かすと、ここでも同じくぼんやりした地下室の輪郭が見える。埃っぽい灰色の壁、ひびのはいったコンクリートの床。木箱のまわりに、とりとめのないガラクタの山ができている。側面がふくらんだ段ボール箱。キャンプ用ランタンと台所マッチでぎっしりの青いプラスチックの大箱。奥に、ふくらんだコートや長袖長ズボンの下着やスキー帽など衣類のラック。解体されたロボットみたいに積み重ねた、半分の高さのスチール製ファイルキャビネット二つ。

コルテスはそれらのど真ん中で、征服者《コンキスタドール》みたいに木箱に片足をかけ、得意満面で、期待ではちきれんばかりに目を見ひらいている。ライトを向けなおすと、彼自身が光っているみたいに見える。私が前に感じた、かろうじて抑えられた激しさがもはや抑えられておらず、光線となって彼から放たれている。

「な？」彼は言う。

私は焦っている。訳がわからない。さっきの部屋に戻って、遺体を調べたい。

「コルテス、何が？」

「何がってなんだよ？　あんたはどう思う？」

「何をだ？」

「全部だ」

「何の全部？」

彼は笑う。「全部の全部だよ！」

この地下の暗闇のなか、突如として私たちはアボットとコステロのお笑いコンビとなる。私の気持ちはここにない。あの武器はどこだ？　例の鋸歯のバックナイフは。ひょっとして、殺人犯が森に投げ捨てたから、地下室のどこにも見あたらないのではないかと思いつき、身の毛がよだつ。しかし、ここでもまた理由だ。つねに理由――自殺しようとしているときに、ナイフを捨てる理由――燃えて灰になる森に凶器を隠す理由。私の頭は、事実と憶測でぐるぐるまわっているのに、コルテスは私の腕をつかんで、ある木箱へ引っぱっていく。こっちを向いてからしゃがみ、蓋をはずし、音をたててそれを下へ落としてから、芝居がかって一歩さがる。

ヘッドランプで木箱のなかを照らす。マカロニチーズでぎっしりだ。その箱が数十個。ノーブランド、というかブランド名すらない。ただ〈マカロニチーズ〉とスタンプが押してあるだけの厚紙の箱。

私のうしろでコルテスが待っている。荒々しく息をしながら、両手で髪の毛をかきあげている。私は二、三箱引きだして、マカロニチーズの下に何かあるんじゃないかと期待して箱をひっくり返す――金の延べ棒、銃、精製したウランの塊、いまの私をうならせるものならなんでも。ところが、何もない。木箱のなかはパスタばかり。取りだせるかぎり奥まで、未調理のパスタがはいった鮮やかなオレンジ色の箱。

「コルテス――」私が言いかけると、彼が両腕を振って「待て！」とテレビで宣伝する男みたいにわめく。

「まだまだ、もっとある！」

彼は、次々と木箱の上部に手をかけて、棺桶の蓋みたいに引きはがすが、どれもこれもみな同じ、無意味なもの――またもやマカロニチーズ、そのあとはスパゲティソース、コストコで売っている巨大サイズのトマトソース。ラビオリ、アップルソース、ホイルに包んだ一口ケーキ……価値のないものばかり、意味のないものがぎっしり詰まった箱しかない。というより、無意味なパロディみたい。世界の終わりに備えて準備しただれかに言うジョークみたい。「だって」にやけそうになる口元を片手で隠しながら、こう言う。「だって、パスタはぜひとも欲しいだろ！」

　ところがコルテスは笑っていない。私がどさりと座りこんで、ハレルヤと声をあげるのを待っているかのように、私とインスタント食品の箱とを交互に見ている。

「おれたちは見つけたんだ」ようやく彼が言う。笑顔をいっそう大きくして、目玉をぐるぐるまわす勢いで。

「おれたちが何を見つけたって？」

「備蓄品。大量に。おれたちは食料を見つけたんだよ、刑事さん。武器も。テーザー銃とヘルメットとトランシーバー。いろんなものを。おまけに、ここには」彼は言うと、向きを変えて別の木箱を蹴飛ばした。「衛星電話が詰まってる。完全充電済み。こいつらが地下に溜めこんでいるのはわかってたんだ」

　私は唖然として彼を見つめる。これは、彼だけの病気なのだ。診断されてはいないものの、コルテス特有の小惑星病なのだ。テーザー銃？　ヘルメット？　ヘルメットをかぶって地下室でうずくまって文明の消失を切り抜けろというのか？　雷雨みたいに？　衛星電話でだれと話すつもりだ？　なのに、そのあとも彼は、ミネラルウォーターの木箱の蓋をはがして「ジャーン！」とわめく。ツタンカーメン王を発掘したみたいに。

「五ガロン入り」彼はそう言って、薄いプラスチックの取っ手をつかんで一つ引きだす。「この木箱に二十四本、水だけはいった木箱が五つ、今のところ。理想的には人間は一日三ガロン必要だが、実際には一・五あれば生きられる」彼の目はヘッドランプの光を反射してせわしなく動き、計算中のコンピューターみたいに明滅する。「二ガロンにしようぜ」

「コルテス」

彼は聞いていない。彼は終わった――あっちへ行ってしまった。手すりを飛び越えた。「で、おれたちがこいつらなら、おれたちが十四人いるなら――十四人と言ってたよな?」

「十四人いた」私は言う。「みんな死んでる」

「知ってる」彼は無造作に答えて、計算に戻る。「十四人なら、たぶん一月だな。だけど、おれたちは二人、痩せっぽちの雑魚《ざこ》二人だけだから……」

「みんな死んだとなんで知ってる?」

「待てよ、待て」彼は壁ぎわの段ボール箱を引き寄せて、なかに飛びこみそうな勢いで中身を調べる。「つまり、浄水剤は少なくとも十二ダースあるから、水がなくなったら、外に出て、小川へ行けばいい。小川があったよな?」


ある。ジーンを追って、とにかくジーンが目指すところへ行きたい一心で、水を跳ね散らかしながらそこを渡ったのを覚えている。走っていった先でニコの遺体を見ることになるだろうとおぼろげに感じながらも、まだわかっていなかった。コルテスを見つめているうちに、戸惑いは怒りへと溶けていく。ここに水がどれだけあろうが知ったこっちゃない――それ以外のものも、箱の山やふくらんだ黒いゴミ袋の中身もどうでもいい。

「あんたが今どう思ってるかはわかってる」だしぬけに言って、夢中になっていたものから目を離し、大きく一歩私に近づいて、ヘッドランプで私の目を照らす。「あんたのことは知ってるからな。あんたに価値がわからないのは、見方がわからないからさ。けど、おれにはこの部屋が未来に見える。生きる未来。外がどうなるかわからないが、毎日を賢明に過ごせば、それが数カ月になり、数カ月が数年になるだろうよ」

「コルテス、待ってくれ」私は考えをまとめようとして、片手でライトをさえぎる。「彼らが死んでるとどうしてわかった?」

「彼らって?」

「あの——連中だよ、コルテス、あの——」

「ああ、そういうことか。チンコとタマが描いてある部屋で一人見つけた。何かのコップを持って椅子に座ってた。どこかに両足をのせてぐったりして。目はどんより」彼がすばやく遺体の真似をして、目の焦点をずらし、舌を垂らす。

「つまり——」

「そしたら、あんたが通路で吐く音がしたんで、残りを見つけたなと思った」

「コルテス、待て——きみが見つけた男——」

「缶切り!」彼は袋に手を突っこんで、ぐいと取りだす。彼の声はどんどん大きくなり、甲高く騒々しい。

「大あたり! この困難な現代で、本当に必要なのは、親愛なる刑事さんよ、かわいい缶切りだぞ」彼がそれを私に向かってぽんと投げるので、私は反射的に両手でキャッチする。「おれたちはこのために来たんだ」

「ちがう」暗がりのなかで、彼と視線を合わせようとする。なんとかして彼を落ち着かせたい、彼に話を聞いてもらいたい。「妹をさがしに来たんだ」

「彼女は死んだ。だろ?」

「そうだ、でもあの子は——妹は——おれたちは終わっていない。だって、あの子を助けにここに来たんだから」

「あ、ん、た、は、な」

私は缶切りを落とす。

「なんだと?」

「もう、刑事さんたら」彼は言う。「お子ちゃまなんだね」

コルテス——私の用心棒——がマッチを擦って、煙草に火をつける。「マサチューセッツ西部の田舎で、サツの集団にまじって余生を送ることはないとおれにはわかってた。状況が厳しくなったときに、おれみたいな男にとって、住みやすい環境じゃないからな。それに、あんたの虹のはしっこにこういう場所があると思ってた。あんたの妹がヘリコプターで助けにきた話を聞いたとき、へえ、そうか、そいつらはたんまり溜めこんでるんだなって、おれは言った。どっかに、物資でぎっしりの隠れ家があるとな。将来がぎっしり詰まったとこ。ここは期待したほどよくないが、最後にしては悪くない。この世の終わりにしては全然悪くない」

　彼は笑う。おまえにはどうしようもないだろと言うように。笑って手のひらを広げる。過去も現在もずっと変わりない泥棒コルテスの本性を、いつもわかってはいたけれど決して見たくなかった本性を暴露するかのように。私は驚いている。が、なぜ驚く？　愚かしい英雄の旅に出た私には、有能で機敏な相棒が必要だったので、衝突が迫るこの二ヵ月のあいだにいつのまにか、彼は私の道を自分の道としたのだと決めつけた――よく考えもせずに結論を出し、疑問を棚あげした。確かに、人が何かをするときには必ず理由がある。警察仕事で第一の教訓。人生で第一の教訓。

　人の見かけなど、跳ねかえるときを待つバネ仕掛けの罠であることくらい、そろそろわかりそうなものなのに。

「妹のことは気の毒だった」彼は言う。心からそう思っているのが伝わってくる。だが、続きがある。「でもなヘンリー、世界はもうすぐ死ぬんだ。それは謎でもなんでもない。おれたちが答えを出した。小惑星のせいだ。で、こいつらは、次の段階をすっ飛ばすことにした、だからおれたちが交替する。賃貸契約《リース》を引き継ぐんだ」

　この会話は耐えがたい。ここから出たい。さっきの遺体に戻らなければならない、もう一つあるという遺体を見にいかなければならない、仕事に戻らなければならない。

「コルテス、きみが見た男、どんな見かけだった?」

口から煙草をぶらさげたまま前に進みでるものの、彼は答えない。

「コルテス? その男はどんな見かけをしていたんだ?」

彼が私のシャツの前をぐいとつかみ、コンクリートの壁に叩きつける。「よく聞け。これから、おれたちはこの部屋に閉じこもる」

「いや。だめだ、コルテス、それはできない」

彼は甘くささやくように言う。「おれたちはここに閉じこもる。六カ月間はコルクをあけないで待つ。そのあと、どうしても必要なら水を汲みにいくが、それ以外は、スパゲティソースがなくなるまで、この新しいパラダイスでのんびり暮らす」

「衝突の衝撃でやられるさ」

「万が一ということもある」

「むりだ」

「だれかは生き残る」

「でも私はいやだ——そんなことしたくない。できない」

これは解決できる事件だ。解ける謎だ。私はなんとしてもそれを解く。

「いや、できる。将来が約束された部屋なんだぞ、ヘンリー。一緒に過ごそう。これからの日々がほしいのか、ほしくないのか?」

「コルテス、わかってくれ」私は訴える。「遺体があるんだ。スコッチテープと火薬で指紋が取れる」——すると、彼は悲しそうな顔になる。最後の瞬間、彼はテーザー銃を一挺取って、尻のポケットにそれを押しこんでから、私のほうに腕をぐいと動かす。そのとき私に高温の熱が撃ちこまれ、私はショックで身体をがくがくさせて地面に倒れる。

第6部

第二計画

10月２日火曜日

赤経	16 47 47.9
赤緯	−75 18 19
離隔	80.4
距離	0.034 AU

1

「マスキンガム川流域の水を飲んではいけない」

どうした――

「マスキンガム川流域の水を飲んではいけない」

ああ、そんな――

「マスキンガム川流域の水を飲んではいけない」

なんてことだ。

　コルテス、頼むからこんなことはやめろ。やめてくれ。かなりのことはわかった――でも、足りない。あと少しなのに、まだ届かない。

　ところが、彼は手をくだした。彼にやられた。もう戻れない。私は留置室にいる。悪人側、鉄格子の奥、リリーの薄いマットレスの上に。一メートル横に置かれたロータリー警察署のごつい作りの防災無線コンソールは、マスキンガム川流域の水は有害であると限りなく繰り返している。私が人事不省で、頭のなかのぶんぶんいう音を聞きながら寝転がっているあいだに、コルテスがやったにちがいない。親切にも防災無線コンソールをここまで引きずってきたうえ、食料も置いてあった。例の大量のMREと、ミネラルウォーターの大瓶四本。首をまわして目にはいったのは、留置室の奥の壁沿いにきちんと積まれた飲食物だ。

　薄いマットレスの上で腰を曲げ、腹ばいになってから、身体を起こして四つ這いになる。これなら行けそうだ。前進を妨げられた。それにはちがいないが、解決策はあるはずだ。出口はあるはずだ。きっとある。

　それを見つければ、なんとかなる。

　無線ががなりたてる。「マスキンガム川流域の水を飲んではいけない」避難場所や救護室、乗降地点、州民同士で助けあおうなどの録音は省かれていた。水の注意だけが、延々と流れている。

室内に日光が差しているから、いまは昼間だ。カシオは十二時四十五分と示しているから、昼の十二時四十五分だが、何日の？

指先で目をこすって、歯を食いしばる。完全に意識を失っていたとは、なんとなく思えない。その可能性はある。テーザー銃で撃たれてショックと痛みを感じた瞬間、腹部に半アンペアの電流が流れて、腕と脚が麻痺《まひ》して震え、床に倒れた。私を襲った男、私の友人は、私の身体をシートでくるんだ。そのときかすかに意識があったが、脳は一時的に混乱していた。抵抗したかもしれない。抗議の言葉をうなるか何かしようとしたかもしれない——が、いつのまにかそれができなくなって、階段を引きあげられ、階段の入口から出たのを感じた。そのあとのことは記憶にない。


灰色の小さな留置室の埃を吸いこむ。もちろん私はここを出ていく。今は閉じこめられているが、ここで死ぬつもりはない。この不利な状況は、あらゆる不利な状況と同じく、状況そのものが解決法を見つけるだろう。

またカシオを確かめると、十二時四十五分のままだ。壊れている。時間がわからなくなった。マイアは恐ろしい速度で接近しているというのに、私は閉じこめられている。肺の奥からパニックの熱い泡がこみあげてきたので、ひどく苦労してそれを飲みこみ、何度か深呼吸をする。新しいクモの巣が、寝台の脚と床の隅とのあいだにできていた。ジーンのために部屋を用意するときにはがした巣のあとに。あのとき、彼女の名前はリリーだった。リリー——タペストリー——眠る少女。

彼女はここにいない。ジーンはどこへ行ったのか。コルテスは地下にいる。私は地上にいる。女性用の部屋にたくさんの死体、男性用の部屋に一つの死体。ニコはいない。犬は農場。何時なのか——何日なのかわからない。

ベッドからよろよろと起きあがろうとして、右足で床にあった何かを蹴飛ばし、それが倒れてうつろな音を響かせる。おんぼろコーヒー製造器用ポットだ。全部ここにある。ポットと鉛筆削りを転用した豆挽きと温熱器と、だんだん減ってきた豆のほぼ半量。コルテスは私を裏切り、私を襲い、ここへ引きずりあげ、私と私の意志を追放し、食料と水とコーヒーと豆と一緒に留置室に片づけた。彼は両手をこすりあわせながら下へおりていって、宝物のあいだを軽やかに歩く。品物の山に居座るドラゴン。

身体を半分起こしてコーヒー豆を見つめる。ここで終わりを迎えるのかと思ったから現実となったのか。そう思わなかったといえるか？　思い出せないが、そう思ったような気がする。かわいそうな病めるジーンを見つめながら、同じ場所で気分がすぐれず衰えてゆく自分、かわいそうな病める自分を想像したことがあったように思う。すべては輪のようなものだ。時間は、曲げて折りたたんだ布切れ、自分の尾を食べる輪。

私はもう一度立ちあがろうとする——うまく——立ちあがる——ドアをあけようとしたが、錠がかかっている。

〝ニコ、おれは——おれは手を尽くしてる。努力してる。わかってくれ。力の限りやってるんだ〟

両手で顔を触る。頬はざらついている。今の顔、草ぼうぼうの庭みたいにむさくるしく雑然とした顔が大嫌いだ。私は間違っているのかもしれない。時間はたっぷり残っているのかもしれない。途中でわからなくなってしまった。私はここでやつれていくのか。隅で小便するのか。腹がどんどん減っていくのか。時間を数えるのか。箱のなかの男。

留置室の反対側の壁にそれが見える。ドアのすぐ内側の、キーリングが掛かっていたフック。

　これは、死よりもひどい死に方だ。片田舎の留置室で生き埋めになるなんて。多くのことがわかったが、まだ足りない――私の手には、小石みたいな黒く丸いストーリーがある。その石を転がしつづけて、雪玉みたいに大きくしていく必要がある。それを成長させる必要がある。いま何時だろう、何日だろう――ひょっとすると、いまにも起きるかもしれない。いますぐ。ドーンという音、空がまばゆく光って、地鳴りがし、そのあとすべてがやってくる。混乱と炎に襲われ、犯罪現場は焼けてなくなり、警察署は崩れ落ちて、私は死に、起きた事実をだれも永遠に知ることはない。

　私は、喉が張り裂けんばかりの大声をあげて、鉄格子に飛びついて握りしめ、揺さぶりながら叫びつづける。それを手のひらで何度も叩く、叩く、叩く。なんとしても下へおりたいから、知りたいから、見たいから。

　すると、通路のほうから足音が近づいてくる。私は大声を出して、鉄格子をばんばん叩く。

「コルテスか？　コルテス！」

「コルテスってだれだよ？」

「えっ？」

　留置室のうしろの壁が破裂して、ちりと埃が雨のように降ってくる。そのあと、粉塵がゆっくりと晴れていき、鉄格子の向こうにジョーダンが現われる。片手に黒いセミオートマチック拳銃を持ち、別の手に留置室のキーを持って、私をにらみつけている。ぎらぎら光る険しい目つき。サングラスなし、しゃれた野球帽なし、にやけた笑顔なし。

「彼女はどこだ？」銃をまっすぐ向けたまま、彼は言う。「ニコはどこにいる？」

　私はじりじりと留置室のうしろにさがる。身を隠せる場所はない。マットレスと便器だけ。

「死んだ」私は告げる。「知ってるくせに」

彼がまた発砲する。熱い弾丸が私のそばを飛んでいき、さっきより頭に近い奥の壁がまた破裂する。ふと気づくと、私は両手で顔を隠し、頭をさげて身を縮めている。まだ終わらない――生きるための、生き永らえるための無言の動物的本能。まだ終わっていない。

ジョーダンはひどいありさまだ。これまで、笑っている彼、うすら笑いを浮かべる彼、横目で見る彼、あざける彼しか見たことがなかった。私にとっての彼はそういう人間だ。横柄な態度を取り、コンコードで秘密を溜めこんでいるチンピラ。今の彼は、年齢による変化を加えた犯罪者のモンタージュ写真みたいだ。若々しい顔は苔が生えたように不精髭で覆われ、片方の耳から盛りあがった頬骨にかけて、深い傷が走っている。右脚のズボンの裾が巻きあげられ、でたらめに巻いた包帯の縁から赤いものと黒いものと膿《う》みが垂れているから、傷は相当化膿しているようだ。悲しみと絶望で打ちひしがれて見える。私と同じ気持ちのように見える。

「彼女はどこだ、ヘンリー？」

「彼女はどこかと私に訊くな」

彼がやったのだ。彼が殺した。火を見るより明らかだ。ジョーダンが私のほうへ歩いてくる。私は彼に向かって歩く。鉄格子は鏡だ。私たちは同じ人間、同時に動く二つの像。

「彼女はどこだ？」

彼が銃を持ちあげて、私の心臓にねらいをつける。このときも私は、生きたい、背を向けて頭を引っこめたいというばかばかしい震えを感じるものの、今度は動かず、踵で床を踏みしめて、彼の怒りに燃える目をにらみつける。「あの子は死んだ」私は告げる。「おまえが殺した」

彼の顔に、見せかけの困惑が浮かぶ。「今来たところだぞ」

彼は銃口を私に向けている。今の私はこう思っている。わかった、いいだろう、私をここで死なせろ、私の脳に弾をぶちこんで終わりにしろ、だがその前に、欠けた部分を知りたい。「おまえはなんであの子の喉を切り裂いた？」

「彼女の――何を？」

「なぜだ？」

私はすばやく腰を落とし、コーヒーポットの上に片膝をついて、ガラスを割る。ジョーダンの銃が私の動きを追い、彼が「じっとしていないと――」と口走ったときには、すでに私はいびつな三角形のガラスを手にして、ぶざまに飛びあがり、鉄格子のあいだに見える彼の腹を刺す。「おい――ちくしょう――」彼は茫然として見おろす。表面を傷つけただけだ。浅い角度でガラスがぶらさがっている。とはいえ、どろりとした血が原油みたいにあふれてくる。彼の別の手にあるキーリングに、私の手がさっとのびるが、その動きはあまりに鈍《のろ》い。彼はキーリングをうしろのドアから通路へ投げ捨てる。

私が「しまった」と言うと、彼は「ばかめ」と言い、片手で腹をぐいとつかんでから、血だらけの手を見る。

「なぜ殺した？」

どうしても知りたい。私の望みは知ることだけだ。いまも流れている防災無線がぼんやりと意識に割りこんでくる。「マスキンガム川流域の水を飲んではいけない」ジョーダンが鉄格子のあいだから私の喉に手を伸ばしてくるが、血でぬるぬるしてつかめない。私は後ろにさがって、彼に唾を吐きかける。「彼女をさがしてるんだ」彼はなおも言う。「彼女をさがしにここへ来た」

私は鉄格子のあいだから長い手を伸ばして彼の脚をつかみ、人差し指を包帯の下にねじこんで、ふくらはぎの傷に指を突っこむ。彼が悲鳴をあげ、私はその指をさらに深く沈める。汚いやり方、悪役レスラーが使う手。ジョーダンは身をよじって離れようとするが、そうはさせない――いまは鉄格子のあいだから両手を伸ばし、片手で彼の太腿を固定して、別の手の指を化膿した傷に突っこんでいる。極悪人さながらの私。彼が悲鳴をあげている。私は答えがほしい。どうしても。「わめくんじゃない」人形劇の舞台の穴に通したかのように伸ばした両腕で鉄格子ごしにしっかりと彼をつかんだまま、私は命じる。「話せ。言うんだ」

「何を?」あまりの痛みに言葉がつかえる。「何を?」

「本当のことを」

「本当のこと?」ジョーダンが息を切らしてあえぐ。私は手の力をほんの少しゆるめて、一瞬ほっとさせてやる。失神されると困る。大切なのは情報だ。どうしても知りたい。彼は傷の部分をわしづかみにして、ひどくつらそうに息をつく。二人とも、埃だらけの地べたに座りこんでいる。私は知っていることを話してやり、共通理解という橋をかける。ファーリーとレナード共著『犯罪捜査』第十四章。

「おまえはコンコードで恋人を見捨てた。おまえとアビゲイルはそこにいるはずだったのに、おまえはそこを出た。大切な日、衝突の一週間前に確実にここにいるためだ。グループ全員が地下に潜ることになっていた日。その日をどうやって知った?」

「おれは何も知らん。言っただろ」

「嘘つき。人殺し。おまえは、二十六日水曜日の五時にここへ来た。その日、彼らが地下へおりることを、ニコが出ていくことを知っていたからだ。おまえがあの子に言ったのかもな――外に出てこい、警察署の外で会おうと言ったのかもな。そして、あの子はそこへ行った。リュックサックを背負って。おまえに会うのを楽しみにして」

傷口に指を突っこんでねじると、彼が身をよじって離れようとする。けれども彼の脚をしっかり抱えこみ、鉄格子に引き寄せて離さない。

「だが、予想外の女の子がやってきて迷惑だっただろうな?」

「予想外の女の子?」

「だから、その子を先に殺さないといけなくなった。手早く気絶させて喉を切り裂いてから、ニコを追いかけ――」

「いったいなんのことだ――ちがう――おれは彼女を助けに来たんだ」

「彼女を助ける? あの子を助けに?」

今の私は脚の傷に指をねじこむだけでなく、できるかぎり苦しませようとしている。どれだけ時間が残っているかは知らないが、こんなありえない形でからみあったまま、ここで死んでもかまうもんか。彼が本当のことを話すか、二人とも死ぬかだ。

「おまえはあの子の喉を掻き切って、別の子の喉を掻き切って、で二人を放置した。なぜだ、ジョーダン? なんであんなことをした?」

「そうなのか? 彼女はそんな目に遭ったのか?」

そのあと彼は上半身をうしろに倒して、どさりと横になる。私は気にせずに続ける。彼が認める言葉を聞かなくてはならない。それを聞かずには死ねない。私もニコも。

「なんであの子を殺した? 地球を救うといういかれた計画に、妹の殺しがどうあてはまるんだ?」

長い沈黙が続く。「マスキンガム川流域の水を飲んではいけない」無線が何度も何度も繰り返されている。

ジョーダンが笑いはじめた。白目をむいて、冷めた不気味な笑い声をあげる。喉の奥でくっくっと笑う。

「なんだ?」

返事はない。感情のない乾いた笑い声。

「何が可笑しい?」

「計画。何が計画だ。計画なんてない。おれたちがでっちあげた。現実には存在しない。全部おれたちが作りあげた芝居だ」

2

だいたいいつも、事態は見かけどおりである。人は人生の不快な部分または退屈な部分を絶えず見ている。それ以上のことが水面下で進んでいるのを、もっと深い意味がいずれ暴かれるのを半ば無意識に期待しながら。私たちは救いを待っている。衝撃的な真実の暴露を待っている。けれども、だいたいいつも、事態はありのままの姿だ。だいたいいつも、土に埋もれた光る原石などない。

巨大小惑星が飛んできて、私たち全員を殺す。それは動かせない事実、冷酷で厳しく、これ以上単純化できない事実、変更も抹消もできない事実だ。

私はずっと正しかった。事実は事実――ニコに何度も説明し、ニコを取り戻すため、または反論するために用いてきた単純で残酷な事実――だという、想像力に欠けて不愉快でつまらない私の主張は正しかった。つねに私は正しく、つねにニコは間違っていた。

ジョーダンが全部話してくれる。あらいざらい話してくれる。小惑星進路変更地下計画の内部情報をつまびらかにし、私がどう正しくてニコがどう間違っていたかの込みいった細部まで説明してくれるが、私の正しさが証明されてもなんの喜びも感じない。その反対だ。喜びと正反対の陰鬱で苦い思い。すでに死んだ人間に〝だから言っただろ〟と言って何になる。誤った判断をくだしたせいで祭壇で生贄にされた妹に〝間違っていたのはおまえだった〟と言って何になる。思い返せば、そんなことを言わなければよかった、ほっといてやればよかった、今となってはたった一人の家族である兄が信じてくれたと、半秒でも思わせて喜ばせてやればよかった。兄は信じてくれたと。

計画——スタンドオフ・バースト、マイアの地球衝突コースの原子爆弾精密調整変更——は成功しないというだけではなかった。計画そのものが存在しなかった。考案者である不良科学者のハンス＝マイケル・パリーも存在しなかった。彼ら全員が、ただのおめでたい連中だった。アストロノート、ティック、バレンタイン、セイラー、タペストリー——イシスも。おめでたいお人好し。そんな彼らがこの警察署で身を寄せ、存在しもしない男の到着を待っていた。

あの子が死んだ今、もうどうでもいい。彼らは、存在しないもののためにはるばるやってきた。そして、あの子は死んでしまった。

私たちは外の、旗ざおのあいだにいる。涼しくてさわやかに晴れた、気持ちのいい午後だ。オハイオ州に来て初めての天気のいい日。ジョーダンが一切合財打ち明ける。それを聞きながら、顔を両手でわしづかみにした私の指のあいだから涙がこぼれ落ちる。

アストロノートは本名をアンソニー・ウェイン・デカロという。科学教育を受けたことがなく、天体物理学の素養はなく、いかなる軍に入隊したこともない。かつて、いや現在も彼は銀行強盗であり、規制薬物の小売り商兼製造者であり、詐欺師である。十九歳のとき、コロラド州オーロラ市にあるバンク・オブ・アメリカの支店で強盗しようとした兄のために、逃走用のSUV一台を盗んだ罪で、十年の禁固刑をくらい、四年三カ月後に仮釈放された。その半年後、アリゾナ州の賃貸アパートメントを改装して、デザイナードラッグの製造販売を行なって逮捕された。五年の刑だったが、まじめな態度を評価されて二年で出所した。そのほかにも、いろいろある。四十歳のとき、つまり一昨年には、多様な違法薬物の高度な製造技術を持つ、ハンサムで言葉巧みな悪人として、法執行機関の管轄区域にあまねく名が知れ渡っていた。あげくについた別名が〝大薬剤師《ビッグ・ファーマ》〟だ。彼はその名を自慢していたという。

本来ならもっと長い期間、数年間は刑務所にはいっているはずだった。ところが彼には、取り巻きを集めて、その連中に汚れ仕事をやらせるという特殊な才能があった――彼が自分でやるはずだった運んだり売ったりする仕事を、自分より若い男や大勢の若い女にさせた。そして、彼らはしばしば刑務所送りとなった。デカロの分厚い犯罪歴ファイルのどこかに、ある保護観察官が、〝状況がちがっていたら、彼は優れた指導者になっていただろう〟と残念がったという記録が残っている。

そしてなんと、それが現実となった。状況が変わったのだ。小惑星の出現によって、悪党や麻薬密売人の人生は、警察官や保険計理士やアーミッシュの家長となんら変わらなくなってしまった。マイアが地球に衝突する確率が十パーセントになるころ、アンソニー・ウェイン・デカロは、マサチューセッツ州メドフォードにあるアパートメントの地下室に住み、アストロノートとなった。運動を率いるリーダー、複雑な陰謀物語の編み手、人類の救世主。

不安定で被害妄想だらけのデカロのような不満分子にとって、マイアは、祈りに対する答えだった。彼は自分が祈っていたことすら知らなかったが。混乱した反権威主義の一生を放りこむためのバスケット。突如として彼は、ボストンコモン公園の演台に立ち、人を惹きつける声で政府の陰謀をあばき、科学的にあやしい一握りの〝発見〟と尻ポケットに押しこんだ拳銃で街角の説教師となる。やがて、信奉者が続々と集まりだす。空から飛んでくる死のことを考えて茫然自失となり、それに対して何か――なんでもいいから――したいと思っていた若者たちが。

彼らはだまされた。妹はうのみにした。その理由はわからなくもない。理解できなくもない。それ以外の道は、あくせく働いて、説教くさく、小言ばかりの兄がくどくど述べる説明を信じるしかないからだ。もう決まったことだ。希望はない。事実は事実だ。世界のアストロノートたちは、それよりはましな仮説を売りこんだ。はるかに納得しやすい意見を。政府がおれたちを陥《おとしい》れた。金持ちと大御所どもだ、ブラザー、彼らはあんたたちに死んでもらいたがってる。

嘘だ、嘘――全部嘘！

去年の秋の終わりごろ、連邦捜査局《FBI》が、アンソニー・ウェイン・デカロ、別名アストロノートに目をつける。連邦の省庁の大半と同じく、FBIも職員の減少に悩まされている。〝死ぬまでにやりたいことリスト〟のために捜査官が大挙して辞めていった。まだ仕事をしているものたちの昨年の任務は、デカロのような油断ならない人物や、テロリストや異常人格者に加えて、マイアによって活気を取り戻した連中、最後の必死の反政府暴動を大声であおる連中、隠蔽《いんぺい》工作を暴こうとか混乱させようとか声高に叫ぶ連中、とにかく彼らは隠蔽している、政府が小惑星事件をでっちあげた、政府は小惑星に関する事実を隠している、政府が小惑星を作りあげたなど、どんなことでもわめく平凡でまぬけな犯罪者の監視が大半を占めた。

アストロノートとその仲間は、監視の必要な危険グループの上位三十位にもはいっていなかった。ところが、デレク・スキーブという若造がニューハンプシャー州軍基地に侵入したあと、それが変化した。尋問された彼は、危険な任務につけと新妻に強いられたことを認めたのだ。

「やつをそこへ送りこんだのはニコだった、だろ？彼女がやつを生贄として差しだした」そう話すジョーダンの本名はジョーダンではない。「彼女はそうしろと命令されたんだ。アストロノートへの、組織への、組織の目標への忠誠を見せてみろと」

ジョーダンの本名は、ウィリアム・P・ケスラー・

ジュニア捜査官という。私の意識は、新しい情報で急速に埋まっていく。

「デカロは、自分の配下相手に、その手の残酷なゲームをするのが大好きなんだ。グループに入れる追いだすの駆け引きとか、忠誠心を試すとか」ケスラーは続ける。「麻薬の仕事をしているときもその手をよく使った。ごろつきナンバーワンに、ナンバーツーに対して鉈《なた》を振るわせる。そうすれば、ナンバーワンは永遠に自分のものだ。彼は、新しい陰謀グループを作るときに、それと同じ手を使った」

ケスラーはFBI捜査官だ。技術部門の訓練生だったが、あっというまに現場捜査官に昇進したという。ほかの職員が辞めるか姿を消して、あっというまに私が刑事に昇進したように。アストロノート陰謀団は、彼が初めて担当する事件だった――「じつのところ、まだ捜査中だが」旗ざおを見つめたのち、ロータリー警察署の伸びきった芝生に目をやって、彼は言う。


スキーブを十分ほどなだめすかすと、月面基地がどうのと言いだした。そして、ケスラーの班は、彼が捨て駒だったことを知った。その後、アストロノートのある手下グループを捕まえて、首謀者の本当の狙いを突きとめた。核兵器だ。だから、それをくれてやることにした。ケスラーは、安物のレイバンをかけた、うぬぼれて皮肉屋の囮《おとり》捜査官、ジョーダン・ウィリスとしてデビューした。

「深夜、あの野郎の家を訪ねた」ジョーダンことケスラーが話している。「そして、根も葉もない嘘っぱちを話して聞かせる。おれは元海軍士官候補生だ。『ある科学者と彼の計画に関する極秘書類を握ってる。あんたの組織のことを耳にした……おれたちの力になってくれるのはあんたしかいない。あんただけだ!』」

「で、彼はそれを信じたのか?」

「ああ、そうさ」ケスラーは答える。「もちろん。全国にそういうグループが存在すると話した。彼とその仲間に、ある特定の役を割り振った。そしたら大あたり。彼らは動きだす。ありもしない爆弾を追いかけて、おれが調べろと告げたあらゆる場所へ出向く。四方八方、あちこちへ。人殺しさせないために。本物の爆弾を見つけさせないために。無駄足を踏ませつづけた」

私は聞いて、うなずく。なかなか――いい話だ。私好みの話。最も困難な状況でも、まともな人々の安全を守るために職場にとどまった勤勉な捜査官たちによって巧妙に実行された、法執行機関の手の込んだ作戦物語。明確な意図と簡潔な策略で、時間をかけて行なわれる囮捜査。組織のメンバーの身元を特定し、考える隙を与えず、彼らが信奉する光明に油をそそぐ。ただ、その話は、私の柔らかい部分をぐさりと突く。話に耳を澄ませながら、ときどき手で顔を覆う。涙が指をつたう。

ケスラーと捜査官らは、アストロノートに本物の陰謀計画にたずさわっていることを実感させるために必要な、あらゆる手段を提供した。インターネット、通信機器、本物に見えるNASAや海軍情報部の書類。もちろん、最後の決定的な小道具――SH‐60シーホーク。アフリカの角《つの》で行なわれていた平和維持活動が打ち切りとなって帰国したばかりの海軍部局から、ケスラーのFBIの同僚が〝借りた〟という双発中型ヘリコプター。

言われてみればそれらは、何も知らなかった私に、自分は間違っているのか、事実は事実でないのかと疑問をいだかせたものばかりだ。本物に見えたのは、本物に見えるように意図されていたからだった。

「書類はどうなんだ？」私は尋ねる。難解なお役所言葉と解読できない計算式だらけの五十ページの書類が、今も荷車のどこかに積んである。「あの数字はどこから出てきた？　全体――計画は？」

「インターネット」ジョーダンは肩をすくめる。「公開記録だよ。だれかがNASAのファイルから引っぱってきたんだろう。じつは、ある時点まではゲームみたいなもんだった。おれたちがどこまで荒唐無稽な話をでっちあげられるかのゲーム。ありそうもないシナリオ、いかにも嘘っぱちな話をこしらえて、それでもこの連中が信じるかどうかを見守る。判明したよ。ほとんど全部信じた。人は、どうしても信じたければ、だいたいどんなことでも信じるんだな」

最終段階は、彼らが想像していたとおりの展開になった。ケスラー演じるジョーダンはアストロノートに、パリーの居場所がわかったから救いだしにいくと——偽《にせ》の人物が、これまた偽の人物の居場所をペテン師に——話し、オハイオ州のある場所までの自分の輸送手段を手配中だと告げる。ほか全員を飛行場に近い警察署跡に集合させて、そこで待機させるのがアストロノートの務めだ。

「で、彼は務めを果たした」

「当然彼はやった。そのころには、彼は本気で地球を救う気になっていた。アクション映画のヒーローになりきった麻薬密売人兼強盗だ。だが、台本を書いたのはおれたちだ。その台本では、彼らが人里離れた土地で、だれにも迷惑をかけずに、実在しない人物を待っている場面でライトが消える」

私たち、ケスラーと私はゆっくりと森を歩く。曲がった木々に囲まれた、でこぼこした地面の小さな空き地へ。遺体があったぬかるみにべっとりついた黒ずんだ血はまだ残っている。彼が現場を見たいと言った。痕跡を調べたい、証拠をざっとさがしたいと言った。私が全部やったと説明したが、自分でやりたいと言い張った。

彼が見たいというからここに来たのに、彼は何もしない。ケスラー捜査官は空き地の端にたたずんで、地面を見ているだけだ。

何もかもが明確だ。ひとつを除いて。そのひとつすら明白だ。

「なあジョーダン？」

「ケスラーだ」彼は穏やかに言いなおしてから、空き地へ踏みこむ。

「ケスラー。何があった？　きみはどうしてここにいる？」

彼はぎゅっと目を閉じてから、またあける。

「ケスラー？」

彼はしゃがんで、ニコの遺体があった泥地を見つめている。でも、私はなんとしても彼の口から聞きたい。すべてを知っておきたい。知らなければならない。

「ケスラー？　きみはなんでここへ来た？」

彼がゆっくり話しだす。喉が詰まったような低い声で。

「デカロはいかれてる。心の底から。突出した悪人だ。突然暴力をふるう。裏切るのもいかさまも平気でやる。事がうまく運ばないときは……血も涙もないことをする」私があんなに憎んだ気どった若造は、もういない。任務に必死になっていたFBI捜査官は、もういない。ケスラーはただの若者だ。悲しみに暮れる若者。「全部でたらめだったと知ったら——たとえそれに気づかなかったとしても、最後にどんなことでもしかねない男なのはわかっていた。世界は本当に死ぬ、彼は本当に死ぬと、彼自身が最終的に認識したとき。始末に負えないナルシストだ。どんなホラーショウになるか想像もつかない」彼は私を見つめながら離れていく。「だれにもわからない」

地面でうつ伏せになっている妹がありありと見える。見えないわけがない。どうしても見えてしまう。土に埋まった顔、ひらいた傷口に泥がこびりついている。

〝だれにもわからない〟

「おれには——」ケスラーはそれだけ言うと、歯のあいだから息を吸い、ブーツで地面を踏みしめる。片手で顔を覆う。「ほかのやつらなんか、くたばっちまえ。

だまされやすいバカなヒッピーなんか、ああなって当然なんだ。爆弾を盗んでどうする。でも――」また声をあげて泣く。ゆっくりと膝をつく。「彼女は別だ」

そうだと思っていた。足を引きずって留置室へやってきたときから、わかっていたような気がする。

「きみは――あの子に特別な感情を持っていたのか」

彼は笑う。涙を流しながらのすっきりしない笑い声。

「そうだよ、この変人。おれは彼女に特別な感情を持ってた。愛してたんだ」

「それなら、きみはあの子を連れ出せただろうに。ここには来るな、全部でっちあげの計画だと言えばよかったんだ」

「言ったさ！」怒りではなく、すがるように私を見る。敗北感。無力感。「あらいざらい打ち明けた。ニューハンプシャーにいた日、彼女を乗せるヘリをバトラー・フィールドで待っていたとき、この計画全体が作り話で、おれはＦＢＩ捜査官で、デカロは詐欺師で異常人格者だと話した。どんなことでもしかねないやつだって」そして、通り名を喉から絞り出す。「ビッグ・ファーマ。バッジも見せた」声が小さくなっていく。「なのに……」

ちくしょう、ニコめ――どうしようもないやつ。

「あの子はきみを信じなかった」

ケスラーはうなずいて、息を吐く。「遅すぎたんだ。彼女はどっぷりとはまりこんでいた。おれが作ったこの空想の世界に。おれは言った。パリーが現われなかったら、おれが言ったことを思い出せって。言ったんだ、彼が二週間以内に現われなかったら、あのヘリコプターを盗んで、必ず家へ帰ってこいと。おれは言ったんだ、そうすると約束してくれって」彼は泣いている。顔を両手に埋めて。

あの子が約束するはずがない。妹はどんなことも約束したことがない。

「彼女は帰ってこなかった。おれが行くしかなかった。

あるときから、おれは――彼女のことしか――彼女をさがすことしか考えられなくなった。ここで死なせたくなかった――」そして、彼は口にする。十分前に私の頭に浮かんだ言葉を。「無意味に死なせたくなかった」

どちらも、明白な事実を口にしない。手遅れだったことを。私たち二人とも、間に合わなかったことを。

ケスラー捜査官は証拠をさがさない。どんな痕跡も調べない。彼はしばらく地面を見つめるだけだ。そして私たちは背を向け、肩を並べてゆっくりと森のなかを歩いて戻る。

3

次は私の番だ。今度はケスラー捜査官が私の話を聞きたがる。

犯罪現場から警察署まで歩いて森を戻る。イバラの茂みをまたぎ、吊り橋を渡り、ぶつぶつ言いながら体力をふりしぼる。あちこちに負った傷のせいで足を引きずる二十代の二人が、ひどく年老いた男みたいにゆっくりと森を歩いている。歩きながら、私はこれまでの調査について、一つ一つ話していく。森でジーンを見つけたこと。そのあとニコの遺体を見つけたこと。似たような深手を負っているように見えたが、全然ちがっていたこと。殺される一時間前に、ニコとアストロノートとの口論を目撃した人物がいること。私はとめどなく話し、ケスラーはところどころで鋭い質問をし、ことはいっそう明確になる。すると、以前私が大好きだった、話をして詰めていく作業の――事実をある形式で並べ、私の頭にある詳細な点をきちんと整理して、同僚に吟味してもらう――リズムができあがっている。

警察署に戻ると、ニコの遺体を調べに通信室に立ち寄ったケスラーと別れて、私は車庫へ向かい、中央の床にあいた瓦礫の穴のまわりをゆっくりと歩く。コルテスは時間をかけて、集められるかぎりの石を階段に積みあげたらしい――楔を砕いてできた瓦礫に加えて、車庫の床から削岩機でけずり出した大きな石。床は、月面みたいに穴だらけだ。瓦礫の山となった穴の縁からロープの端が飛びだしている。私を留置室に放りこんだあとの、かつての相棒の行動を思い描く。石を積んだシートをうしろで引きずりながら下へおり、モーゼの後方で波しぶきをあげる紅海のように、石を階段に落としたのだろう。

〝立ち入り禁止〟の看板を立てるコルテス。賃貸契約《リース》を引き継ぐコルテス。

「自殺はありえない」車庫にはいってきたケスラーがいきなり口走る。

「はあ？」

彼が咳きばらいする。「ほかの連中はわかる。グループのほかのメンバーにとっては、それでよかったと思う。パリーに見切りをつける。自分たちがだまされたことに気づくかもしれない。デカロの頭がおかしいことに気づくかもしれない。衝突後の生活は悲惨だろうし、長くは続かないだろう。地下壕があってもなくても。毒を飲むのが、最善の方法になる」

ケスラーは、早口で事実だけを淡々と並べていく。同じものを目にした私と彼の、その後の行動はまったく同じだ。ニコの凍りついた顔、ずたずたになった赤と黒の喉。彼はその痛みに〈立ち入り禁止〉テープをめぐらし、犯罪撲滅リズムでかき消している。気にいった。慰められる。

「だが、アストロノートまで？　それはないね」彼は首を振って話しつづける。「まさか」

「彼はいかれてるときみは言った」私は口をはさむ。

「きみは私に言った。どんなことでもしかねないと」

「そのとおり。でも、そういう意味じゃない。ほかの連中を説得して自殺させる可能性は確かにある。でも彼自身はない。超一流のナルシストだからな。天文学的スケールの誇大妄想家。この人物像に自殺はそぐわない」

「世界は変わった」

「そこまでは変わっていない」

「でも、私は――」瓦礫の山を見おろす。「私は見たんだ。ふさふさの黒い髪、セルフレームの眼鏡、焦げ茶色の目の中年男」

ケスラーが顔をしかめる。「その人相をどこで聞いた？」

「ミラーから」

「だれ？」

「アーミッシュの男。私の目撃証人。その人相に合う男がほかにいたのか？」

「たぶんいない」ケスラーが答える。「ひょっとするといたかも。できるかぎり動向を追ったが、出入りは激しかったからな。おれが知ってるのは、アンソニー・デカロが自殺するシナリオはないってことだけ」

私は、瓦礫で埋まった階段に顔を戻す。地下で人違いしたのではないか、妹を殺した男はまだ生きているのではないかという考えが、頭のなかでパイロットランプみたいに明滅する。私は意識もせずに腰を折り、積み重なる瓦礫のいちばん上の横長の石を転がす。次の石も。

「じゃあ、彼は下にいると思うんだな？」とケスラーに訊く。

「ああ、そう願ってる」彼が近づいてきて膝をつき、うなりながら石を持ちあげる。「ぜひともやつを殺したいからな」

ケスラー捜査官と私とで階段の上の瓦礫を掘る。石を一個一個拾いあげるたびに、私の肩と背中の筋肉痛はひどくなり、私の心は肉体を飛びだして世界をさまよい、お伽話のゴーストみたいにかなたの土地の空を飛びまわる。どこでも人々は祈っている。子どもたちに本を読んで聞かせている。乾杯したり愛しあったりしている。最後に残ったわずかな時間で、喜びや満足を必死で求めている。そして私、パレスはここで他人と並んで石で埋まった穴に膝まで沈み、石を一つ一つ拾いながら、次に待ちうけるものに向かって、モグラみたいに手さぐりでトンネルを掘り進む。

おりる道がひらけると、前と同じように、足の下で金属製の細い階段が揺れる。先頭は私、うしろにケスラー捜査官。

地下の通路におりて、懐中電灯をつけ、隅々を照らす。さっきと同じだ。暗闇と静寂と冷気。コンクリートの床、コンクリートの壁、不気味な化学薬品のにおい。

ケスラーが何かにつまずいて、小石を転がす。私は振り向いて、静かにしろと手で合図すると、彼は顔をしかめて、私こそ静かにしろという仕草をする——暗い場所でパントマイムで自分の地位をひけらかす、薄汚れた法執行官二人。

においを嗅ぐ。同じだ。何もかも同じ。けれども同じでない。何かがちがう。どことなく空気が乱れている。同じ暗闇、新たに出現した影。

私たちは窯の小部屋を通りすぎ、懐中電灯で三つのドアを照らす。女性の部屋、雑貨屋、そして落書きのドア。

「遺体は？」ケスラー捜査官が訊く。「パレス？」

「ちょっと待て」雑貨屋のドアに目が釘づけになる。あいている。約二十五度の角度であいている。見ると、折りたたんだマカロニチーズの空き箱を差しこんで、閉じないようにしてある。私は銃をかまえて、ドアに近づく。コルテスは、これ以上ないくらいはっきりと今後の計画を告げた。六カ月間はその部屋に閉じこもってから、這いだして外の世界を調べると。それなのに、わざわざ空き箱をはさんでまでしてドアがあけてある。なぜだという問いが浮かぶ。問いはつねに〝なぜ〟だ。

「コルテス?」私は、ドアのほうへ声を漂わせる。「おい、コルテス?」

暗がりでケスラーが口を動かす。身を寄せて目を細めると、彼がライトを顔にあてて、もう一度大げさに口を動かす。「ほっておけ」

そうだな。そのとおりだ。ほっておけ。自分のライトを〝女性〟と記されたドアに向ける。ケスラーにうなずくと、彼がうなずき返して、ドアを押しあける。黒い胸騒ぎをおぼえながら、私はいま一度振り向いて雑貨屋を見てから、ケスラーのあとから部屋にはいる。

「ひどい」ケスラーが言う。大きな声だ。「なんだこれは」

私は彼の横をすりぬけて、不気味な蠟人形館へはいる。ゆっくりと呼吸し、腐りかけの空気を肺に入れないようにする。マネキンみたいな死体は、溶けつつある蠟燭のように互いにもたれかかっている。手をつないだままのバレンタインとティック。光る星のマントを着たデライテッド。テーブルの下で上品に脚を組むセイラー/アリス。全員が全員、上まぶたが垂れさがり、硬直した青白い頬をして、飲み物をもっとくれというように口をあけている。ジョーダンは「ひでえな」とぶつぶつ言い、そわそわと首を振りながら、私がやったように室内を動きまわって、恐ろしい全体図の断片を集めている。技術部門の訓練生。若造。

しかし、彼はそれを払いのける――すばやく。私よりも速く。見つけた死体の名前を特定し、私がすでに知っているコードネームを叫ぶ――デライテッド、ティック、バレンタイン、テーブルの下のセイラー――私が聞いたことのない名前もいくつか。「これはアテナだ」デライテッドに半分背を向けている丸い頬の女を差して、彼が言う。「獣医助手。バファロー出身。ちなみに、デライテッドの本名はシーモア・ウィリアムズ。エバンストン出身の弁護士補助員。父親は衣料店の経営者」

顔に傷跡のある体格のいい金髪の男はキングフィッシャーで、ほかの女はアトランティス、パーマネント、ファイアフライ。思ったとおり、大男はリトルマンだった。

「アストロノートがいない」ケスラーが言うので、「彼はあっちだ」と答え、暗闇を移動して彼を見つけるつもりが、代わりにコルテスを見つける。ひらいたドアの陰に隠されていた彼の死体は、なかば仰向けで、右腕を胴体の上にぎごちなく投げだしている。古いカーペットのようにここに捨てられて転がされたみたいに。

それに顔を――ライトをあてると――顔を撃たれていた。

「パレス？」

即座にそれが意味することに気づく。ずらりと並んだロックが次々と解錠されていくように、一気に悟りが訪れる。コルテスは殺されて間もない。二十四時間以内。それが最初に思い浮かんだ。つまり、これは最新の殺人で、殺人犯はまだ生きている――それどころか、コルテスは自分が地下におりてから階段を石でブロックしたのだから、犯人はまだ下にいる。私たちのそばに。

「パレス？」

コルテスの首に指先をあてて彼の死を確認するが、

顔を見れば間違いなく死んでいる。膨張する発射体、おそらく中空の弾丸で撃たれたせいで、口元と鼻のあたりに爆弾が破裂したような穴があいている。毒を飲んだ人たちで満員の部屋で銃で撃たれ、顔を吹き飛ばされた気の毒なコルテス。出席するパーティを間違えたみたいに。なんか笑える。コルテスなら面白がるはずだ。

「パレス、何してんだよ」ケスラーに呼ばれた私は、はっとして顔をあげる。

「ケスラー――」

「彼じゃない」

「なんだと?」

「これだよ。こっち」一メートルほど離れたところにいる彼は、私と同じくしゃがんで、私と同じく死体にライトをあてている。ふさふさの黒い髪と眼鏡をかけた男の死体。「あんたがアストロノートだと思った死体はこれだな?」

「ちがうのか?」

「ちがう」

新たな認識がすっぽりとおさまる。私は身体を回転させて、ケスラーが見ている場所を、彼のライトの光が不気味に取り巻く顔を見る。

「確かか?」

「この男に会ったことがある。話したことがある」

「やつじゃないのか? 焦げ茶色の目――」

「この目は焦げ茶色じゃない」

「もちろん今は違う、死んでるんだから――」

「ハシバミ色だ」

「うーん、ハシバミ色じゃないな」

「パレス、彼じゃないんだよ」

私たちは熱心にささやきあっている。そのとき、静かな地下室のどこかで一発の銃声が轟き、だれかが――複数かもしれない――悲鳴をあげる。ドアへ突進した私たちは、二人同時にドアを出ようとして三バカ大将みたいに出口で閊《つか》える。ぱっと身体を離してから、先を争うように、私、そしてケスラーががらんとした窯の部屋を横切って、音のしたほうへ向かう。

　ドアに落書きしてあった男性用の部屋だ。いまはドアが大きくあいていて、なかでライトが点いているので、そこに行くなり二人の姿が目にはいる。狭いスペースで向かいあう二人はじっと動かない。両手で拳銃を握りしめ、小さな身体の真正面でそれをかまえて、相手の腹に狙いをつけるジーン。アンソニー・ウェイン・デカロことビッグ・ファーマことアストロノートは、素肌に身につけたテリークロスのバスローブの前をはだけ、太鼓腹がむきだしになっていることなど意に介していない。銃を向ける女など気にしていない。どんなことも気にならないようだ。

　アパートメントのキッチンくらいの広さの部屋は、バーみたいにネオンが灯され、麻薬吸引のための器具が所狭しと置いてある。空《から》のガラス瓶、曲がりくねった長いガラス管、ブンゼンバーナーの一つに火がつき、その上で忌わしいものが泡立っている。もう一つのバーナーは止めてある。

　彼は両手をあげ、自分も片手に銃を、コルテスを殺した銃を握っている——銃身の長い時代物の大きなピストルで、質《たち》の悪い自家製半被甲《セミジャケッテッド》弾か何かが装塡してあるにちがいない。例のベルトが目に留まる。彼のズボン、隅に丸めた汚いリーバイスのジーンズに通したままだ。釘抜き付き金づちだけがついている。

「全員武器をおろせ」と私は言うが、だれもおろさない。私は部屋へ一歩はいる。ケスラーがすぐうしろで銃をかまえ、ぜいぜい息をしながら、私の脇から中をのぞこうとしている。アストロノートがあくびをする。動きの鈍《のろ》いトカゲの長いあくび。ジーンの身体はひきつり、そわそわ動き、揺れている。身体の原子構造が不安定になっているみたいに。超高速ジェット機で移動していて、何かの障壁《バリア》を破り、空中崩壊する彼女を、私たちが観察しているみたいに。

「銃を捨てろ」私はもう一度試みる。「みんな、捨てろ」

ジーンはアストロノートから目を離さずに反応する。まるで、ここが図書館で、私の声が大きすぎるというみたいにシッとささやく。アストロノートは笑って、私に、すばやくいやらしいウインクをする。こんな穴に隠れてクラックかメタンフェタミンか、手のこんだ仕掛けで用意したものを吸っている男にしては、落ち着きはらい、ジーンが発砲しても涼しい顔で、自分が好きでそうしているとでもいうようにまだ両手を中途半端にあげている。おまえの銃に脅されて従っているが、だからといって大騒ぎするつもりはないからな。

室内に悪臭が立ちこめている。塩酸塩、アンモニア、焦げた塩。控えめな音が聞こえる。ネオンに電力を送るガス発電機の低いポッポッという音だ。ビールのブランドのネオンサイン、キャプテンモルガンのけばけばしい色のガラス像、紐状のクリスマス電飾。コルテスが見た肘掛け椅子、加えてユニット式ソファの一部と不格好なランプ、そのすべてがここに詰めこまれている。彼の自然生息地を、地下世界に再現したみたいに。下種《げす》野郎のテラリウム。

私はぐいと首をまわして、その二人を交互に見て、すばやく頭を働かせ、フィルムを逆にまわしながら、時間をさかのぼって事実を理解する。昨日、この部屋をのぞいたコルテスは、どんよりした目と両脚を投げだした男を見て、死んだものと決めつけた。だが、アストロノートは死んでいなかった。彼がこの一週間楽しんできた麻薬を調合して最高に楽しんでいただけだ。こしらえては平らげ、心ゆくまで煙霧を吸い、熱い化学ガスが充満する専用室でしみじみと幸せを味わっていた。ところが、ふと正気に戻って地下領土を見まわっているときに、彼のマカロニチーズの山にうずくまるコルテスを発見し、顔を撃った。

現在を――目の前で繰り広げられる物語を――注視しなければならない。動きが見られる――ジーンは銃をかまえて前に進み、デカロを殺そうとしている――昨日もそうするつもりで、私たちと一緒に地下におりていいかと訊きにきたのだ。

「人でなし」彼女が小声で言うと、彼はそれを無視して、陽気に応える。「よくやった！」彼女を褒めているみたいに。彼女がボウリングでパーフェクトゲームを達成したみたいに。「よくぞ戻った！　おまえが誇らしいぞ」

「しらじらしいこと言わないで」ジーンが言う。

「本当だ、妹よ」

「やめて」

「わかった、やめよう」彼は答えてから、彼女に微笑みかけ、唇を舐める。「やめる。でも、おまえのことが誇らしいのは本心だ」

「この嘘つき」

私は彼を見る。裸で、にやにやしている。嘘つきは、彼の人間性のうちのごく小さな一部にすぎない。彼は全員を殺した。コルテスだけでなく、ニコだけでなく。自殺協定などなかった――彼が毒を飲ませたのだ。それが彼の第二計画だった。彼だけの。

ジーンには撃てない――努力はしている――勇気と気力をかき集めている。デカロは銃を持っていないほうの手を何気なくおろして、尻を掻く。裸で呑気にくつろぎ、ハイになっている。私は、できるだけすばやく頭を働かせて、正しい事実関係をまとめようとしている。彼は、ジーンの何を誇らしく思っているのか？　嘘をついた、嘘つきとジーンは彼をそしったが、それはどんな嘘か？

ジーンの準備は整いつつある。魅力的な悪人であろうとなかろうと、ジーンは彼を撃つだろう。彼はジーンを殺そうとした。そして、ジーンが彼を撃てば、残りの答えも死んでしまう。

「ジーン」私は呼びかけるが、彼女は聞いてもいない。

「あたしを見て」ジーンがアストロノートに言う。線状の傷跡に指を走らせながら。尋問していたときに、彼女が何度もそうしたように。「見なさいよ」

「おまえはきれいだ、妹よ」彼は言う。「目が覚めるほどきれいだ」

「こうなったのはあんたのせいよ」

うしろにいるケスラー捜査官をちらりと見ると、その言い草に私同様戸惑っているのがわかったけれど、関心がないのもわかる。細かい事実などどうでもいいのだ。彼にわかっているのは、アストロノートが、彼の愛したニコを殺したことだけ。今や彼は自分の銃をかまえて、私の横から彼を撃とうとしている。私が「ジーン」とはっきりした大声で呼びかけ、彼女の注意を引いて、引き金を引かせないようにしているあいだも。

だれもが思いとどまる必要がある――みんな、とにかく少し落ち着こう。まだニコが死んだいきさつはわかっていないのだから。この男が妹を追いかけて、あの子の喉を切り裂き、あえぎながら血を吐かせ、泥にまみれて独りぼっちで死なせた理由はまだわかっていない。

「デカロさん」私は呼びかける。「ニコ・パレスをなぜ殺した？」

「そんなやつ知らんわ」

「あなたがイシスと呼んでいた女を殺した理由は？」

「悪いな、思いつかないね」

彼が騒々しい笑い声をたてる。ジーンの目が怒りできつくなり、背後にいるケスラーの憤怒《ふんぬ》に満ちた息を感じる。アストロノートは、愚弄《ぐろう》するように若い女ににたりと笑いかける。いかがわしげなバスローブ姿で、小部屋で自分を殺したい人間ばかりに囲まれて立ち、邪悪さをふりまく男。私は自分の手の内にある銃を、ベルトに差したナイフを感じる。毒殺者兼ペテン師兼泥棒である男の死を求める地球の絶叫を感じる。が、今は、だれも死なないでほしい。私に必要なのは静止状態、このくさい小部屋で真実の最後のかけらをかき集めるまで、時間を止めることだ。

「デカロさん、地下に潜るというあんたの決断に、ニコは反対した」私は言う。「彼女は出ていった。だから、もうあんたの迷惑にはならなかった。あんたの居場所も水も麻薬も分けなくてよくなった」

「それとパスタソース」彼はくすくす笑って付け加える。「おれのパスタソースを忘れちゃ困る」

「デカロさん、どうして彼女を殺したんだ？」

「ちぇっ、学者向けの質問だな、そりゃ」彼は応える。「人はなぜ人を殺すか。そうだろ、娘っこ？」

傷跡へと戻るジーンの手、アストロノートの悪意ある流し目に宿る一抹《いちまつ》の真実、ジーンの小さな顔に浮かんだ恐怖、それらを全部結びつけようとしていると、うしろでケスラーが「そこまでだ」と言って、私を押しのけて前へ出る。その顔に気がついたアストロノートの目が鋭くなる。

「おい――」彼が言う。「ジョーダンか？」

「ケスラー捜査官だ、本当は。このクズ」

「捜査官だ？　ふん」そして彼は片膝をついて、ピストルをまっすぐケスラーの胸に向けて撃つ。ケスラーは身体ごと壁に叩きつけられ、私は「しまった」、そのあと「やめろ」と叫ぶ。ジーンが発砲したからだ。彼女は拳銃の引き金をぐいと引くが、狙いを大きくはずす――ところが、壁にあたって火花が散り、可燃性ガスに火がついて爆発する。


しばらくは火だけの世界が続く。壜類が破裂する音、焼けるにおい、そして空気に火がつく。ケスラーと私にも。青と黄色の火の海のなか、私は自分たち二人の身体をはたいて火を叩き落とす。いっぽう、小部屋の奥にいたアストロノートは、麻薬の煙霧にまみれた全身に火がついて燃えあがり、またたく間に火柱となって、くるくるまわって崩れ落ちた。私はケスラーを何度か持ちあげて外へ運び出し、二人の火が消えるまで身体を押しつけた。

燃えたのは、おおかたが服だった。ケスラーの服も私の服もひどく焼け焦げている——が、そんなことより、彼の胸にあいた穴、血を噴きだしているゴルフボール大の射入口が問題だ。小部屋からは今も、火と死のいやなにおいと共に熱気が流れてくる。私は通路で息を切らしながら、ケスラーにおおいかぶさって、両方の手のひらを胸に置く。心臓から出る血が、指のあいだからあふれてくる。

「やめろ」彼が言って、ぼんやりした目で見あげる。「やめてくれ」

言葉と一緒に血の泡が噴きだす。背後の火のせいで、血が黒く見える。

「話すんじゃない。傷口を圧迫してるんだ」私は両手を重ねて大きく穴のあいた胸にあて、前かがみになる。

「傷口を押さえるな」彼が手を持ちあげて、驚くほどの力で私の手を押しのける。「やめろ」

「どうかじっとして」私は言う。「出血を止めるまで」

「このまま出血して死ぬ」

「先のことはわからない」

「出血多量で死にたいんだよ。パレス！　このほうがずっといい——あれの——あとの——噴煙で窒息するより」彼が笑い、咳をすると血が飛び散る。「これ以上望めないシナリオだ」

私は気に入らない。首を振る。ここに彼を置き去りにするのか。「本気か？」

「ああ。もちろん。悪人を退治したか？」

「まだ」

「では、彼を捕らえろ」

「彼女だ」

「なんだと?」

私たちのうしろで、部屋のドアがあいている。なかのアストロノートが見える。溶けてくすぶっているが、もう関係ない――ジーンだ、私の視界の端をよぎったのはジーン。見なければよかったと思うが、私は見ている――見ている。

4

重要だと思う理由はわからないが、重要なのはわかっている。ストーリーの欠けた部分を埋めること、告白を聞くこと、最後まで不明だった細かな点を確認すること。

殺人事件の真相究明は、被害者のためにやるのではない。つまるところ、被害者はすでに死んでいるからだ。真相究明によって、銃やナイフや毒で損なわれた社会道徳を、社会のために回復する。また、ある種の行為をすれば必ず刑罰を受けることを人々に知らしめ、社会道徳を維持する。

しかし、社会は死んだ。文明は燃える都市と化し、そこに住む怯えた動物たちは穀物倉庫に集まり、焼け落ちたコンビニエンスストアで、プリングルズの最後の一缶をめぐってナイフで突きあう。

にもかかわらず――そうであっても――私は進む。暗闇を階段に向かって突き進み、必死で逃げる小さな人影を追いかける。

彼女に向かって止まれとは叫ばない。彼女は止まらないから。「警察だ！」とは叫ばない。私はもう警察官ではないから。そうでなくなって、すでにかなりたつ。太陽の下へ急ぐ彼女の薄い足が階段をのぼる音を聞き、狭い階段がかたかた鳴る音を聞く。私は通路を走り、彼女を追いかけて厚みのない階段を駆けあがりながら、残った最後のコマを組み合わせる。頂上に集められた影に向かって階段をのぼるジーンを追う。

〝こうなったのはあんたのせいよ――〟

階段の上に積みあげたままの瓦礫を避けて車庫へあがると、いろいろ恐ろしいことが起きているにもかかわらず、ジーンに追いついてストーリーの欠けた部分を埋めようと必死になっているにもかかわらず、地下壕というか地下墓地を出られた喜びが胸にあふれてくる。私は地上に飛びだして、海面に浮上したダイバーみたいに空気と日光を吸いこむ。

穴と石の山に注意しながら、車三台分の車庫をよろよろと抜けて廊下へはいると、ジーンが見える。私の数歩前方、私が調査を開始した長い廊下を、妹の血痕と彼女自身の血痕、一本は外へ出てゆき、一本は中へはいってくる血痕がついていた廊下を、望みもなく走っている。

〝彼女を止めるしかなかったの、だって――あたしはそれしか――〟

ジーンより私のほうがずっと速い。彼女は速いし必死だが、私は背が高く、脚がとても長く、同じく必死だ。そして、ついに――彼女の背後で戻って閉まった警察署玄関のガラス扉を押しあけた私は、勢いよく彼女の脚に飛びついて、泥地に押し倒してから、すぐに立ちあがる。彼女が振り向いたときには、ナイフと銃を手に、背筋を伸ばして立ちはだかる私がいる。

「お願い」彼女は身を震わせ、両手を握りしめて言う。「どうか」

私は彼女をにらみつけるように見おろす。まわりで生い茂る緑の草が、日光でちらちら光る。秋風が私の髪の毛をそよがせ、シャツの袖をくすぐる。

「お願い」彼女は静かに言う。「一息にやって」

殺しにきたと思っているのだ。そのつもりはないが黙っている。彼女をどうにかしたいとは思っていない。私はそれを知らせずに、肉切りナイフとシグ・ザウエルを手にして突っ立っている。両手のものを彼女が見ているのがわかる。私の目の決然とした色を見ているのがわかる。「話せ」声も決然としている。断固とした冷たい声。

そよ風で旗が揺れ、ロープが支柱にあたって甲高い金属音を立てる。

「あたしが殺したの」

「知ってる」

「後悔してる」

「知ってる」私は同じ言葉を口にする。〝興味がない〟という意味だ。彼女の気持ちなど問題ではない。私は答えがほしい。ほしい気持ちが強すぎて胸が詰まる。武器を持つ両手が震えている。私がここで殺《や》るつもりだと彼女は思っている。私は復讐心に燃え、殺すことしか頭にないと思いこんでいる。だが、それは間違っている。私は復讐などしたくない。復讐は安直な欲求、くたびれたコートを着た私立探偵のものだ。私は答えがほしい、ほしいのは答えだけ。

「彼にやらされたのか」

〝イエス〟という言葉が、小さくはっきりと発せられる。苦悩に満ちた小さな息となって。

「どういうふうにやらされたんだ？　ジーン？」

「あたし――」目が閉じられる。荒い息遣い。「むり」
「ジ、ー、ン、」彼女は充分に苦しんだ。一人残らず。それはわかってい
る。でも、だれもがそうだ。「どうやっ
て？　いつ？」
「――てすぐに」その全身がひきつって、彼女が顔を
そむける。私はしゃがみ、その顎をつかんで、顔を戻
す。
「地下におりてすぐに？」うなずく。イエスだ。「先
週水曜日の四時半から五時半のあいだ。五時としてお
こう。九月二十六日水曜日午後五時。そのあとは？」
「彼が、パーティをしようって言った。あたしたちの
新しい人生を祝おうって。ふさぎこんでちゃいけない
って。新しい人生。新しい時代。あたしたち、まとも
じゃなかった。荷ほどきもしなかった。見てまわりも
しなかった。とにかく――下におりてすぐに座りこん
だ」
「〝女性〟と書かれた部屋に」

「そう」
うなずく。何度か。留置室にいたときみたいに、自
分のなかに閉じこもり、母船から流される宇宙カプセ
ルみたいに遠くに行かせはしない。私はそばでじっと
して、彼女の目を見つめつづける。
「きみはそれを奇妙に思ったか？　そういうときにパ
ーティをひらくなんて？」
「いいえ、全然。ほっとしたわ。待つのは飽き飽きだ
った。パリーは来ない。〝レゾルーション〟。実現し
ない。そのときには、もうみんな、わかってた。第二
計画に移るときだった。あたしはうれしかった。アス
トロノートも喜んでた。彼が、全員に飲み物をついだ。
乾杯しようって言った」その顔にかすかな笑みが浮か
ぶ。カリスマ的リーダーに対する愛情の名残《なごり》は、すぐ
に消える。「すると彼が――スピーチを始めたの。あ
たしたちの忠誠心のこと。あたしたちは規律に欠けて
ること。過酷な部分はまだ始まってもいないこと。外

にいたときのあたしたちの態度、待っていたときにぶらぶらしてたこととか、思いあがるんじゃねえぞって言った。あたしたちは弱虫だって言った。壁にスプレーで描いた」

私はじっと聞く。彼女と一緒に下におりていって、アストロノートの顔が怒りでゆがむのを見つめる、壁に描かれていく文字を見つめる。〝こんなクソは飽き飽きだ〟

「そのあと、ニコのことを話しはじめた。彼は言ったわ。ここにいないやつがいる。おれたちを見捨てたやつがいる。おれたちを裏切ったやつがいるって」

ケスラーは正しかった。デカロを正確に見抜いていた。自殺は彼の柄に合わなかった。こっちがふさわしい。グループにはいるはいらないの駆け引き。残酷なゲーム。忠誠心を試すこと。そしてもちろん麻薬。ビッグ・ファーマ、薬を調合する器用な手。彼はかつての共謀仲間全員を殺そうと決心した――決行するときさえも、楽しそうに全員に紅茶を注ぐ――でも、その前にちょっとからかってやろう。

「どうぞ続けて」

ジーンは力なく、物哀しげに私を見る。この話の流れをどうにかして止めたい。結末へ進みたくないのだ。ケスラー捜査官みたいに安らかに横たわって、最後のときを待ちたいのだ。

私自身が見える。この身体から私の影がふわりと離れ、彼女に毛布をかけて、そっと抱きあげ、水を飲ませてやり、守ってやる自分が。森で恐怖に身をすくめる――傷を負ったばかりの――少女のような若い女。けれども、私は何もしない。私はただ、武器を握って立ち、話の続きを待っている。

「残りを。最後まで話して」

「彼は、えーと――彼があたしを見た。あたしを。で、あたしが最悪だって言った。いちばんの弱虫だって。だから、あたしが――あたしがやらなくちゃいけないって。居場所を確保しろって」その唇がゆがみ、表情が硬くなる。言葉は角のない石だ。喉を詰まらせながら、それを一個一個吐きだす。「『できない』ってあたしが言うと、彼は言った。『なら、さらばだ。元気でな。おまえの分の水を喜んで飲ませてもらうぞ、ねえちゃん。おまえの分の食料も』」

彼女は目を閉じる。私は、まぶたから転がり落ちる涙を見つめる。

「みんなを見たの。助けてほしかった——かわいそうとか思って——」

彼女はうつむいて地面を見つめる。助けも同情も得られなかった。みんなは、彼女と同じく恐れていた。ティックやバレンタインやリトルマン、彼女の古い仲間のセイラーやデライテッドら全員が、怯えてうろたえていた。リーダーにしっかりと支配されていた。衝突まであと一週間で、自分たちが隔絶された場所にいることを痛感していた。〈ルーニー・チューンズ〉のアニメの最後の黒い丸みたいに、世界は極小の点に縮んだ。そのとき、彼らのリーダーにして保護者が化けの皮をはいで、残酷な本性を現わした。

こうしてアストロノートはジーンに、さあ行け、上へ行けと言い、ジーンは言われたとおりに上へあがって、追いかける——彼女が繰り広げている物語を私は聞いている。彼女はいま、忘れかけたあいまいな記憶から完全な部分だけを見ている。彼女にはそれがつらくてたまらない。私にはわかる。一文一文が彼女を殺している。一語一語。「ニコが大好きだった。友だちだった。なのに、あの階段をのぼっていたら、頭が——わからない。空っぽになって。叫び声だけ。変な叫び声が——なんか——くすくす笑ってるみたいな声がして？」

「幻覚だな」私は言う。「彼に薬《ヤク》を盛られたんだ」

彼女はうなずく。気づいていたんだろう。紅茶に混ぜられた陰険な麻薬がもたらす変な声と邪悪な意図。

自分だけの楽しみのために彼が混ぜた秘密の成分。彼のお遊び。彼のこの世の終わり的エイプリルフールのジョーク。記憶があいまいなところからすると、おそらく幻覚剤か解離性麻酔薬の過剰投与だろう。ＰＣＰとかケタミンとか。むろん私は専門家ではないので、はっきりしたことは言えない。何かの役に立つのなら、彼女に針を突き刺して血液サンプルを取り、血管のなかに残留している分子をつかまえるのだが。〝これを鑑識に送ってくれ！〟

とはいえ、ほかの連中のほうがずっとひどい目に遭った。これがアストロノートの本当の第二計画だった。食料と水には限りがあった。すべてに限りがあった。だから、彼はそれを少しでも分ける気はなかった。ほんのわずかも。

そして、アストロノートの鋸歯状のナイフを手にしたジーンが、がたがたの階段をあがってくる。穴の外へ押しだされ、将来のための代価を告げられて。麻薬のせいで体内で吹き荒れる幻覚と恐怖の波にぼんやりと乗って。ニコをさがしに。

「あのね」ジーンが私を見あげる。目に浮かぶ希望の色、喜びの小さな光。「憶えていることがあるの。ニコはもう行ってしまったんだと思ったことを。だって、ここを出ていくって彼女が言ったのは、階段の上だったんだもの。そのあと、パーティとスピーチ、つまり、あたしたちが下におりてから――わかんないけど、半時間くらい？　彼があたしたちを座らせて、演説聞かせたから、かなり時間がたったはず。彼女が出ていったなら、もういない。そう思ったのを覚えてる」

私もそのことは考えた。入手した情報、頭のなかの時刻表に照らした。

「そしたら、そこにいたの。彼女はまだそこにいた。どうしてまだいたのかな？」

「スナック菓子」私は答える。

「え？」

「厳しい旅になるのはわかっていた。あの子は、見つけた食料を手に入れようとしたんだ」

あの自動販売機の蓋をフォークでささえ、ハンガーか細い腕を突っこんで中身を全部取りだした。それに時間を取られたせいで命を失った。

「で、きみはあの子と格闘した」

「たぶん」

「たぶん？」

「憶えてないの」

「取っ組みあったのを憶えてないのか？　あの子がきみに向かってきたのを？」

彼女の手が、顔のかすり傷や打ち身にさっとあがり、またさっとおりる。

「いいえ」

「森を憶えてないのか」

彼女が身を震わせる。「ない」

私は身を乗りだす。両手に銃とナイフ。「ジーン、何か憶えていることは？」

あとのことを憶えている、と彼女は話す。車庫へ走って戻ってくると、蓋が閉められていた。そのとき、はっきりわかった。あいまいで支離滅裂な絶望状態であっても、その意味はわかった。すべては、彼の悪ふざけだった。彼女がそこにはいれないことを最初から知っていてやったのだ。その前にアトリー・ミラーが来て、穴を密封するのをわかっていたのだから。

そのあと、流し台。流し台とナイフと、自分がしてしまったことと、なんの意味もないことをしたのはわかった——まるで無駄だった——そして、ニコにしたように、自分の喉を切り裂く。我慢できるところまでナイフを押しあてる。血があふれてきたので、彼女は悲鳴をあげて走りだす。血から逃げる。森へ逃げる。

という顚末《てんまつ》だ。それで全部よ、と彼女は言い、地面に座りこんだまま身体を震わせ、悲しみで顔をゆがませている。けれども私は彼女を見おろしながら、うろうろ歩く。それで全部だと彼女は言うが、もっとあるにちがいない、もっと知らなくてはならない。足りないコマがある。例えば、喉を切り裂こうと思いついた理由があるはずだ――そうしろとアストロノートに命じられたのか、それとも、それが最善の方法だとその場で思いついたのか？　それに、何か持ち帰れと命じられていたにちがいない。ニコを殺すことで地下壕の居場所を確保できるのなら、それを証明するものが必要になる。

　私はどさりと泥に膝をつき、武器を捨てて、彼女の肩をつかむ。

「まだ訊きたいことがある」ジーンに訴える。がみがみと。大声で。

「やめて。お願いよ」

「答えろ」

　なぜって、すべてを知らなければ犯罪を解決できないから。世界は、未解決の犯罪をかかえたまま終われないから。それだけのこと。だから私は、相手の肩をいっそう強くつかんで、記憶を問いただす。

「森へ戻ってくれ、ジーン。森の部分に戻れ」

「やめて。お願いだから――」

「話せ、ジーン。ミス・ヴァン。きみは、建物の外にいる彼女を見つける。彼女はきみを見て驚くか？」

「ええ。いいえ。憶えてない」

「思い出してくれ。彼女は驚くか？」

　うなずく。「ええ。頼むから、やめて」

「この時点できみはナイフを手にしているか？」

「憶えてない」

「きみは彼女を追いかける――」

「そうだと思う」

「推測はなしだぞ。きみは森を走って彼女を追いかけたのか？　あの小川を渡って？」

「どうか……お願い、やめて」

　ジーンのひどく怯えた目と私の目が合い、動きだす。

彼女がまたそれを見ているのが、そこにいるのがわかる。私は取りかかる。必要な情報を取りだそうとする。いま彼女は、ナイフの柄をきつく握りしめて現場にいる。その下でもがくニコ。私はというと、そこに向かってはいるが、まだ途中だ。時間がかかりすぎた。ここにいてあの子を助けるべきだったのに、私はそこにいなかった。燃えている。私の血が激しく煮えている。もっとほしい、全部ほしい。

「彼女は命乞いをしたか？」

「憶えてない」

「したのか、ジーン？」

　彼女は話せない。うなずく、涙を流してうなずく、私の手のなかで身をよじる。

「彼女は叫んだか？」

うなずいて、またうなずく。それしかできない。

「彼女はきみに、やめてくれと懇願したか？　でもきみはやめなかった？」

「どうか――」

「知りたいことはもっとある」

「ない」彼女が言う。「そんなのない――でしょ？　ないよね？　本当はないんだよね？」

　声が変わる。小さな子どもみたいな、幼児みたいな、甲高く泣きつくような声。嫌なことがあるとき、それはちがうと言ってほしがっている声。〝ほんとはお医者さんに行かなくていいんだよね？　ほんとはお風呂にはいらなくていいんだね〟ジーンと私はしばし、その姿勢のまま動かない。泥につかって、彼女の肩をぎゅっとつかむ私。私ははたと気づく。私たちが行きついた先、この場所、いま起きていることに。小惑星が彼女にしたことはもう終わった。アストロノートが彼女にしたことはもう終わった。そしていま、この私、彼女にとって最後にして最悪の恐怖が、小さな事実がすべて重要であるみたいに、どうしても重要にさせたいみたいに、彼女にこの暗黒をむりやり凝視させ、骨折って歩かせている。

手を放すと、私から離れるように首をまわして頭をうしろに向け、追いつめられた動物みたいに、低い怯えきったうめき声をあげる。

「ジーン」私は呼びかける。「ジーン。ジーン。ジーン」

彼女がうめくのをやめるまで、私は名を呼ぶ。小さな声で。どんどん小さくなっていって、最後にはささやきになる。「ジーン、ジーン、ジーン」なだめるような小さな小さな声。たった一言、「ジーン」

今、私もジーンの横の地面にうずくまっている。

「あのブレスレット、いつ両親からもらったの？」

「あの――何？」

ジーンの右手が左手首に動いて、指が安っぽいアクセサリーを撫でる。

「最初に話したときに、両親がくれたブレスレットだと言ったよね。誕生日かい？」

「ちがう」ジーンは首を振る。「初めての聖餐式《せいさんしき》だった」

「ほう」私は微笑む。上半身をうしろに倒し、組んだ両手を膝にまわしてバランスを取る。「そのとき、きみはいくつだった？」

「七つ」彼女は答える。「七歳だった。二人とも、すごく喜んでくれた」

「そうかそうか。きっとそうだろうね」

芝生広場の泥に座りこんだまま、彼女がその一部始終を、生き生きと語ってくれる。ミシガン州ランシングの天井の高い聖メアリー教会、揺らめく蠟燭の光、聖歌隊の心地よいハーモニー。七歳にしては、たくさんのことを憶えている。そのあと、いろいろなことがあっただろうに。しばらくして、こんどは私が、子どものときのことを二、三話す。土曜の夜、両親が、シェイクを飲みにデイリークイーンへ私たちを連れていってくれたこと。学校帰りにセブン‐イレブンへ寄って、バットマンのコミックを買ったこと。ホワイトパークを自転車でニコと走ったこと。ニコはやっと自転車に乗れるようになったもんだから、おりたくなくて、走りまわってた。ぐるぐるぐるぐると。

終　章

10月３日水曜日

赤経	15 51 56.6
赤緯	−77 57 48
離隔	72.4
距離	0.008 AU

とても大切な思い出がある。私とナオミ・エデス、ほぼ半年前のこと。三月最後の火曜日。

「あのね、白状すると」テーブルの向かいから私を見て、箸《はし》の先でブロッコリの小さな房をつまんだまま、彼女は言う。「あなたにすっかり丸めこまれたわ」

私たちは、ミスター・チャウの店で食事をしている。最初で最後のデート。彼女は、前に黒いボタンが縦に並んだ真っ赤なワンピース姿だ。

「丸めこまれたって？」私は、楽しく物思いにふけり、時代遅れの言葉を使った彼女をからかうものの、実はそれがロマンチックで魅力的だと思い、そのうえ、〝食《チャウ》べろ！　食《チャウ》べろ！〟と明滅するネオンの下、染みだらけのテーブルの向かいにいる彼女に恋をしてしまう。「なんでそう思うのかな？」

「うん、それはね。あなたはとても背が高いから、変な角度でいろんなものを見てる。それに――まじめに言ってるのよ――あなたの人生には目的がある。意味わかる？」

「たぶん」私は答える。「わかると思う」

彼女が言っているのは、今夜、少し前に話題にのぼった私の両親のこと、母がスーパーマーケットの駐車場で殺されて、その半年後に父が研究室で首を吊ったことを指している。その後の私の生き方は――彼女は冗談っぽく指摘した――バットマンみたいだ、悲しみを生涯の使命感に変えたと。

けれども、そう言われると不安になる、と私は告げる。その解釈、その見方は。

「何か理由があって両親は死んだと考えたくないんだ。だって、それでよかったと言ってるみたいに聞こえるからね。そうなってよかったって。そのおかげで私の人生が決まったみたいに。実際はよくなかった。最悪だった」

「そうね」彼女は言う。「最悪だったわ」

彼女は坊主頭の下の額に皺を寄せて、ブロッコリを口に入れる。私は話を進め、自分の考え方の傾向を説明する。なんでもパターンにあてはめたがるし、ある出来事の原因となった出来事を決めたがる――だが、あとでもう一度考えると、人生で起きることはこうして起きるものなのだと気づく――星座みたいに。ふと見たときには、戦士か熊に見えるのに、一度瞬きすると、ただの星の集まりにしか見えない。

「考えが変わったわ」こうして私がひとしきり説明したあと、ナオミが言う。「もうあなたに丸めこまれていない」

そう言いながら、彼女は笑っているし、私も笑っている。彼女が手を伸ばして、口髭の端についたネギショウガソースを取ってくれる。このあと四十八時間以内に彼女は死ぬ。メリマック火災生命保険会社に出向いた友人のカルバーソン刑事から、犯行現場に来いと電話がくる。

「少なくともわたしたち、折りあいをつけられるわね」ミスター・チャウの店で、まだ生きていて、親指で私の顔についたソースをまだ取ろうとしている彼女が言う。「あなたは自分の人生に意味を与えた。ということで折りあいをつけられるわね?」

「そうだね」私は答える。彼女はとてもきれいだ。ボタンのついたあの赤いワンピース。あんなきれいな人を見たことがない。「もちろん、そうだ。つけられる」


十月二日火曜日の残りの時間を使って、警察署の芝生広場に立つ旗ざおのあいだに浅い墓を掘り、妹を埋葬する。葬式のつもりで、歌を歌いながら土を掘る。最初に〈サンダー・オン・ザ・マウンテン〉と〈おればさびしくなるよ〉、そのあと、ニコの好きな曲のメドレー。私の好きな曲ではなく。スカの曲、エリオット・スミスの曲、フガジの〈ウェイティングルーム〉を何度か繰り返し歌って、警察署の芝生広場に、これなら妹を横たえて別れを告げられると納得できる深さまで掘る。

そのあと数時間、ジーンを手伝う。地下壕の死体を一つ一つ運びあげる。アストロノートのブンゼンバーナーを雑貨屋へ移動させて、食べたいときにマカロニチーズを作れるようにしておく。石やコンクリートの塊を押したり転がしたりして、階段の一段めに積みあげ、できるだけうまく穴をふさぐ。地下でジーンがどのくらい持ちこたえるか、どういうふうにやるかはわからないが、それが、彼女のためにできる精一杯だ。

この森のどこかにある飛行場にヘリコプターが一機あるが、私は飛ばし方を知らないし、彼女も知らない。知っていたとしてもどこへ行く？

彼女の手元に銃もある。必要な場合にそなえて。

そのあと私はそこを出る。十月三日午前零時をまわったころ、ミスター・チャウの店の私とナオミの思い出を、赤いリボンのように肋骨に通して。

静かなサイクリングだ。今夜、外に出ている人は多くない。町中で何かしている人は多くない。きっと今夜、世界のほとんどの場所はブルータウンだろう。祈ったり、酒を飲んだり、笑ったり、環境が完全に変わるか死ぬ前にやり残したことを、だれもかれもが、これを最後と思って心ゆくまでやっているだろう。自転車でロータリーの町を抜け、半円形の防爆壁のある家を通りすぎる。ダウニング通りの赤レンガ造りのランチハウス。機関銃で私を撃ったのと同じ男かどうかはわからないが、屋根の上に男がいる。〈ジョンディア〉のキャップをかぶった太鼓腹の男とその家族。晴れ着を着た中年女性に加えて、十代の娘二人と少年一人と一緒に。全員が屋根にあがって、月明かりの下、気をつけの姿勢で動かずに立ち、アメリカ国旗に敬意を表している。

私は、州道四号線を南へ走っている。順路は憶えている。いつも方向感覚はよかった。町並や道路網や犯人のすみかなどがすんなりと理解でき、細部が頭にはいってきて、きちんと整理できる。

これが理想の世界であれば、今夜の私は眠ったりしないだろう。きっと一晩じゅう起きているだろうが、私の身体はこの日がなんの日か知らないし、目がかすんできたので、私は道をはずれる。前と同じ場所に落ち着いて、同じように上着を畳み、三時間ほど眠ったころ、高らかに響くまぎれもない汽笛で目が覚める。ありえない。それでも、目をあけてよろよろと立ちあがり、かなり離れたところを走っていくそれを見つめる。これは夢かと思いながら。機関車からもくもく煙をあげて、オハイオ州をゆっくりと横切る長い貨物列車。

林にはいって小便してから、自転車にまたがって走りだす。

朝焼けのピンクの空、秋の朝の冷えこみ。

〈警察のいえ〉のキッチンで、バーデル巡査がカッツ巡査に、最後の日の過ごし方を語っているのを耳にした。彼女は、〝生きることにまつわる腹立たしいこと全部。肉体の存在。痔《じ》と腹痛とインフルエンザ〟について考えて過ごすつもりだそうだ。

それを聞いたとき、面白くない計画だなあと思ったが、今もそう思う。自転車のハンドルから片手を放して、はるかマサチューセッツ州ファーマンにいるナイトバードに、エア敬礼をする。ついでにトリッシュ・マコネルにも。

手をハンドルに戻して、農作物直売所のところで道を曲がる。できるだけ大きな声で歌いながら。歌詞が風に吹かれて、肩のうしろへ流されていく。切れ切れのメロディー。〈欲望〉の断片。

姿が見える前に吠える声が聞こえてくる。よく響くはっきりした吠え声が三度、それがうなるような咳に変わり、咳／吠え声、咳／吠え声、そのあとただの咳、咳、咳となり、小屋の陰からフーディーニが肢を引きずって、私に会いに出てくる。

「おい、元気か」かすかな起伏のある農地を、跳ねたり足を引きずって歩いたりしながら、こちらに向かってくるその姿を見ただけで、私の胸はいっぱいになる。

秋のトウモロコシは半分ほどしか刈り取られていない。あと半分は軸がついたまま、なかば傾いていて、実はついていない。前は気づかなかったが、玄関ポーチの右手の一画にカボチャ畑があって、曲がりくねった緑色の蔓と、オレンジ色の丸い球が見える。二人の女がポーチにいる。娘か嫁のその二人は、帽子と長いワンピースをつけて硬い椅子に座り、縫うか編むかして冬用の毛布をこしらえている。近づいてくる私に気づいて二人が立ちあがり、不安を隠すように笑みを浮かべ、互いの手を握りあう。私が、よければアトリーと話したいのですがと丁重に頼むと、二人は彼を呼びにいく。

フーディーニは地面に鼻を近づけてくんくんいわせながら、私の足元にまとわりつく。かがんで頭のうしろを掻いてやると、低くうなって喜ぶ。だれかが洗ってくれたようだ。毛も刈って、櫛をいれてノミやイガを取ってくれた。初めて会ったときの見た目に近い。ボウボッグ通りの麻薬密売人の不潔な家のまわりを駆けまわっていた、いたずら好きの小さなやつ。目が合う。私がにこりと笑うと、彼もにこりとした、ような気がする。〝ぼくもいなくなってしまったと思ったんだろ、ヘンリー？　そうなんだろ？〟と思ってたりして。だれにわかる？　犬が何を考えてるかなんて絶対にわからない。

アトリー・ミラーは私の調査の結末を尋ねなかったので、こちらからは教えない。会釈《えしやく》しあってから、私は荷車を指さす。

「お借りした削岩機を返しにきました。ありがとう」

彼が片手を振る。「もう、それを使うこともないかもしれん」

「私の妹――は、みんな生き残るかもしれないと思っています。なぜか。だから、お返ししても害はないと思いました」

「害はない」アトリーはそう口にし、うなずく。「害はない」

私たちは外の芝地で小声で話している。アトリーの背後に、ほかの家族たちの顔が見える。子ども、十代の若者、おばやおじやいとこたちが、母屋の大きな窓枠に収まっている。私が戻ったと聞いて集まってきたのだろう。

「ランチをいただこうと思ったんです」私は言う。

「よろしければ」

「ああ、いいとも」彼は答える。ごま塩の顎鬚の奥が、わずかにゆるんだ気配さえ漂う。「好きなだけここにいなさい」

昼食前のあわただしいひととき、私はひっそりと存在を消している。家具みたいに片隅にぽつんとたたずむ長身の他人。私は女性たちに礼儀正しく微笑み、子どもたちにおかしな顔をして見せる。恐れていたものの、思い出したくない記憶がどっとあふれてくることはない。まぶたの裏で血塗られた動画が再生されることはない。家のなかはパンのにおいがしている。子どもたちはくすくす笑いながら、キッチンからナイフやフォーク類を載せたトレイを危なっかしく運んでいる。

アトリーの息子の一人が農作業で腰を痛め、キッチンの重い木のテーブルを移動させられずに困っているので、私が立ちあがって、自分に残っている力を貸す。

そのあと、みんなそろって昼食の席につく。私の席は、子どもたちのテーブルのすぐ横、真四角の大きな窓のそばだ。カーテンはなく、空がよく見える。

料理が運ばれてきたとき、不意に私の勇気が萎える。一瞬ぞくっとしたのち、心臓の力が抜けてだらりとたるむのを感じ、両手が震えだす。身動きするなと身体にきつく言いきかせ、幅広く四角い大きな窓を見つめる。結局これまでのすべてが夢だった、目を硬く閉じて、次に目をあけたら、以前のままに戻っているという最後の可能性につかのま浸る——そして、実際にやってみる。子どもみたいに目をぎゅっとつぶって、手の甲でまぶたを押さえ、目のなかで星が踊りだすまでそのままでいる。再び目をあけたとき、アトリーの娘や息子や嫁たちが料理を並べている。野菜のシチュー、煮込んだウサギ肉、パン。

アトリー・ミラーが頭《こうべ》を垂れると、前回と同じように全員が食事の祈りを無言でささげ、室内は静かになる。だが、前回と同じように、私は目をあけたままでいる。彼女をさがして見まわすと、子ども用テーブルの一つについている。赤みがかった金髪をおさげにしたルースが、私と同じく目をあけている。青ざめた顔をして、彼女を見ている私を見ているので、私は手を差しだす。私の勇気を送りこむために長い腕を伸ばすと、彼女もそれを私に送りこもうと手を差しだしてきて、ふたりで手を握りあい、互いをじっと見ていると、空が光りだす。アトリーはうつむいたまま、みんなの無言の祈りはつづく。

私はルーシーの手をしっかり握り、彼女は私の手をしっかり握る。墜落する飛行機に乗りあわせた見知らぬ他人のように、互いの力を分けあい、そこに座っている。

謝辞

本書および当シリーズは、法病理学者のシンシア・ガードナー博士、天文学者のティモシー・スパー博士、私の兄のアンドルー・ウィンタースをはじめとする、才気にあふれ心のやさしい人々のたくさんの意見と協力によってここまでやってきた。

感謝したい。妻のダイアナ、私の両親と妻の両親に。

原稿を読んでくれたニック・タマーキンとケビン・メーハー、クウァークブックスのみなさん、とくにジェイソン・リクーラックとジェーン・モーリー。ジョエル・デルバーゴとシャリ・スマイリーとモリー・ライオンズ。

マッティングリー・コンクリート社のドン・マッティングリー。ケイティとティム・カーターと彼らの鶏。惑星学者のカリフォルニア大学サンタクルーズ校ドン・コリカンスキー教授。ニューハンプシャー州コンコード警察署のみなさん、とくにライアン・ハウ巡査とジェイ・ブラウン警部補。ニューハンプシャー州検事総長室のトッド・フラナガン刑事。ラス・ハンサー。ダニス・シャー(PA)、ラティク・チャンドラ博士、ノーラ・オスマン博士、ザーラ・クーパー博士。そしてアーミッシュの専門家であるデビッド・ウィーバー゠ザーカー教授とスティーブ・ノルト教授。

解説

ミステリ研究家
霜月蒼

ハード・ボイルドでは現実のつかまえかたが微視的なんだ。
――安部公房

本書はベン・H・ウィンタースの〈最後の刑事《ラスト・ポリスマン》〉三部作の完結篇である。第一作『地上最後の刑事』、第二作『カウントダウン・シティ』を経て、何かをじっくり噛み締めるような静かな結末があなたを待っている。

感動的、と言うこともできるだろう。けれど、本書の幕切れに漂う感情は、「感動的」などという整然たる三文字に収めるには余るものが多すぎるように思う。この感情は、主人公とともに世界を旅してきた読者だけが味わうことのできる、文字通り万感の思いだ。

この三部作は長いひとつの旅路なのである。ぜひとも主人公ヘンリー・パレスとともに長旅を歩き通す――三つの小説を順番通りに読み通す――ことを願いたいが、忘れっぽい読者のために、あるいは前二作を読んでいない読者に「前二作も読むに足る快作ですよ」と伝えるために、前作までの物語をネタバレなしでおさらいしておこう。

この三部作は、マイアという小惑星が十月三日にインドネシア付近に衝突することが判明した世界を舞台にしている。小惑星の衝突で、おそらく人類は滅亡するだろうという観測を受けて、ひとびとは自殺したり、「死ぬまえにやりたいことリスト」を手に失踪を遂げたりして、秩序は少しずつ崩壊しはじめている。

第一作『地上最後の刑事』は三月二十日に幕を開ける。小惑星マイアの衝突が確実になってから三カ月、衝突まで半年。刑事になったばかりの「私」ことヘンリーは、マクドナルドのトイレで見つかった首吊り死体が他殺ではないかと疑いを抱く。世界が崩れゆくなかで、たった一件の偽装自殺をヘンリーは執拗に追う。個人の信じる正義と真実の追究という、ハードボイルドの基本の基本をあらためて問い直したミステリと言っていいだろう。町の人間たちとの対話を積み重ねて真実に到達するプロットもハードボイルドの基本形である。その果てにヘンリーは、意外な犯人と切なく悲しい動機に到達する。犯人の意外性も申し分なく、特異な世界設定と動機も緊密に結び合わされた見事な出来で、アメリカ探偵作家クラブ賞ペーパーバック賞を受賞、日本でも『このミステリーがすごい！　2015年版』で十九位にランクインするなど好評を受けた。この作品のラストで、州警察は連邦政府に組み込まれて捜査部門が廃止され、ヘンリーは刑事ではなくなる。

続く第二作『カウントダウン・シティ』は、四カ月後の七月十八日にはじまる。小惑星衝突まで三カ月弱。ヘンリーは幼なじみの女友達の依頼で、失踪した彼女の夫を捜すことになる。いかにもハードボイルド然とした幕開けだが、解説で山岸真氏が指摘しているように、同作は第一作よりもSF色が強い。主に町のなかをさまよっていた第一作と異なり、この作品でのヘンリーは失踪人のあとを追って「滅びを目前にした世界」のあちこちを巡礼することになるからである。その途上で、新たなコミュニティの登場や、難民の問題、政府の陰謀といった大きな問題も語られてゆく。ハードボイルド・ミステリの枠組みを持ちながらも、テイストとしてはジョン・ウィンダムの『トリフィドの日』(別題『トリフィド時代』)のようなコミュニティのありように焦点を当てたポスト・アポカリプスSFに近い。同作でウィンタースは、ペーパーバックで刊行されたすぐれたSF作品に与えられるフィリップ・K・ディック賞を受賞している。なお同作のラストでヘンリーの住む町は火事で焼け、彼は故郷を失うことになる。

それを受けての本書、『世界の終わりの七日間』である。ところどころに前作の少しあとである八月二十二日のできごとが挿入されるが、本篇は、題名通り「世界の終わり」の六日前、九月二十七日にはじまる。今回の焦点はヘンリーの妹、ニコだ。ニコの物語は、前二作でもサブプロットとして語られてきた。数学者として怜悧な頭脳を持ち、反体制的なニコ(彼女がHüsker DüやFugaziといった屈折したパンク・バンドのファンだというのも巧い)は、小惑星の落下を阻止する手だてがあること、それを政府が隠蔽していることを信じる勢力の一員となっていた。

ヘンリーは第一作で天職を失い、第二作で故郷を失った。彼の両親も非業の死を遂げているから、もう彼に残っているのは妹しかいない。だからヘンリーは前作で得たわずかな手がかりをもとに妹を追い、オハイオ州の田舎にある警察署の廃墟にたどりつく。

今回の舞台は、この打ち捨てられた廃墟周辺にほぼ限定されている。町から世界へとパースペクティヴを広げてきた物語は、ここにきて、ひとつの廃墟をめぐる小さな範囲と、兄と妹の物語へと収斂する。

この三部作は世界の破滅後の世界を描く「ポスト・アポカリプス」ものではなく、破滅前を描く「プリ・アポカリプス」ものとされている。しかしじつのところ、すでに精神的アポカリプスは訪れている。誰もが絶望や諦念に捉われているからである。ただしウィンタースは、映画「マッドマックス」や「ゾンビ」のような暴力的なパニックは描かない。世界は静かに崩れていっていて、そのなかで自分の周囲だけでもアポカリプス以前の平穏を保とうとするように、ヘンリー・パレスが歩き回る。彼の静かな足音、ペースを乱さぬ愚直な足音が、三部作の基調になっている。

その静かさが、本書では最高潮に達する。たしかに事件も謎もある。喉を切られて意識不明となった若い娘の事件。そして警察署の地下をコンクリートで密閉してたてこもっているとみられる妹たち一派。しかしそれでもヘンリーの動きは静かだ。彼がやることといえば、妹と接触するために、コンクリートを流し込んだ人物を探し、あるいはそれを壊すために削岩機を探しに行ったりというくらい。

その途上で、彼はさまざまなひとたちに出会う。それはこれまでと同様だ。けれど、破滅の日を目前にして、ひとびとの気持ちもまた静かだ。もちろん謎も解かれるし、それも大きな感慨をもたらすけれども、しかし最後に印象に残るのは、信頼で結び合わされたアーミッシュの家族の姿であり、あるいは屋外でグリルされるソーセージの香りとビールの苦味、その背景で鳴っているロックンロールの響き——失われた日常へのノスタルジーである。それがヘンリーの五感を通じて私たちに伝えられる。そして、そんななんでもない日常が、すぐそこにある破滅のおかげで、かけがえのない輝きをともなって私たちの胸を苦しくするのである。

思えばこの三部作は家族の物語だった。ニコとヘンリーの絆だけではない。第一作の事件のかげにも家族があった。第二作の事件もまたそうだ。本書でヘンリーは、もう破滅まで時間がないというのに、信頼することのできる仲間を捨ててニコを捜しに出る。開幕の段階で七日間しか残っていないのだから、仲間のもとに帰ることを、彼はすでにあきらめていたのだろう。

この三部作で最後まで持ち越される謎は、「小惑星が落ちるか、落ちないか」。それについてはもちろんここでは触れない。ヘンリーとともにこの世界を歩み、この世界のひとたちの言葉に耳を傾け、一緒に食事をして、ヘンリーとともに最後のページに立ち会ってほしい。そのときにヘンリーの手のなかにあるもののかけがえのなさを、感じていただきたいと思う。

探偵の一人称で人間のあいだを泳ぎ回るハードボイルド・ミステリの形式は、正義や真実や社会といった大きなものを、個人との対立を通じて、徹底して微視的に個人的に見つめる小説だった。世界全体のありようや推移を巨視的に捉えることが主流の破滅ＳＦを、ハードボイルドの微視的なシステムで描く。そんなウィンタースの試みが最後に行きついたもの。ヘンリーの手のなかのぬくもり。それは微視的であるがゆえに描き得た、大いなる何かであるように思う。

ウィンタースの新作は、来年刊行される *Underground Airlines*。南北戦争が起こらず、いまも奴隷制度が続くアメリカで逃亡奴隷を追う捜査官の物語であるとのこと。ジャンルの持ち味を熟知し、それをマッシュアップさせるウィンタースらしい作品になりそうだ。

HAYAKAWA POCKET MYSTERY BOOKS No. 1902

上《うえ》野《の》元《もと》美《み》
英米文学翻訳家
訳書
『粛清』ソフィ・オクサネン
『シャドウ・ダイバー』ロバート・カーソン
『地上最後の刑事』『カウントダウン・シティ』
ベン・H・ウィンタース
『モサド・ファイル』
マイケル・バー＝ゾウハー＆ニシム・ミシャル
（以上早川書房刊）
『デーモン』ダニエル・スアレース
『イアン・フレミング極秘文書』ミッチ・シルヴァー
他多数

この本の型は，縦18.4センチ，横10.6センチのポケット・ブック判です.

〔世界《せかい》の終《お》わりの七日間《なのかかん》〕

2015年12月10日印刷　2015年12月15日発行

著　者　ベン・H・ウィンタース
訳　者　上　野　元　美
発行者　早　川　浩
印刷所　星野精版印刷株式会社
表紙印刷　株式会社文化カラー印刷
製本所　株式会社川島製本所

発行所　株式会社　早　川　書　房
東京都千代田区神田多町2－2
電話　03-3252-3111（大代表）
振替　00160-3-47799
http://www.hayakawa-online.co.jp

（乱丁・落丁本は小社制作部宛お送り下さい
送料小社負担にてお取りかえいたします）

ISBN978-4-15-001902-0 C0297
Printed and bound in Japan

ハヤカワ・ミステリ〈話題作〉

1893
ザ・ドロップ
デニス・ルヘイン
加賀山卓朗訳

バーテンダーのボブは弱々しい声の子犬を拾う。その時、負け犬だった自分を変える決意をした。しかし、バーに強盗が押し入り……。

1894
他人の墓の中に立ち
イアン・ランキン
延原泰子訳

警察を定年で辞してなお捜査員として署に残る元警部リーバス。捜査権限も減じた身ながらリーバスは果敢に迷宮入り事件の謎に挑む。

1895
ブエノスアイレスに消えた
グスタボ・マラホビッチ
宮﨑真紀訳

建築家ファビアンの愛娘とそのベビーシッターが突如姿を消した。妻との関係が悪化する中、彼は娘を見つけだすことができるのか？

1896
エンジェルメイカー
ニック・ハーカウェイ
黒原敏行訳

大物ギャングだった亡父の跡を継がず、時計職人として暮らすジョー。しかし謎の機械を修理したことをきっかけに人生は一変する。

1897
出口のない農場
サイモン・ベケット
坂本あおい訳

男が迷い込んだ農場には、優しく謎めいた女性、小悪魔的なその妹、猪豚を飼う凶暴な父親がいた。一家にはなにか秘密があり……。